Erskine Caldwell

Le petit arpent du Bon Dieu

Traduit de l'anglais
par Maurice-E. Coindreau

Préface
d'André Maurois

Gallimard

Titre original :

GOD'S LITTLE ACRE

PRÉFACE

Ce livre étrange, cynique et remarquable, est de ceux qui n'ont nul besoin de commentaires. Aussi ne veut-on que donner au lecteur quelques renseignements de fait sur l'auteur et sur son œuvre.

Erskine Caldwell est né en 1903, dans l'État de Georgie. Il était le fils d'un pasteur presbytérien que des postes successifs et des missions errantes appelèrent en de nombreux villages du Sud. Ces déplacements de la famille ne permirent pas aux enfants de recevoir une instruction officielle. Jusqu'à l'âge de quatorze ans, Erskine Caldwell ignora les écoles, mais essaya de comprendre le monde en regardant et en lisant.

Quand les circonstances lui permirent d'entrer enfin dans une Université, celle de Virginie, il regretta sa liberté et ne parvint pas à s'intéresser à ce que ses maîtres nommaient la science et la littérature. Dès qu'il le put, il revint à la vie réelle. Il fit alors des métiers fort divers, propres à enrichir un futur romancier d'images et de types nouveaux.

Il fut journaliste, ouvrier dans une usine où l'on fabriquait de l'huile de graines, ramasseur de coton dans le Tennessee, assistant cuisinier et garçon de

7

nuit dans un buffet de gare, machiniste dans un théâtre « burlesque » de Philadelphie, critique littéraire dans le Texas et joueur de football professionnel dans une équipe de Pennsylvanie.

De ces mondes, le seul qu'il ait jusqu'à présent peint de manière originale, à la fois bouffonne et tragique, est celui des pauvres blancs du Sud, aussi misérables que leurs nègres, crevant de faim s'ils ne peuvent vendre leur coton ou leur tabac, presque animaux dans leur vie affamée où seuls le désir et l'amour physique apportent quelques moments de bonheur.

Pour ses deux premiers livres, qui sont peu connus (Bastard et Poor Fool) Erskine Caldwell lui-même a peu d'estime. Mais Tobacco Road, God's little Acre et un volume de contes ont eu, aux États-Unis, un grand succès. C'est God's little Acre qui est ici traduit. Ce roman fut, au moment de la publication en Amérique, sottement poursuivi pour obscénité. Quarante-cinq écrivains américains, et parmi eux les plus grands, protestèrent contre ce procès, et l'attorney de l'État de New York abandonna les poursuites. Décision sage. Le livre est certainement brutal et cru, comme l'étaient, de manière toute différente, Rabelais et Lawrence, mais il est impossible de nier qu'il soit une œuvre d'art.

Le sujet est très simple. Ty Ty Walden, pauvre planteur de coton, croit qu'il y a de l'or dans sa ferme. Pendant quinze ans, lui, ses fils et ses nègres creusent d'énormes trous, négligeant tout, se ruinant, gâchant le sol, ne trouvant rien, mais gardant la foi. Gênés dans leurs travaux par le « petit arpent de Dieu », terre consacrée, ils le déplacent sans cesse, comme font tous les hommes, et tel est le thème bouffon.

Voici maintenant le thème tragique. Ty Ty a deux filles admirables et une bru de beauté plus poignante encore. Les mâles de cette famille, quand ils abandonnent leurs pioches et leurs bêches, n'ont d'autre plaisir que de convoiter ces beaux corps, le vieux sans espoir, les jeunes avec fureur. Dans ce monde primitif, la force règne; aucune règle morale; point de limite autre que la mort. Les batailles de mâles finissent par transformer la farce en drame.

La plupart des critiques américains ont blâmé Erskine Caldwell d'avoir passé du ton rabelaisien de la première partie du livre à la cruauté de la seconde. C'est la vieille querelle de l'unité de ton. Querelle naïve que la vie et la nature règlent chaque jour. Il me semble que le livre doit toute sa valeur à la brusque irruption du tragique.

La traduction de Maurice Coindreau est irréprochable. On sait combien il est difficile de traduire tout livre écrit en langage populaire. Que de fois nous avons souffert de la maladresse de phrases qui prétendent être les répliques d'une conversation et qu'aucune bouche humaine n'aurait pu prononcer avec naturel. Coindreau, qui vit en Amérique depuis longtemps et enseigne à Princeton le seizième siècle français (j'imagine qu'en traduisant Le Petit Arpent du Bon Dieu il a dû bien souvent penser à Rabelais), sait admirablement, non seulement l'anglais, mais l'américain, langue à l'état naissant. Jamais transposition plus exacte d'un texte étranger ne fut donnée au lecteur français.

André Maurois.

CHAPITRE PREMIER

Plusieurs mètres de sable et d'argile minés se détachèrent du sommet et déboulinèrent au fond du trou. Ty Ty Walden fut si furieux de cette avalanche qu'il resta là, pioche en main, enfoncé jusqu'aux genoux dans la terre rougeâtre, lançant tous les jurons qu'il connaissait. Du reste, ses fils s'apprêtaient à quitter le travail. On était au milieu de l'après-midi et ils creusaient depuis l'aube dans ce grand trou.

— Par le plus-que-parfait des enfers, pourquoi diable faut-il que cette terre se soit détachée juste au moment où nous étions à une bonne profondeur? dit Ty Ty en regardant Shaw et Buck. A-t-on idée d'une chose pareille!

Sans que ni l'un ni l'autre aient eu le temps de répondre à leur père, Ty Ty avait saisi le manche de la pioche à deux mains et l'avait jetée sur la pente du trou. Cela lui suffit. Parfois, cependant, il lui arrivait de se mettre dans une telle colère qu'il ramassait un bâton et en frappait le sol jusqu'à ce que la fatigue le fît tomber par terre.

Buck se prit les genoux à deux mains et tira ses jambes de la terre friable. Puis il s'assit et sortit le sable et le gravier de ses souliers. Il pensait à cet amas de terre qu'il leur faudrait déblayer et rejeter hors du trou avant de pouvoir se remettre à creuser.

— Il serait temps de commencer un autre trou, dit Shaw à son père. V'là bientôt deux mois que nous creusons dans celui-là, sans rien trouver que du sale travail. J'en ai assez de ce trou. On n'pourra jamais rien y trouver quand même on creuserait plus profond.

Ty Ty s'assit et éventa son visage brûlant avec son chapeau. Il n'y avait point un souffle d'air dans le fond de ce grand trou et le cratère était plus chaud qu'une marmite de fricot bouillant.

— Ce qui vous manque, mes gars, c'est d'avoir la patience que j'ai, dit-il en s'éventant et en s'essuyant le visage. Y aura bientôt quinze ans que je creuse dans cette terre, et, s'il le faut, je creuserai ben quinze ans encore. Mais, j'ai comme une idée qu'y en aura pas besoin. Je m'figure qu'nous n'allons pas tarder à être payés de nos peines. J'sens ça dans mes os, par ces temps chauds. Nous n'pouvons pourtant pas nous arrêter et recommencer toute l'affaire chaque fois qu'un peu de terre se détache du bord et débouline dans le fond. Ça n'rimerait à rien d'commencer un nouveau trou chaque fois que ça nous arrive. Y a qu'à continuer à en mettre un coup comme s'il ne s'était rien passé. C'est le seul moyen. Vous, mes gars, vous vous impatientez beaucoup trop pour des petites choses sans importance.

— Nous impatienter! J'vous en fous! dit Buck en crachant dans l'argile rouge. C'est pas de la patience qu'il nous faut, c'est un devin. Vous auriez dû avoir le bon esprit d'en consulter un avant de commencer à creuser.

12

— Allons, te v'là encore à parler comme les nègres, mon fils, dit Ty Ty avec résignation. J'voudrais bien que t'aies assez de bon sens pour n'pas écouter ce que racontent les nègres. C'est de la superstition, tout ça. Ainsi, moi, tiens, moi, j'suis un esprit scientifique. Si on écoutait les nègres, on finirait par croire qu'ils ont plus de sens que moi. Ils ne connaissent qu'une chose sur cette question, leurs histoires de devins et de conjurateurs.

Shaw ramassa sa pelle et se mit en devoir de sortir du trou.

— En tout cas, moi, j'm'arrête pour aujourd'hui, dit Shaw. J'veux aller en ville, ce soir.

— Toujours prêt à quitter le travail pour t'en aller courir en ville, dit Ty Ty. C'est pas comme ça que tu feras fortune. Et une fois que t'es en ville, c'est pour quoi faire? Traînasser dans une salle de billard et puis courir après quelque femme. Si tu restais à la maison, on arriverait peut-être à quelque chose.

Quand il fut à mi-chemin du sommet, Shaw se mit à quatre pattes et termina l'ascension en grimpant pour éviter de reglisser en arrière. Ils le regardèrent arriver au haut du cratère et se redresser sur le bord.

— Qui va-t-il donc voir si souvent en ville? demanda Ty Ty à son autre fils. Il lui arrivera des embêtements s'il ne fait pas attention. Shaw n'connaît encore rien aux femmes. Elles peuvent lui jouer quelque sale tour et il ne s'en apercevra que quand ça sera trop tard.

Buck était assis de l'autre côté du trou, en face de son père, et il écrasait entre ses doigts de l'argile sèche.

— J'sais pas, dit-il. Pas une personne plutôt qu'une autre. Chaque fois qu'il m'en parle, il a toujours une nouvelle poule. Il aime tout ce qui porte des jupes.

— Par le plus-que-parfait des enfers, il ne peut donc pas laisser les femmes tranquilles? Ça n'a pas de bon sens pour un homme d'être en rut tous les jours de l'année. C'pauv' Shaw, les femmes en feront d'la charpie. Quand j'étais jeune, j'courais point les femmes comme ça. Qu'est-ce qu'il a donc dans le corps? Ça devrait lui suffire de rester chez nous et de regarder les petites à la maison.

— C'est pas à moi qu'il faut le demander. J'm'occupe pas de ce qu'il fait en ville.

Il y avait plusieurs minutes que Shaw avait disparu quand il réapparut au bord du trou et appela Ty Ty d'en haut. Ils furent surpris de voir Shaw.

— Qu'est-ce qu'il y a, mon garçon? demanda Ty Ty.

— C'est un homme qui traverse le champ, Pa[1], dit-il. Il vient de la maison.

Ty Ty se leva et regarda de tous côtés, comme s'il avait espéré voir par-dessus le bord du trou, à vingt pieds au-dessus de sa tête.

— Qui c'est-il, mon fils? Qu'est-ce qu'il vient faire par ici?

— J'peux pas encore voir qui c'est, dit Shaw. Mais on dirait que c'est quelqu'un de la ville. Il a de beaux effets.

Buck et son père rassemblèrent leurs pioches et leurs pelles et grimpèrent hors du trou.

Quand ils arrivèrent au sommet, ils virent un gros homme qui s'avançait vers eux, péniblement, à travers le champ raboteux. Il marchait lentement dans la

1. Abréviation de papa (N.T.).

chaleur, et sa chemise bleu pâle, trempée de sueur, lui collait au ventre et à la poitrine. Il trébuchait pitoyablement sur le sol inégal, incapable, quand il baissait les yeux, de voir où se posaient ses pieds.

Ty Ty leva la main et l'agita.

— Comment, mais c'est Pluto Swint! dit-il. J'me demande ce que Pluto peut bien venir faire ici.

— J'aurais jamais reconnu Pluto, bien habillé comme ça, dit Shaw. J'l'aurais jamais reconnu.

— Il vient chercher quelque chose pour rien, répondit Buck à son père. C'est tout ce qu'il sait faire, autant que je sache.

Pluto s'approcha, et ils allèrent s'asseoir à l'ombre d'un chêne vert.

— Il fait chaud, Ty Ty, dit Pluto en trébuchant. Bonjour, les gars. Alors, comment ça va les affaires, Ty Ty? Tu devrais bien construire une route jusqu'à ces trous pour que je puisse y venir avec ma voiture. Vous n'avez point déjà fini de travailler, j'suppose?

— Tu devrais rester en ville et attendre la fraîcheur du soir pour venir ici, Pluto, dit Ty Ty.

— J'avais envie de rouler un peu et de vous voir, mes amis.

— Ce qu'il fait chaud tout de même.

— M'est avis que je peux bien le supporter comme tout le monde. Comment ça va les affaires?

— Y a pas à se plaindre, dit Ty Ty.

Pluto s'assit, adossé au tronc du chêne vert, et souffla comme un chien qui aurait couru le lapin au beau milieu de la canicule. La sueur perlait sur sa peau grasse, lui coulait sur la figure et sur le cou, dégoulinait sur sa chemise bleu pâle qu'elle marbrait de taches foncées. Il resta un moment assis, trop fatigué, trop ahuri par la chaleur, pour pouvoir bouger ou parler.

Buck et Shaw roulèrent des cigarettes et les allumèrent.

— Comme ça, vous n'avez pas à vous plaindre? dit Pluto. Ben, vous devez vous estimer heureux. M'est avis que, par le temps qui court, on n'manque pas de raisons de se plaindre si on en a envie. Le coton ne vaut plus la peine qu'on le fasse pousser et les nègres mangent les melons d'eau aussi vite qu'ils mûrissent sur leurs tiges. Au jour d'aujourd'hui, faut guère espérer se nourrir de ce qu'on fait pousser. Du reste, j'ai jamais été un bien bon fermier.

Pluto s'étira et croisa ses bras sous sa tête. Il commençait à se sentir plus à l'aise, à l'ombre.

— Trouvé quelque chose récemment? demanda-t-il.

— Pas grand-chose, dit Ty Ty. Mes garçons me tracassent pour que je commence un autre trou, mais j'suis pas encore décidé. Ç'ui-là a environ vingt pieds et les bords commencent à s'ébouler. M'est avis que nous ferions peut-être aussi bien d'aller creuser ailleurs pour un temps. Un nouveau trou n'sera jamais pire qu'un vieux.

— C'qu'il vous faudrait, voyez-vous, c'est un albinos pour vous aider, dit Pluto. J'ai entendu dire que, sans un albinos, on n'est guère mieux loti qu'une boule de neige en enfer.

Ty Ty se mit sur son séant et regarda Pluto.

— Un quoi, Pluto?

— Un albinos.

— Par le plus-que-parfait des enfers, qu'est-ce que c'est que ça, un albinos, Pluto? J'ai jamais entendu parler de ça. Où as-tu pris cette histoire-là?

16

— Tu sais bien de quoi je parle. Tu sais très bien que t'en as entendu parler.

— En c'cas, ça m'est complètement sorti de l'esprit.

— C'est un de ces hommes tout blancs qu'ont l'air d'être faits en craie, ou quelque chose de blanc comme ça. Un albinos, c'est un de ces hommes tout blancs, Ty Ty. Ils sont tout blancs, les cheveux, les yeux, tout à ce qu'on dit.

— Oh! j'y suis, dit Ty Ty en reprenant sa position. Au premier abord, j'avais pas compris de quoi tu parlais. Sûr que je sais comment c'est fait. J'ai entendu les nègres en causer. Seulement, j'fais jamais attention à ce que racontent les gens de couleur. M'est avis que j'pourrais bien en employer un, si j'savais où en trouver. C'est des créatures que j'ai jamais vues de ma vie.

— Il vous en faudrait un ici.

— J'ai toujours dit que j'voulais point de ces superstitions et de ces sorcelleries, Pluto, mais j'ai toujours pensé qu'un albinos, c'est exactement ce qu'il nous faudrait. Ça n'empêche pas que j'sois foncièrement scientifique, tu comprends. J'veux pas avoir affaire à la sorcellerie. C'est une des choses, en ce monde, avec quoi j'veux pas rigoler. J'aimerais mieux coucher avec un serpent à sonnettes que d'manigancer avec les devins.

— Y a un gars qui m'a dit qu'il en avait vu un, l'autre jour, dit Pluto. Positivement.

— Où ça? demanda Ty Ty en sautant sur ses pieds. Où l'a-t-il vu? Pas loin d'ici, Pluto?

— Quelque part par là, dans le bas du comté. Il n'était pas loin. Il ne te faudrait pas plus de dix à douze heures pour aller le chercher et le ramener ici. J'crois pas que t'aies de peine à l'attraper, mais, quand même, ça n'serait peut-être pas un mal de l'attacher un brin avant de le ramener. Il habite dans le marais, et le contact avec la terre ferme, ça n'lui plairait peut-être pas.

Shaw et Buck s'approchèrent de l'arbre sous lequel Pluto était assis.

— Un albinos pour de vrai? demanda Shaw.

— Aussi vrai que le jour est long.

— Vivant et qui marche?

— Dame oui, d'après ce que m'a raconté c'garçon, répondit Pluto. Positivement.

— Où est-il maintenant? demanda Buck. Vous pensez qu'on pourrait l'attraper facilement?

— J'sais pas si ça sera bien facile, parce que faudra peut-être beaucoup de persuasion pour le décider à venir sur la terre ferme. Mais, j'suppose que vous trouverez bien le moyen de le prendre.

— On l'attachera avec des cordes, dit Buck.

— J'osais point le dire, mais m'est avis qu'vous avez deviné ce que j'avais dans l'idée. En règle générale, j'conseille jamais de violer les lois, et quand il m'arrive de le suggérer, je compte toujours qu'on n'm'en tiendra pas responsable.

— Il est grand comment? demanda Shaw.

— L'gars s'rappelait pas.

— Assez grand pour être bon à quelque chose, j'espère, dit Ty Ty.

— Oh! pour sûr. Et puis, du reste, c'est pas la taille qui compte, c'est la blancheur, Ty Ty.

— Comment qu'il s'appelle?

— L'gars s'rappelait pas, dit Pluto. Positivement.

Ty Ty se coupa une chique deux fois plus grosse que

d'ordinaire et raccourcit ses bretelles. Il se mit à faire les cent pas, à l'ombre, en ne regardant que le sol à ses pieds. Il était trop agité pour pouvoir rester tranquille plus longtemps.

— Les gars, dit-il en faisant les cent pas devant eux, la fièvre de l'or me tient. Allez à la maison et préparez l'auto pour un voyage. Prenez soin que tous les pneus soient gonflés à bloc et mettez plein d'eau dans le radiateur. Nous allons partir tout de suite.

— Chercher l'albinos, Pa? demanda Buck.

— Comme tu l'dis, mon fils, dit-il en marchant plus vite. J'aimerais mieux me faire péter les boyaux plutôt que de renoncer à cet homme tout blanc. Mais j'veux point de manigances de sorcier. Faudra faire ça scientifiquement.

Buck partit immédiatement vers la maison, mais Shaw fit demi-tour et revint.

— Eh, Pa, qu'est-ce qu'on va faire pour les rations de vivres des nègres? demanda-t-il. Black Sam disait ce midi qu'il n'avait plus d'viande ni de maïs chez lui, et Uncle Felix a dit qu'il n'avait rien pour déjeuner, c'matin. Ils m'ont bien recommandé de vous en parler afin d'être sûrs qu'ils auraient de quoi manger ce soir. Ils m'ont eu l'air d'avoir les yeux un peu creux, tous les deux.

— Écoute, mon gars, tu sais pourtant bien que j'ai point l'temps d'm'occuper de ce que mangent les nègres, dit Ty Ty. Par le plus-que-parfait des enfers, pourquoi viens-tu me déranger quand j'suis le plus occupé, quand je me dispose à aller chercher cet homme tout blanc? Il faut que nous descendions au marais pour attraper cet albinos avant qu'il soit parti. Tu diras à Black Sam et à Uncle Felix que j'tâcherai de leur donner quelque chose à faire cuire dès qu'nous aurons ramené cet albinos.

Shaw ne s'en allait pas. Il attendit quelques minutes, les yeux fixés sur son père.

— Black Sam m'a dit que si vous ne lui donniez pas quelque chose sans tarder, il tuerait le mulet de labour pour le manger. Il m'a fait voir son ventre, ce matin. Il est tout plat sous les côtes.

— Va-t'en dire à Black Sam que s'il tue ce mulet et s'il le mange, j'irai lui botter le cul, moi, avant de partir. J'vais pas laisser des nègres m'embêter avec leurs histoires de mangeaille à un moment comme celui-ci. Tu diras à Black Sam de clore son bec, et de laisser ce mulet tranquille, et de continuer à labourer son coton.

— J'lui dirai, dit Shaw, mais ça n'empêche pas qu'il serait bien capable de manger le mulet. Il m'a dit qu'il avait si faim qu'il ne savait pas ce qu'il finirait par faire.

— Va lui dire ce que je t'ai dit, et que je m'occuperai de lui dès que j'aurai cordé cet albinos.

Shaw haussa les épaules et suivit Buck vers la maison.

A l'autre bout du champ, les deux nègres labouraient les terres nouvelles. Il restait à cette époque-là bien peu de terre cultivable autour de la ferme. Environ quinze à vingt arpents avaient été défoncés de trous qui avaient de dix à trente pieds de profondeur et étaient deux fois aussi larges. Les terres nouvelles avaient été défrichées au printemps pour y faire pousser du coton, et il y en avait environ vingt-cinq arpents. Autrement, il n'y aurait pas eu assez de terre, cette année, pour occuper les deux métayers.

D'année en année, la terre cultivable avait diminué à mesure que les trous augmentaient. A l'automne, il faudrait probablement commencer à creuser dans les terres nouvelles ou bien tout près de la maison.

Pluto se coupa une chique fraîche dans le long morceau jaune qu'il portait dans sa poche-revolver.

— Comment sais-tu qu'il y a de l'or dans cette terre, Ty Ty? demanda-t-il. Voilà bien quinze ans qu'tu creuses et t'as point encore trouvé de filon, que j'sache.

— Ça n'va pas tarder maintenant, Pluto. Avec c't'homme tout blanc pour le découvrir, nous allons en trouver, pour sûr. Je l'sens dans mes os, en ce moment même.

— Mais, comment sais-tu qu'il y a de l'or dans la terre de cette ferme? V'là une éternité que tu creuses et t'as encore rien trouvé. D'ici à la Savannah on entend tout le monde parler d'or mais j'en ai encore point vu.

— C'est tout simplement que t'es difficile à convaincre, Pluto.

— J'en ai point vu, dit Pluto. Positivement.

— Évidemment, je n'ai pas encore trouvé un vrai filon, dit Ty Ty, mais nous n'en sommes pas loin. Nous brûlons, je l'sens dans mes os. Mon père m'a dit qu'il y avait de l'or dans cette terre, et pour ainsi dire tout le monde en Georgie me l'a dit aussi, et pas plus tard qu'à la Noël dernière, mes garçons ont déterré une pépite qu'était grosse comme un œuf de pintade. Ça prouve, à ma grande satisfaction, qu'il y a de l'or dans le sol, et je l'en tirerai avant de mourir. J'veux pas encore renoncer à chercher. Si nous pouvons trouver cet albinos et le corder, j'sais bel et bien que nous trouverons le filon. Les nègres creusent tout le temps pour trouver de l'or, par tout le pays, même jusqu'à Augusta, d'après ce qu'on m'a dit, et c'est bien un bon signe qu'il y a de l'or quelque part.

Pluto plissa la bouche et lança un jet de tabac jaune d'or contre un lézard qui était à dix pas, sous une branche pourrie. Le tir fut parfait. Le lézard écarlate disparut comme une flèche, les yeux brûlés par le jet de Pluto.

CHAPITRE II

— J'sais pas, dit Pluto en cherchant, par-dessus la pointe de ses souliers, un objet contre lequel il pourrait lancer un jet de tabac, j'sais pas, mais d'un côté, ça me semble une perte de temps de creuser comme ça des grands trous dans la terre pour chercher de l'or. C'est peut-être que j'suis trop paresseux. Si j'avais la fièvre de l'or comme vous tous, probable que je défoncerais le terrain comme les autres. J'sais pas pourquoi, mais la fièvre de l'or s'attache pas à moi comme à vous. Je peux m'en débarrasser rien qu'en m'asseyant et en y pensant un peu.

— Quand la fièvre de l'or vous tient, Pluto, la vraie de vraie, on ne s'en débarrasserait pas pour sauver son âme. Faut peut-être bien t'estimer heureux de n'pas l'avoir, la fièvre de l'or. Moi, je la regrette pas, maintenant que je l'ai dans le sang, mais c'est parce que j'suis pas comme toi. Un homme ne peut pas être paresseux et avoir la fièvre en même temps. Elle fait lever un homme et le fait agir.

— J'ai pas le temps de creuser le sol, dit Pluto. J'peux pas trouver le temps.

— Si t'avais la fièvre, tu n'trouverais pas de temps pour autre chose, dit Ty Ty. Ça vous tient un homme,

23

tout comme la boisson ou les femmes. Dès qu'on y a pris goût, on n'a pas de paix qu'on en ait davantage. Ça continue comme ça, en augmentant toujours.

— M'est avis que je me l'explique un peu mieux, maintenant, dit Pluto. Mais elle ne me tient pas encore.

— J'crois point que tu risques de l'attraper, à moins que tu n'te fasses maigrir pour pouvoir travailler un peu.

— C'est pas d'être gros qui m'empêche. Ça me gêne bien quelquefois mais j'arrive toujours à me débrouiller.

Pluto cracha au hasard, sur la gauche. Le lézard n'était pas revenu, et il n'avait rien trouvé à viser.

— Il n'y a qu'une chose qui m'ennuie, dit Ty Ty lentement, c'est que tous mes enfants n'soient pas là pour m'aider. Buck et Shaw m'aident toujours, et la femme de Buck, et Darling Jill, mais mon autre fille est partie à Augusta où elle travaille dans une filature, de l'autre côté de la rivière, à Horse Creek Valley. Elle est mariée. Quant à Jim Leslie, j'suppose que tu l'connais mieux que tout ce que je pourrais t'en dire. C'est devenu un homme important, là-bas, en ville, et il est aussi riche que n'importe qui.

— Oui, oui, dit Pluto.

— Il a toujours été drôle, Jim Leslie, même tout petit. Il ne se mêlait pas beaucoup à nous autres, et il ne le fait pas plus maintenant. Aujourd'hui, il fait celui qui ne me connaît pas. Peu de temps avant qu'elle n'meure, j'avais emmené sa mère en ville, un jour, pour qu'elle le voie. Elle disait qu'elle voulait le voir rien qu'une fois, avant de mourir. Alors, je l'ai emmenée et nous sommes allés à sa grande maison blanche,

24

là-haut sur la colline, et quand il nous a vus, à la porte, il l'a fermée à clé et il a refusé de nous laisser entrer. M'est avis que ça a hâté la mort de sa mère de le voir agir de cette façon-là, parce qu'elle est tombée malade et elle est morte avant la fin de la semaine. On aurait dit qu'il avait honte de nous, ou quelque chose comme ça. (Et il continua.) Mais mon autre fille, c'est différent. Elle est comme nous autres. Elle est toujours contente de nous voir quand nous allons lui rendre visite à Horse Creek Valley. J'ai toujours dit que Rosamond était une bonne fille. Jim Leslie, lui... j'peux point en dire autant. Il regarde toujours de l'autre côté quand il m'arrive de l'rencontrer en ville. Il a l'air d'avoir honte de moi. J'sais pas comment que ça se fait parce que, après tout, j'suis son père.

— Oui, oui, dit Pluto.

— J'sais pas pourquoi il a fallu que mon aîné tourne comme ça. J'ai toujours été religieux, toute ma vie. J'ai toujours agi pour le mieux, même quand j'étais point content, et c'est de cette façon que j'ai toujours essayé d'élever mes garçons et mes filles. Tu vois cette pièce de terre, là-bas, Pluto? Eh bien, c'est le petit arpent du Bon Dieu. Il y a vingt-sept ans, quand j'ai acheté cette ferme, j'en ai mis à part un arpent pour le Bon Dieu. Et, depuis lors, je donne tous les ans à l'église ce qui pousse sur cet arpent. Si c'est du coton, j'donne à l'église tout l'argent que le coton me rapporte sur le marché. La même chose avec les cochons, si j'en élève, et avec le maïs aussi, si j'en plante. C'est le petit arpent du Bon Dieu, Pluto. J'aime bien partager avec Dieu le peu que je récolte.

— Qu'est-ce qui y pousse, cette année?

— Ce qui y pousse? Rien, Pluto, rien, ou bien de

l'ivraie peut-être, ou des gratte-cul. J'ai pas eu une minute pour planter du coton cette année. Le reste m'a tellement occupé avec mes garçons et les nègres, que j'ai dû momentanément laisser le petit arpent du Bon Dieu en jachère.

Pluto se mit sur son séant et regarda par-delà le champ, vers les bois de pins. Le terrain était couvert de si gros monticules de sable et d'argile qu'il était difficile de voir à plus de cent mètres sans grimper sur un arbre.

— Où c'est-il que t'as dit qu'il était cet arpent, Ty Ty?

— Là-bas, près des bois. Tu n'pourras pas bien le voir d'ici.

— Pourquoi que tu l'as mis si loin? Est-ce que c'est pas un peu trop écarté, Ty Ty?

— Ben, j'vais te dire, Pluto. Il n'a pas toujours été là. Depuis vingt-sept ans, j'l'ai changé de place bien des fois. Quand mes garçons commencent à discuter où il faudra se mettre à creuser un autre trou, on dirait toujours que ça tombe sur le petit arpent du Bon Dieu. Pourquoi ça, j'en sais rien. Mais j'veux point qu'on creuse sur Son terrain; alors, j'ai été obligé de le transporter tout autour de la ferme pour éviter qu'on le défonce.

— C'est pas que t'as peur de creuser et d'y trouver le filon, hein, Ty Ty?

— Non, j'dirais pas ça, mais j'aimerais pas qu'on trouve le filon sur le petit arpent du Bon Dieu et que je sois obligé de tout donner à l'église. Notre pasteur en reçoit bien assez comme ça. Sûr que j'aimerais pas lui donner tout mon or. Non, j'supporterais pas ça, Pluto.

26

Ty Ty leva la tête et regarda au-delà du champ criblé de trous. A un endroit, entre deux monticules de terre, il pouvait voir, en ligne droite, à environ un quart de mille. Là-bas, sur les terres nouvelles, Black Sam et Uncle Felix labouraient le coton. Ty Ty s'arrangeait toujours pour avoir l'œil sur eux parce qu'il se rendait compte que, s'il n'avait pas de coton ni de maïs, il n'aurait pas d'argent et pas grand-chose à manger pendant l'automne et l'hiver. Il fallait surveiller les nègres tout le temps, sans quoi ils s'esquiveraient à la première occasion pour aller creuser des trous près de leurs cases.

— Y a quelque chose que j'voudrais te demander, Ty Ty.

— C'est donc pour ça que t'es venu ici, sous ce soleil?

— Peut-être bien que oui. Je voulais te demander...

— Qu'est-ce que t'as dans l'idée, Pluto? Allons, demande-moi.

— Ta fille, dit Pluto, faiblement, en avalant par accident un peu de jus de tabac.

— Darling Jill?

— Oui. C'est pour ça que j'suis venu.

Pluto sortit sa chique de sa bouche et la jeta. Il toussa un peu dans l'espoir de se débarrasser la gorge du goût de tabac jaune.

— J'voudrais l'épouser.

— Toi, Pluto? Sérieusement?

— Pardieu oui, Ty Ty. J'me couperais la main droite pour pouvoir l'épouser.

— T'as donc le béguin pour elle, Pluto?

— Pardieu oui, dit-il. Positivement.

27

Ty Ty réfléchit un instant, tout heureux à la pensée que, si tôt dans sa vie, sa plus jeune fille avait su inspirer à un homme des intentions sérieuses.

— Y a pas de raisons de te couper la main, Pluto. T'as qu'à marcher et l'épouser dès qu'elle sera disposée. M'est avis qu'après le mariage tu consentiras peut-être bien à la laisser un peu ici pour nous aider à creuser. Et puis, toi-même, tu pourras peut-être nous aider un peu aussi. Plus on sera à creuser, plus vite on trouvera le filon, Pluto. J'sais bien que tu refuserais pas de creuser un peu, étant donné que tu ferais partie de la famille.

— Creuser, ça n'a jamais été mon fort, dit Pluto. Positivement.

— On n'va pas discuter ça maintenant. On aura tout le temps d'en causer une fois que vous serez mariés.

Pluto sentit le sang lui monter au visage, juste à fleur de peau. Il prit son mouchoir et s'essuya la face pendant un long moment.

— Seulement, y a quelque chose...

— Qu'est-ce que c'est, Pluto?

— Darling Jill m'a dit qu'elle ne m'aimait pas avec un si gros ventre. C'est pas de ma faute, Ty Ty.

— Par le plus-que-parfait des enfers, qu'est-ce que ton ventre a à faire dans tout ça? dit Ty Ty. Darling Jill est un peu folle, Pluto. Fais pas attention à ce qu'elle dit. Va, épouse-la et fais-y pas attention. Ça ira tout seul après que tu l'auras emmenée quelque part pour un temps. Darling Jill est folle des fois, et pour des riens.

— Et puis, il y a encore autre chose, dit Pluto en détournant la tête pour ne plus voir Ty Ty.

— Qu'est-ce que c'est?

— J'aime point en parler.

— Allons, dis-le, Pluto. Après que ça sera dit, t'en seras débarrassé.

— J'ai entendu dire que, des fois, elle ne réfléchit pas toujours à ce qu'elle fait.

— Par exemple?

— Eh ben, j'ai entendu dire qu'elle aime à aguicher les hommes et qu'elle a rigolé avec des tas.

— Comment, on dit des choses sur ma fille, Pluto?

— Dame, sur Darling Jill.

— Et qu'est-ce qu'on raconte, Pluto?

— Pas grand-chose, sauf qu'elle aime à aguicher les hommes et qu'elle a rigolé avec des tas.

— J'suis bien content d'apprendre ça. Darling Jill est le bébé de la famille et ça prouve qu'elle s'est enfin dégourdie. Sûr que j'suis content de savoir ça.

— Faudrait qu'elle cesse, parce que je voudrais l'épouser.

— T'en fais pas, Pluto, dit Ty Ty. Y fais pas attention. T'inquiète pas. Elle est peut-être un peu inconsidérée, mais elle n'y voit pas de mal. Elle est comme ça, voilà tout. Ça n'lui fait pas de mal, pas un mal que tu pourrais voir en tout cas. M'est avis qu'il y a bien des femmes comme elle, plus ou moins, selon leur nature. Darling Jill aime un peu aguicher les hommes, mais elle n'y voit pas de mal. Une jolie fille comme Darling Jill, elle peut s'offrir tout ce qu'elle veut, et elle le sait bien. Ça sera à toi de la satisfaire, Pluto, et d'lui donner tant de plaisir qu'elle n'aura plus d'yeux que pour toi. Si elle s'est conduite comme ça, c'est simplement parce qu'elle devenait grandette, et qu'il n'y a eu personne d'assez mâle pour la calmer. Mais toi, t'es bien assez mâle pour la satisfaire. J'peux voir ça dans tes yeux, Pluto. Ne te tracasse donc plus de ça, va.

— C'est dommage que quand Dieu fait une femme comme Darling Jill, Il ne sait jamais s'arrêter à temps. Il va toujours trop loin. C'est ce qui est arrivé à Darling Jill. Il ne s'est pas rendu compte quand il était temps d'arrêter les bonnes choses. Il a continué et continué..., et puis, voilà le résultat! De la façon qu'elle aime les aguicheries et le reste, j'me demande si j'aurai jamais une nuit tranquille après que nous serons mariés.

— Oui, c'est peut-être ben de la faute au Bon Dieu s'Il n'a pas su quand il était temps de s'arrêter, Pluto, mais ça n'empêche pas que Darling Jill n'est pas la première fille qu'Il a faite comme ça. Dans mon temps, j'en ai connu des tas comme elle. Et je pourrais bien t'en citer sans aller bien loin. Tiens, prends la femme de Buck, par exemple, Pluto. J'avoue que j'sais pas quoi penser d'une jolie fille comme Griselda.

— C'est ton avis, Ty Ty, mais j'vois pas les choses comme ça. J'ai connu bien des femmes qu'étaient un peu comme elle, mais jamais d'aussi folles. Quand j'serai shérif, j'voudrais point qu'elle courre comme elle fait maintenant. Ça n'serait pas bon pour ma carrière politique. Faut pas que j'oublie ça.

— T'es pas encore élu, Pluto.

— Non, pas encore, mais toutes les chances sont de mon côté. J'ai un tas d'amis, dans le pays, qui travaillent pour moi, nuit et jour. Si personne ne vient brouiller les cartes, j'serai élu sans peine.

— Dis-leur de n'point venir chez moi, Pluto. J'te promets mon vote et le vote de tous ceux de chez moi.

Mais veille bien à ce que tes agents n'viennent pas par ici serrer la main à tout le monde à la ferme. Il y a déjà eu au moins une centaine de candidats, par ici, cet été. J'veux point leur serrer la main, à aucun, et j'ai dit à mes garçons et à Darling Jill et à Griselda de faire de même. C'est pas la peine que je te dise pourquoi j'veux pas voir de candidats par ici, Pluto. Il y en a qui sèment la contagion tout autour d'eux, et il faudrait sept ans pour s'en débarrasser. J'dis pas que ça soit ton cas, mais il y en a beaucoup que c'est comme ça. Et ça va arriver si souvent, dans le comté, cet automne et cet hiver, que, pendant sept ans, on n'sera point en sûreté quand on ira en ville.

— Il n'y aurait pas tant de candidats pour le peu de places qui sont vacantes si les temps n'étaient pas si durs. La dureté des temps, ça fait sortir les candidats comme le phénol fait sortir les puces sur le dos des chiens.

Buck et Shaw avaient sorti l'automobile du garage et s'occupaient à gonfler les pneus, dans la cour, près de la maison. La femme de Buck, Griselda, debout à l'ombre de la véranda, causait avec eux. Darling Jill n'était pas là.

— Il va falloir que je m'en aille, dit Pluto. J'suis très en retard, aujourd'hui. Avant le coucher du soleil, il faut que j'aille voir tous mes électeurs, entre ici et la croisée des chemins. Faut que je parte.

Pluto était assis, le dos contre le tronc du chêne vert, et il attendait de se sentir disposé à se lever. L'endroit était confortable et ombragé. Là-bas, dans le champ, là où il n'y avait pas d'ombre, le soleil tapait plus fort que jamais. Les mauvaises herbes elles-mêmes commençaient à se recroqueviller sous l'effet de cette implacable chaleur.

— Comment allons-nous pouvoir trouver cet albinos dont tu viens de parler, Pluto?

— Vous n'avez qu'à descendre au-dessous de Clark's Mill, et puis, arrivés au ruisseau, vous tournez à main droite. C'est à peu près à un mille de cette fourche que le type l'a vu. Il était dans un taillis, à la lisière du marais, en train de couper du bois, a dit le type. Vous n'aurez qu'à descendre et à regarder. Il doit être quelque part par là, parce qu'en si peu de temps il n'a pas pu aller bien loin. Si j'n'avais pas à faire, j'irais bien avec vous pour vous aider un peu. Mais la campagne électorale est de plus en plus active et il faut que je donne tout mon temps aux électeurs. J'sais pas ce que je ferais si j'n'étais pas élu.

— M'est avis que nous le trouverons bien, dit Ty Ty. J'emmènerai mes garçons avec moi. Ils pourront faire la plus grande partie des recherches pendant que je resterai assis à attendre les événements. Nous serons bien avisés d'emporter avec nous quelques cordeaux de labour pour pouvoir l'attacher quand on l'aura trouvé. Probable qu'il va rouspéter ferme quand je lui dirai de venir avec nous. Mais on l'aura quand même s'il est dans le comté. Il y a assez longtemps que nous avions besoin justement de ce qu'il est. Les nègres disent qu'un homme tout blanc peut trouver les filons, et m'est avis qu'ils savent bien ce qu'ils disent. Ils creusent encore plus que moi et mes garçons, et nous nous y mettons à l'aube pour ne finir qu'au coucher du soleil, la plupart du temps. Si Shaw n's'était pas mis en tête d'aller à la ville, il y a un moment, nous y serions encore, là-bas, dans le fond de ce grand trou.

Pluto fit mine de se lever, mais cet effort le découragea. Essoufflé, il s'adossa de nouveau à l'arbre, pour se reposer encore un peu.

— Si j'étais toi, Ty Ty, j'traiterais pas cet albinos trop rudement, conseilla-t-il. J'sais pas avec quoi que t'as l'intention de l'attraper, aussi j'peux pas te dire comment t'y prendre, mais ce qu'il y a de sûr, c'est que tu feras aussi bien de ne pas tirer dessus avec un fusil. Le blesser serait contraire à la loi, et, à votre place, mes amis, j'm'exposerais point à des ennuis, et je ne lui ferais pas plus de mal qu'il ne faudrait. Vous avez trop besoin de lui ici pour risquer de contrevenir aux lois sans nécessité, juste à l'heure où vous avez fini par trouver ce qui vous est le plus nécessaire. Attrapez-le aussi doucement que vous pourrez, qu'il n'ait pas de cicatrices à montrer, une fois l'affaire faite.

— On n'lui fera pas de mal, promit Ty Ty. J'le traiterai aussi gentiment qu'un petit nouveau-né. J'en ai trop besoin de cet albinos, pour l'abîmer.

— Allons, faudrait pourtant bien que je m'en aille, dit Pluto sans bouger.

— Ce qu'il fait chaud tout de même, dit Ty Ty, en regardant la chaleur sur la terre recuite.

Pluto en eut chaud rien que d'y penser. Il ferma les yeux, mais cela ne le rafraîchit point.

— Il fait trop chaud pour recruter des électeurs, aujourd'hui, dit Pluto. Positivement.

Ils restèrent assis encore un moment à regarder Buck et Shaw très occupés avec leur grosse automobile, là-bas, dans la cour, près de la maison. Griselda, assise sur les marches de la véranda, les surveillait. On ne voyait pas Darling Jill.

— Il nous faudra le plus d'aide possible après que nous aurons cordé cet albinos et que nous l'aurons amené ici, dit Ty Ty. M'est avis qu'il faudra que j'fasse creuser Darling Jill et Griselda aussi. Et toi, Pluto, crois-tu que, dans un jour ou deux, tu pourrais venir creuser un peu avec nous? Ça nous aiderait bien, tu sais, si tu voulais creuser un peu. J'peux pas te dire combien je t'en serais reconnaissant du peu que tu pourrais creuser.

— Faut que j'm'occupe de mon élection, Ty Ty, dit Pluto en secouant la tête. Les autres candidats battent la campagne, jour et nuit. Dès que j'ai un moment c'est pour m'occuper de mes votes. Les électeurs, c'est des drôles de gens, Ty Ty. Ils vous promettent de voter pour vous, et puis ils n'ont rien de plus pressé que de promettre la même chose au premier type qui se présente. J'peux pas me permettre de perdre cette élection. J'aurai pas d'autre moyen de gagner ma vie si je perds ça. J'peux pas me permettre de perdre un bon métier comme ça, étant donné que j'aurais rien pour vivre.

— Combien que t'as de gens à se présenter contre toi, Pluto?

— Comme shérif?

— C'est ce que je voulais dire.

— Dame, aux dernières nouvelles, ce matin, il y en avait onze, et ce soir, il pourrait bien se faire qu'il y en ait deux ou trois de plus. Mais, de vrais candidats, il n'y en a pas beaucoup, en dehors des agents qui leur recrutent des votes et espèrent être nommés assistants. On dirait que, chaque fois que vous allez trouver un électeur pour lui demander de voter pour vous, ça lui met comme qui dirait la puce à l'oreille, et il ne faut pas longtemps pour que vous appreniez qu'il se présente lui-même à quelque chose. Si les temps continuent à être aussi durs, quand viendra l'automne, il y aura tellement de candidats pour les différents postes du comté qu'on ne trouvera plus personne pour les élire.

Pluto commençait à regretter d'avoir laissé les rues ombreuses de la ville pour venir à la campagne rôtir au soleil. Il avait espéré voir Darling Jill, mais maintenant qu'il ne pouvait pas la trouver, il songeait à retourner en ville sans s'arrêter chez ses électeurs, le long de la route.

— Si tu peux trouver une minute, Pluto, j'voudrais bien que tu passes par ici, dans un ou deux jours, pour donner un coup de pelle. Ça nous aiderait bien. Et, tout en creusant, tu pourrais penser aux deux ou trois votes que t'as ici même. Des voix, c'est de ça que t'as besoin, en ce moment.

— J'tâcherai de venir sans tarder, et, dans ce cas, j't'aiderai un peu à creuser, si le trou n'est pas trop profond. J'aimerais point descendre dans quelque chose d'où j'pourrais plus ressortir. Après que vous aurez cet albinos, vous n'aurez plus tant à travailler, du reste. Une fois que vous l'aurez pris, ça sera la fin de vos peines, Ty Ty. Vous n'aurez plus qu'à creuser jusqu'au filon.

— J'le voudrais bien, dit Ty Ty. V'là quinze ans que je creuse, et maintenant j'ai bien besoin qu'on m'encourage un peu.

— Un albinos peut le trouver, dit Pluto. Positivement.

— Mes garçons sont prêts à partir, dit Ty Ty en se levant. Faut que nous partions avant la nuit. J'voudrais corder cet homme tout blanc avant qu'il fasse jour.

Ty Ty prit le sentier qui conduisait à la maison où ses fils l'attendaient. Il ne se retourna pas pour voir si Pluto le suivait, parce qu'il était très pressé. Pluto se leva péniblement et suivit Ty Ty sur le sentier, entre les grands trous et les hauts monticules de terre. Il se dirigeait vers l'auto qu'il avait laissée sur la route, deux heures auparavant, en face de la maison. Il espérait voir Darling Jill avant de partir, mais elle n'était nulle part en vue.

CHAPITRE III

Quand Ty Ty et Pluto arrivèrent à la maison, ils trouvèrent les jeunes gens qui se reposaient de leur travail. Les pneus étaient gonflés à bloc et le radiateur rempli à déborder. Tout semblait prêt pour le voyage. En attendant que son père fût prêt à partir, Shaw, assis sur le marchepied, roulait une cigarette, et Buck s'était assis sur les marches, un bras autour de la taille de sa femme. Griselda jouait avec ses cheveux et les lui ébouriffait avec ses doigts.

— Le v'là, dit Griselda, mais ça n'veut pas dire qu'il soit prêt à partir.

— Mes gars, dit Ty Ty en s'approchant du tronc de sycomore et en s'asseyant pour se reposer, il va falloir se mettre au travail. J'ai l'intention de corder cet homme tout blanc avant l'aube, demain matin. S'il est dans le pays nous l'aurons cordé à cette heure-là, à moins que nous ne l'attrapions bien plus tôt.

— Faudra faire attention à lui, Pa, quand vous le ramènerez, dit Griselda. Les nègres pourraient bien essayer de l'enlever dès qu'ils sauront que vous avez un devin avec vous.

— Tais-toi donc, Griselda, dit Ty Ty furieux. Tu

sais très bien que je ne crois pas à toutes ces histoires de superstition et de magie. Nous nous lançons dans cette affaire scientifiquement, sans manigance de sorcellerie. Pour trouver un filon, faut être un homme de science. T'as jamais entendu dire que les nègres aient trouvé beaucoup de pépites avec toutes leurs belles histoires de magiciens. C'est tout simplement impossible. Je mène cette affaire scientifiquement dès le début. Ainsi, tu n'as qu'à te taire, Griselda.

— Les nègres trouvent bien leurs pépites quelque part, dit Buck. J'en ai vu des tas. Elles viennent bien de la terre, d'une façon ou d'une autre. Si les nègres savaient qu'il y a un albinos dans le comté ou dans le voisinage, ils s'en empareraient. Ils s'en empareraient s'ils n'avaient pas trop peur de s'en approcher.

Ty Ty, fatigué de discuter avec eux, s'éloigna. Il savait ce qu'il allait faire, mais il était trop épuisé, après toute une journée de travail dans le grand trou, pour essayer de les convertir à ses idées. Il se détourna et regarda de l'autre côté.

L'après-midi touchait à sa fin, mais le soleil semblait encore à un mille de hauteur et était toujours aussi chaud.

— J'regrette d'être obligé de partir comme ça, si vite, dit Pluto en s'asseyant à l'ombre sur les marches. Mais il y a une urne pleine de votes entre ici et la croisée des chemins, et il faut que je les compte tous avant le coucher du soleil. Il ne faut jamais repousser les choses. C'est pour ça qu'il faut que je me sauve, comme ça, en pleine chaleur.

Shaw et Buck regardèrent Pluto un instant, puis

Griselda, et ils éclatèrent de rire. Pluto n'y aurait pas fait attention si le rire n'avait continué.

— Qu'est-ce qu'il y a de drôle, Buck? demanda-t-il en regardant tout autour de lui dans la cour, avant d'abaisser les yeux sur son ventre débordant.

Griselda se remit à rire quand elle le vit se regarder.

Buck lui donna un coup de coude pour lui suggérer de répondre à Pluto.

— Mr. Swint, dit-elle, à ce qui me semble, il vous faudra attendre à demain pour compter vos votes. Darling Jill est partie, il y a environ une heure, et elle n'est pas encore revenue. Elle conduisait votre automobile.

Pluto se secoua comme un chien qui a reçu une averse. Il essaya de se lever, mais il ne put quitter les marches. Il regarda, de l'autre côté de la cour, l'endroit où il avait laissé son auto au début de l'après-midi, mais elle n'y était plus. Il ne la vit nulle part.

Ty Ty se pencha pour écouter ce qu'ils disaient.

Pluto avait eu tout le temps de répondre, mais il ne proféra aucun son intelligible. Il ne savait ni que dire ni que faire. Il se contenta de rester assis, là où il était, sans rien dire.

— Mr. Swint, dit Griselda, Darling Jill est partie dans votre auto.

— L'auto n'est plus là, dit-il faiblement. Positivement.

— Ne te préoccupe pas de Darling Jill, Pluto, dit Ty Ty d'un ton consolant. Darling Jill, y a pas plus fou qu'elle, par moments, et pour des riens.

Pluto se laissa aller sur les marches. Son corps s'affala sur les planches. Il prit une nouvelle chique de tabac jaune. Il n'avait pas autre chose à faire.

— Nous devrions nous mettre en route, Pa, dit Shaw. Il se fait tard.

— Comment, mon fils, dit-il, je croyais que t'avais quitté le travail il y a une heure ou deux pour t'en aller en ville? Et alors, et cette partie de billard que t'allais faire?

— J'allais pas à la ville pour jouer au billard. J'aime mieux aller au marais, ce soir.

— Alors, si t'avais pas l'intention de jouer au billard ce soir, que va dire la petite femme après qui tu courais?

Shaw s'éloigna sans répondre. C'était tout ce qu'il savait faire quand Ty Ty commençait à se moquer de lui. Il y avait des choses qu'il ne pouvait pas expliquer à son père et, depuis longtemps, il avait pris le parti de le laisser parler tout son content.

— Il est temps de partir, dit Buck.

— C'est bien la vérité, dit Ty Ty en s'acheminant vers la grange.

Il en revint quelques minutes après, portant sous son bras plusieurs cordes à labour. Il lança les cordes sur le siège arrière de la voiture et se rassit sur son tronc d'arbre.

— Mes gars, dit-il, il vient de me venir une idée. J'vais envoyer chercher Rosamond et Will. Nous en aurons besoin pour creuser, maintenant que cet albinos va nous indiquer où se trouve le filon, et Rosamond et Will n'ont pas grand-chose à faire présentement. La fabrique, là-bas, à Scottsville, est de nouveau fermée, et Will ne fait rien du tout. Il peut tout aussi bien venir nous aider ici. Rosamond et Griselda peuvent nous aider beaucoup, et Darling Jill aussi peut-être. Seulement, faites bien attention

40

que je ne demande pas aux femmes de travailler autant que nous. Mais elles peuvent nous aider beaucoup quand même. Elles peuvent nous faire à manger, nous apporter de l'eau, enfin, un tas de choses. Griselda et Rosamond feront bien tout leur possible. Pour ce qui est de Darling Jill, j'n'en suis pas si sûr. J'essaierai de la décider à venir nous aider là-bas, aux trous. J'permettrais pas que chez moi une femme travaille autant qu'un homme, mais je ferai bien tout ce que je pourrai pour que Darling Jill nous aide un peu.

— J'voudrais bien vous voir faire creuser la terre à Will Thompson, dit Shaw avec un hochement de tête vers son père. Y a pas de blanc plus paresseux que Will Thompson de ce côté-ci d'Atlanta. J'l'ai jamais vu travailler, ici tout au moins. J'sais point ce qu'il fait là-bas, dans cette filature, quand elle marche, mais j'parierais bien qu'ça n'vaut pas la peine d'en parler. Will Thompson n'creusera point beaucoup, même s'il descend au fond du trou et exécute tous les mouvements.

— Vous, mes enfants, vous n'avez pas l'air de comprendre Will Thompson aussi bien que moi. Will est tout aussi travailleur qu'un autre. S'il n'aime pas à venir creuser dans les trous, c'est parce qu'il ne se sent pas chez lui, ici. Will est un homme de filature, et la campagne, la ferme, ça ne lui va pas. Mais Will creusera peut-être bien un jour. Il peut creuser aussi bien qu'un autre s'il veut s'en donner la peine. La fièvre de l'or va peut-être bien le prendre cette fois, et il va peut-être descendre dans la terre et se mettre à creuser, que vous n'en reviendrez pas. Quand la fièvre de l'or prend un homme, on ne sait pas ce qui peut arriver. Vous vous réveillerez peut-être, un beau matin, pour le trouver là-bas à creuser comme un diable. A ma connaissance, il n'y a point d'hommes ni de femmes qui ne soient descendus dans la terre, sitôt que la fièvre de l'or les a pris. Rien qu'à penser qu'au prochain coup de pioche vous pourriez peut-être bien retourner une poignée de ces petites pépites d'or, et vous v'là à creuser, nom de nom, à creuser et à creuser! C'est pourquoi je vais envoyer chercher Rosamond et Will, tout de suite. Nous allons avoir besoin que tout le monde nous aide. Ce filon va peut-être se trouver à trente pieds sous terre, et dans un endroit où nous n'avons encore jamais creusé.

— Dans le petit arpent du Bon Dieu, peut-être bien, dit Buck. Et alors, qu'est-ce que vous feriez? Vous n'iriez pas déterrer des pépites pour les donner au pasteur et à l'église, hein? Moi, j'sais bien que je n'le ferais pas. Tout l'or que je trouverai ira dans ma poche, ma part tout au moins. J'le donnerai sûrement pas au pasteur de notre église.

— Nous devrions reprendre cette pièce de terre jusqu'à ce qu'on y ait creusé, pour être sûrs, dit Shaw. Le Bon Dieu n'en a pas besoin, et ça serait un fait exprès que nous y trouvions le filon. J'veux bien être pendu si je creuse pour que ça soit le pasteur qui en profite. Je suis d'avis de changer cette pièce de terre jusqu'à ce qu'on ait vu ce qu'il y avait dedans.

— Très bien, mes enfants, opina Ty Ty. J'veux point renoncer complètement au petit arpent du Bon Dieu, mais je veux bien le changer de place. Son arpent est à Lui, et j'peux pas le Lui reprendre, au bout de vingt-sept ans. Ça ne serait pas bien. Mais j'vois point de mal à le changer un peu de place, s'il le faut. Sûr que ça serait une guigne de tous les diables si nous allions y trouver le filon, et m'est avis qu'il vaut mieux le changer pour être sûrs d'avoir pas d'ennuis.

— Pourquoi que vous le mettriez pas ici, où qu'est la maison et la grange, Pa? suggéra Griselda. Il n'y a rien sous la maison, et puis, de toute façon, vous n'pourriez pas y creuser.

— J'avais pas pensé à ça, Griselda, dit Ty Ty, mais ça m'a l'air d'une bonne idée. M'est avis que j'vais le transporter ici. J'suis bien content d'avoir plus ce tracas dans l'esprit.

Pluto tourna la tête et regarda Ty Ty.

— Tu n'l'as pas déjà changé, hein, Ty Ty? demanda-t-il.

— Déjà changé? Mais si. En ce moment même, nous sommes assis sur le petit arpent du Bon Dieu. Je l'ai transporté de là-bas jusqu'ici.

— Pour ce qui est d'agir vite, t'as pas ton pareil, dit Pluto en branlant la tête. Positivement.

Buck et Griselda tournèrent le coin de la maison et disparurent. Shaw se mit à les suivre puis changea d'avis et roula une cigarette à la place. Il était prêt à se mettre en route et il ne voulait pas retarder davantage le départ. Il savait néanmoins que Ty Ty ne partirait que lorsqu'il serait fatigué de rester tranquille.

Pluto, assis sur les marches, pensait à Darling Jill et se demandait où elle pouvait bien être. Il souhaitait qu'elle revînt afin qu'il pût s'asseoir près d'elle et la tenir dans ses bras. Parfois, elle le laissait s'asseoir près d'elle, d'autres fois elle refusait. Elle était aussi inconsistante sur ce point que sur tous les autres. Pluto ne savait qu'y faire. Elle était née comme ça, et il ne voyait pas le moyen de la changer. Mais, tant qu'elle restait tranquille et se laissait peloter, il s'estimait heureux. C'est seulement quand elle le giflait et lui donnait de grands coups de poing dans le ventre qu'il devenait réellement mécontent.

Une automobile passa devant la maison dans un nuage de poussière rouge. Les deux côtés de la route se trouvèrent poudrés au point que les herbes et les arbres parurent encore plus morts qu'auparavant. Pluto regarda l'auto, mais il vit tout de suite que ce n'était pas Darling Jill qui conduisait et il n'y prêta plus aucun intérêt. La voiture disparut au tournant de la route, mais la poussière resta dans l'air longtemps après qu'elle eut disparu.

La dernière fois qu'il avait vu Darling Jill, elle l'avait renvoyé au bout de cinq minutes. Pluto en avait été blessé et, sitôt rentré chez lui, il s'était mis au lit. Cette fois-là, il était venu le soir, avec la ferme conviction qu'il passerait au moins plusieurs heures avec elle. Mais, il n'était pas depuis cinq minutes dans la maison qu'il se retrouvait déjà sur la voie du retour. Darling Jill lui avait dit qu'il ferait mieux de rentrer chez lui jouer avec son cerceau. En plus, elle l'avait giflé et lui avait donné des coups de poing dans le ventre. Il espérait maintenant que, s'il y avait des lois d'équilibre ou même une loi de compensation, son entrevue avec elle devrait, cette fois-ci, être toute différente. Aujourd'hui, s'il y avait une justice, elle devrait être heureuse de le voir. Elle devrait même se laisser peloter, et, pour compenser la visite précédente, lui laisser prendre quelques baisers. Voilà ce que Darling Jill devrait faire. Maintenant, le ferait-elle? il n'en savait rien. Darling Jill était aussi incertaine que ses chances d'être élu shérif, à l'automne.

La pensée des prochaines élections ranima Pluto. Il fit mine de se lever, mais il ne bougea pas de sa place. Il ne pouvait pas, en pleine chaleur, s'en aller sur les routes à la recherche des électeurs.

Buck et Griselda revinrent avec deux gros melons d'eau, des Sénateur Watson, et une salière. Buck avait aussi un couteau de boucher à la main. Pluto oublia ses soucis quand il vit les deux grosses pastèques, et il se mit sur son séant. Ty Ty abandonna également sa position accroupie. Après que Buck et Griselda eurent posé les deux melons sous la véranda, Ty Ty s'approcha et les coupa en quartiers.

Griselda apporta sa part à Pluto qui la remercia plusieurs fois pour cette marque de considération. Pourquoi se serait-il levé pour aller chercher sa tranche de melon puisque Griselda était déjà debout? Et si elle ne la lui avait pas apportée, il se demandait s'il aurait été la chercher. Elle s'était assise près de lui et le regardait baisser la tête vers la pulpe fraîche. Il y avait déjà deux jours que les pastèques étaient à rafraîchir au fond du puits et elles étaient fraîches comme glace.

— Mr. Swint, dit-elle, en regardant Pluto, vos yeux ressemblent à des graines de pastèque.

Tout le monde se mit à rire. Pluto savait qu'elle avait raison. Il pouvait presque se voir lui-même en ce moment.

— Griselda, dit-il, vous vous moquez encore de moi.

— Je l'ai dit malgré moi, Mr. Swint. Vos yeux sont si petits, et votre figure est si rouge, que vous ressemblez exactement à une pastèque avec deux graines dedans.

Ty Ty se mit à rire de plus belle.

— Y a un temps pour s'amuser, et un temps pour travailler, dit-il en crachant une pleine bouche de graines. Et maintenant, c'est le temps de travailler. Allons, mes gars, faudrait s'y mettre. Nous sommes là assis à la maison. En voilà assez pour un jour. Faut se mettre en route. Faut que je corde cet albinos avant l'aube, demain matin. En avant.

Pluto s'essuya les mains et la figure et posa l'écorce près de lui. Il aurait bien voulu faire de l'œil à Griselda et lui poser la main sur le genou. Au bout d'une ou deux minutes, il trouva moyen de cligner ses deux graines de pastèque, mais il eut beau faire, il ne put réussir à la toucher. La pensée de lui mettre la main sur les genoux, et peut-être de lui glisser deux doigts entre les cuisses, lui enflammait le visage et le cou. De ses doigts, il tambourinait les marches sur le rythme sept-huit, et il sifflait en sourdine, terrifié à l'idée que quelqu'un pourrait lire ses pensées.

— Buck a une belle garce de femme, hein, Pluto? demanda Ty Ty en crachant une autre volée de graines de melon. As-tu jamais vu une aussi belle fille dans le pays? Regarde-moi un peu cette peau de crème, et cet or dans ses cheveux, sans parler du bleu pâle des yeux. Et, puisque je suis en train de la vanter, faut pas que j'oublie le reste. M'est avis que Griselda est la plus belle des femmes. Griselda a la plus jolie paire de nichons qu'un homme puisse rêver. C'est un miracle que Dieu ait mis tant de beauté dans la maison, avec un vieux gredin comme moi. J'mérite peut-être pas de voir ça, mais j'te dirai franchement que j'compte bien me rincer l'œil tant que j'pourrai.

Griselda baissa la tête en rougissant.

— Oh! Pa, voyons, implora-t-elle.

— C'est pas vrai ce que je dis, Pluto?

— C'est la perfection même, cette petite fille, dit Pluto. Positivement.

Griselda leva les yeux vers Buck et rougit de nouveau. Buck se moqua d'elle.

— Mon gars, dit Ty Ty, en se tournant vers Buck, où diable as-tu bien pu la dénicher, sacré veinard?

— Ah! il n'y en a plus comme elle, là où je l'ai prise, dit-il. C'était la fleur du panier.

— Et j'parie qu'on en fait plus comme ça, là-bas, depuis qu'on t'a vu arriver et emporter la plus belle de toutes.

— Voyons, finissez, Pa, vous et Buck, dit Griselda en se couvrant la figure de ses mains pour se soustraire à leurs regards.

— J'veux point t'offenser, Griselda, dit Ty Ty avec énergie, mais quand je commence à parler de toi, j'peux pas m'arrêter. Faut que je te fasse des compliments. Et, m'est avis que tous les hommes qui t'auraient vue aussi bien que moi feraient de même. La première fois que je t'ai vue, quand Buck t'a amenée ici, j'ai senti comme une envie de me baisser et de lécher quelque chose. C'est pas une sensation qui arrive bien souvent à un homme, et quand je la ressens, me rend tout fier d'en parler pour que tu l'entendes.

— Pa, je vous en prie, dit-elle.

Ty Ty continua à parler, mais personne ne put entendre ce qu'il disait. Assis sur le tronc d'arbre, il se parlait à lui-même, les yeux baissés vers le sable blanc et dur à ses pieds.

Pluto bougea un peu les mains. Il aurait bien voulu se rapprocher de Griselda, mais il n'osait pas. Il se tourna pour voir si on le regardait. Tout le monde regardait ailleurs. Il lui posa rapidement la main sur les cuisses et s'appuya contre elle. Griselda se retourna et lui lança une gifle d'un mouvement si rapide qu'il ne comprit pas ce qui l'avait frappé. Il sentit un flot de sang monter à sa joue cuisante et il entendit une volée de cloches dans ses oreilles. Quand il put ouvrir les yeux et les lever, Griselda se tenait debout devant lui, et Buck et Shaw, pliés en deux, hurlaient de rire.

— J'vous apprendrai, moi, à vous tenir comme il faut, espèce de gros tas de foin, cria-t-elle en colère. Faudrait pas me confondre avec Darling Jill. Elle ne vous gifle peut-être pas toutes les fois, mais avec moi, vous pouvez en être sûr. Ça vous servira de leçon à l'avenir.

Ty Ty se leva et traversa la cour pour voir si Pluto était sérieusement blessé.

— Pluto n'avait point de mauvaises intentions, Griselda, dit Ty Ty pour essayer de la calmer. Pluto n'voudrait point te mettre à mal, pas tant que Buck est par là, en tout cas.

— Vous feriez mieux d'aller sur la route compter vos bulletins de vote, Mr. Swint, dit-elle.

— Voyons, Griselda, tu sais pourtant bien que Pluto ne peut pas partir tant que Darling Jill n'lui aura pas ramené sa voiture.

— Il pourrait bien marcher, je pense, dit-elle, en riant au nez de Pluto. J'savais pas qu'il en était rendu au point de ne plus pouvoir marcher.

Pluto tournait autour de lui des yeux désespérés, comme s'il cherchait un point d'appui. L'idée de s'en aller sous ce soleil brûlant et de marcher dans cette poussière rouge le terrifiait. Il se cramponnait des deux mains au rebord des marches de bois.

Shaw remarqua que quelqu'un s'approchait, venant de la grange. Il regarda un instant et vit que c'était Black Sam. Quand le nègre se fut rapproché, Shaw quitta la cour et alla à sa rencontre.

— Mr. Shaw, dit Black Sam en enlevant son chapeau. J'voudrais bien dire un mot à votre Pa. J'ai besoin de le voir.

— Pourquoi veux-tu le voir? J' t'ai déjà dit ce qu'il avait décidé au sujet des rations.

— J'sais bien, Mr. Shaw, mais j'ai encore faim. J'voudrais bien voir votre Pa, j'vous prie, m'sieur not'maître.

Shaw appela Ty Ty au coin de la maison.

— Mr. Ty Ty, j'ai plus rien à manger à la maison, et nous n'avons rien mangé de la journée. Ma pauvre vieille femme, elle a grand besoin de quelque chose à manger.

— Par le plus-que-parfait des enfers, qu'est-ce qui te prend de venir m'embêter comme ça chez moi, Black Sam? cria Ty Ty. Je t'ai fait dire que je verrai à vous faire donner de quoi manger dès que ça me sera possible. Faut pas venir comme ça m'embêter chez moi. Retourne chez toi et cesse de me déranger. J'vais aller corder un homme tout blanc, cette nuit, et il faut que je me consacre entièrement à cette affaire. Cet homme tout blanc va nous aider à trouver le filon.

— Vous n'parlez point de sorcier, dites, Mr. Ty Ty? demanda Black Sam effrayé. Mr. Ty Ty, je vous en prie, m'sieur, n'amenez pas de sorcier ici. Mr. Ty Ty, je vous en prie, m'sieur not'maître, j'pourrais point supporter la vue d'un sorcier.

— Tais-toi, nom de nom, dit Ty Ty. Ce que je fais ne te regarde pas. Allons, rentre chez toi et cesse de venir m'embêter ici quand je suis occupé.

Le noir s'en alla. Il ne pensait plus qu'il avait faim. L'idée de voir un albinos dans la ferme lui coupait la respiration.

— Et puis, écoute une minute, dit Ty Ty. Si tu tues cette mule et si tu la manges, pendant mon absence, je te la ferai payer, et ça ne sera pas avec de l'argent non plus, parce que je sais que tu n'as pas le sou.

— Non, monsieur, non, Mr. Ty Ty, j'ferais jamais une chose pareille. J'mangerais jamais vot'mulet, not'maître. J'ai jamais pensé une chose comme ça. Mais, je vous en prie, m'sieu, capitaine blanc, n'amenez pas de sorcier ici.

Black Sam s'éloigna. Ses yeux avaient pris une largeur anormale et étaient extraordinairement blancs.

Quand Ty Ty eut fait demi-tour et fut retourné dans la cour, Shaw s'approcha du noir.

— Quand nous serons partis, dit-il, va à la porte de la cuisine et Miss Griselda te donnera quelque chose à emporter. Dis à Uncle Felix de venir aussi chercher quelque chose.

Black Sam le remercia, mais il n'eut pas conscience d'avoir entendu un seul mot de ce que Shaw lui avait dit. Il se détourna et courut vers la grange en poussant des gémissements sourds.

CHAPITRE IV

Buck faisait les cent pas nerveusement entre la véranda et l'automobile.

— Partons donc, Pa, dit-il. Nous allons barboter dans ce marais toute la nuit si nous ne partons pas de bonne heure. Et puis, j'n'aime pas beaucoup les marais quand il fait noir.

— J'croyais que vous vouliez faire venir Rosamond et Will, dit Griselda en regardant son beau-père. Vous feriez mieux d'écrire la lettre tout de suite et de la mettre à la poste quand vous serez en ville.

— J'avais point l'intention d'envoyer de lettre, dit Ty Ty. Une lettre, ça met trop de temps à arriver. J'pensais les envoyer chercher. M'est avis que Darling Jill pourrait bien aller à Scottsville et les ramener. J'l'enverrais par l'autobus à Augusta, et elle serait là-bas de bonne heure, ce soir. Ils pourraient repartir tous ensemble, demain matin, par l'autobus et arriver ici juste à temps pour creuser dans l'après-midi, sitôt après déjeuner.

— Darling Jill n'est pas ici, dit Buck. Et on ne peut pas savoir quand elle reviendra. Si nous l'attendons, nous ne partirons jamais pour le marais.

Pluto se mit sur son séant et regarda sur la route.

En continuant de ce train-là il ne verrait sûrement point un seul électeur.

— Elle sera là d'une minute à l'autre, dit Ty Ty avec assurance. Nous allons l'attendre et nous l'emmènerons avec nous jusqu'à Marion. Quand nous arriverons en ville nous la laisserons à l'arrêt de l'autobus et nous irons au marais chercher cet albinos. Il n'y a que ça à faire. Darling Jill va être là d'une minute à l'autre. Y aurait pas de raison de s'en aller maintenant quand elle peut arriver à tout instant.

Buck haussa les épaules et, dégoûté, se remit à faire les cent pas dans la cour. Il y avait déjà deux heures de passées, et on n'avait rien gagné à ce retard.

— J'pourrais... dit Pluto qui s'arrêta hésitant.

— Tu pourrais faire quoi? demanda Ty Ty.

— J'allais dire que...

— Dire quoi? Va, Pluto. Dis ce que t'as dans l'idée. On est en famille ici.

— Si elle n'avait pas d'objection, je pensais que...

— Par le plus-que-parfait des enfers, qu'est-ce que t'as donc, Pluto? demanda Ty Ty en colère. Tu commences à dire quelque chose, et puis tu deviens tout rouge, ta figure, ton cou, et puis t'as l'air d'avoir peur de le dire et aussi peur de ne pas le dire. Dis-nous donc ce que c'est, voyons.

Pluto rougit encore. Ses yeux allaient de l'un à l'autre. Il finit par sortir son mouchoir et il le tint devant sa figure comme s'il l'essuyait. Quand la rougeur eut diminué, il le remit dans sa poche.

— J'allais dire que je me ferais un plaisir de conduire Darling Jill jusqu'à Horse Creek Valley, ce soir, si elle me ramenait mon auto. Je veux dire que

52

je me ferais un plaisir de la conduire si elle voulait me le permettre.

— Ça, voilà qu'est d'un bon voisin, Pluto, dit Ty Ty avec enthousiasme. Maintenant, j'suis certain que tu peux compter sur nos voix. Si tu veux bien l'emmener là-bas, ça me fera économiser un peu d'argent. Je lui dirai d'aller avec toi. Elle n'y verra pas d'inconvénients. Pourquoi dis-tu si elle voulait te le permettre? Je lui dirai de le faire, Pluto. Trop reconnaissant de ton offre. En fin de compte, ça va me faire une bonne économie.

— Tu crois qu'elle viendra avec moi... je veux dire, tu crois qu'elle consentira à ce que je l'emmène là-bas dans ma voiture, en admettant qu'elle me la ramène?

— M'est avis que oui, quand je lui aurai dit de le faire. Et elle devrait s'estimer bien heureuse que tu l'emmènes, dit Ty Ty avec emphase, en crachant sur une tige d'oignon sauvage, à ses pieds. Faudrait pas te figurer que j'fais pas de mes enfants ce que je veux, Pluto. Elle ira, va, si je lui dis d'y aller. Elle ne demandera pas mieux.

— Si Pluto doit l'emmener, nous n'avons qu'à partir pour les marais, Pa, dit Buck. Il se fait tard. J'voudrais être de retour vers minuit autant que possible.

— Mes enfants, dit Ty Ty, je me sens tout gonflé d'orgueil quand je vous entends dire que vous voulez vous mettre à l'ouvrage. Nous partons. Pluto, tu conduiras Darling Jill à Scottsville et tu la laisseras chez Rosamond et Will. C'est bien gentil de ta part, et je t'en suis bien reconnaissant, Pluto.

Ty Ty monta les marches en courant puis revint dans la cour. Il avait momentanément oublié toute l'excitation que lui causait l'idée de trouver l'albinos.

— Griselda, quand Darling Jill sera de retour, dis-lui d'aller chercher Rosamond et Will à Horse Creek Valley et de les ramener demain matin. Il faudra qu'elle leur dise pourquoi, et tu peux lui expliquer ce qu'elle aura à leur dire. Nous en avons besoin pour creuser. Dis à Darling Jill que les garçons et moi, on est allé au marais chercher cet homme tout blanc, et dis-lui que nous allons trouver le filon en un rien de temps. J'sais pas quand exactement, mais j'peux bien dire en un rien de temps. Je vous achèterai à toutes les deux les plus belles robes que nous pourrons trouver en ville. J'achèterai la même à Rosamond quand nous aurons découvert le filon. Je veux que Rosamond et Will sachent bien que nous avons grand besoin d'eux, afin qu'ils viennent nous aider demain matin. Nous commencerons aussitôt après déjeuner et nous creuserons, creuserons, creuserons.

Ty Ty fouilla un instant dans sa poche et finit par en tirer vingt-cinq *cents* qu'il tendait à Griselda.

— Prends ça et achète-toi quelque chose de joli la première fois qu't'iras en ville, dit-il. J'voudrais pouvoir te donner davantage, parce que t'es si jolie toi-même et, quand je te regarde, j'peux pas m'empêcher... mais nous n'avons pas encore trouvé le filon.

— Partons, Pa, dit Shaw.

Buck mit en marche la grande auto à sept places et laissa ronfler le moteur pendant que son père donnait à Griselda les dernières instructions concernant Darling Jill. Juste au moment où Buck le crut prêt à monter dans la voiture, il fit demi-tour et courut à la grange. Un instant après, il revenait en courant, avec trois ou quatre cordeaux de plus. Il les fourra avec les autres sous le siège arrière.

Pendant quelques minutes, Ty Ty regarda Pluto sur les marches. Il le regardait intensément en fronçant les sourcils, comme s'il essayait de se rappeler quelque chose à lui dire avant de partir. Incapable de se rappeler, il fit demi-tour et monta dans l'auto avec Buck et Shaw. Buck mit le pied sur l'accélérateur et un nuage de fumée noire sortit du tuyau d'échappement. Ty Ty se retourna et fit au revoir de la main à Griselda et à Pluto.

— Et surtout, n'oublie pas de dire à Darling Jill ce que je t'ai dit, dit-il. Et dis-lui bien de revenir demain à la maison, de bonne heure, sans faute.

Shaw dut se pencher par-dessus son père pour fermer la portière que, dans son agitation, Ty Ty avait laissée ouverte. Dans l'odeur âcre du tuyau d'échappement, la grosse voiture s'élança rugissante, sortit de la cour et fila sur la grand-route. Un instant après, elle avait disparu.

— J'espère qu'ils trouveront cet albinos, dit Pluto sans s'adresser particulièrement à Griselda. S'ils ne le trouvent pas, Ty Ty reviendra en jurant que je lui ai menti. Je jure devant Dieu que le type m'a dit qu'il l'avait vu là-bas. J'ai point menti. Le type m'a dit qu'il l'avait vu dans un taillis, au bord du marais, en train de couper du bois. Si Ty Ty ne le trouve pas, s'il ne le ramène pas, il me retirera son vote. Et ça sera dommage, pour sûr. Positivement.

Tandis que Pluto parlait, Griselda était montée sous la véranda. Elle ne pouvait pas entendre ce qu'il marmonnait entre ses dents. De plus, elle ne tenait pas à rester avec lui dans la cour. Elle s'assit dans un fauteuil à bascule et contempla la nuque de Pluto. Elle voyait mieux la route d'où elle était, et elle guettait le retour de Darling Jill.

Pluto était tout seul sur les marches, et se marmonnait quelque chose à lui-même. Il n'élevait plus assez la voix pour qu'elle pût entendre ce qu'il disait. Il pensait à ce que Ty Ty dirait et ferait s'il ne trouvait pas l'albinos. Il commençait à regretter d'avoir parlé de l'albinos. Il comprenait maintenant qu'il aurait mieux fait de se taire et de ne pas parler de quelque chose dont il n'était pas sûr.

Griselda se leva et regarda sur la route.

— Est-ce que c'est votre auto, Pluto? demanda-t-elle en montrant, au-dessus de sa tête, le nuage de poussière rouge qui s'élevait sur la route. On dirait bien que c'est Darling Jill qui conduit en tout cas.

Pluto se leva avec effort, et fit quelques pas. Il attendit près du tronc de sycomore tandis que l'automobile approchait. Elle faisait beaucoup de bruit, mais ça avait bien l'air d'être la sienne. Il se demandait pourquoi elle faisait tant de bruit. Il ne s'en était jamais aperçu quand il conduisait lui-même.

— Oui, dit Griselda. C'est Darling Jill, Pluto. Vous n'êtes pas capable de reconnaître votre propre automobile?

Darling Jill entra dans la cour sans ralentir. La grosse voiture dérapa sur quelques mètres, puis s'arrêta brusquement après avoir fait un demi-cercle dans la cour. Un des pneus arrière était à plat et la chambre à air, qui pendait sur la jante, était en pièces. Pluto regarda le pneumatique, et une impression de grande fatigue l'envahit.

Pluto entendit Griselda qui descendait les marches derrière lui, et il s'effaça un peu pour la laisser passer.

— Vous avez crevé, Pluto, dit Darling Jill. Vous voyez?

Pluto essaya de dire quelque chose mais il s'aperçut qu'il lui était difficile de se décoller la langue du palais. Quand il y réussit, sa langue tomba entre ses lèvres où elle resta ballante.

— Qu'est-ce qui vous prend? demanda-t-elle en sautant à terre. Vous ne voyez pas? Est-ce que vous êtes aveugle?

— Qui a crevé? parvint-il à dire. (Il ne s'aperçut de la faiblesse de sa voix que lorsqu'il eut parlé.) Qui?

— Mais, vous, figure de cul, dit Darling Jill. Qu'est-ce que vous avez? Vous ne voyez donc rien?

Griselda accourut.

— Chut! Darling Jill, dit-elle. Ne parle pas comme ça.

Dès que Pluto se fut remis, il entreprit de soulever la roue pour mettre le pneu de rechange. Peinant et soufflant, il se mit en devoir de remplacer le pneu crevé, mais il ne trouva pas un mot à dire à Darling Jill pour avoir coupé un pneu tout neuf en roulant sur jante et avoir mis en pièces une chambre à air neuve de deux dollars. Darling Jill le regarda travailler un moment, se mit à rire, et se dirigea vers la véranda avec Griselda.

— Qui est-ce qui a mangé des melons sans m'en laisser?

— Il en reste beaucoup, dit Griselda. Je t'en ai gardé deux gros morceaux dans la cuisine.

— Qu'est-ce que Pluto Swint fait par ici?

— Pa veut que tu ailles chercher Rosamond et Will, dit Griselda en se rappelant soudain la commission de Ty Ty; Pa, Buck et Shaw sont allés au marais chercher un albinos qui doit découvrir leur filon. Il dit qu'il a besoin de Rosamond et de Will pour l'aider à creuser. Pluto va t'emmener là-bas, et Pa a dit que tu pourrais revenir demain matin par le premier autobus avec Rosamond et Will. J'voudrais bien pouvoir y aller moi aussi.

— Eh bien, qu'est-ce qui t'en empêche?

— Buck a dit qu'il serait peut-être de retour à minuit et j'veux être là quand il rentrera. J'irai une autre fois. Tu ferais bien de te presser à t'habiller.

— J'en ai pour une minute, dit Darling Jill. Mais il faut que je me lave un peu d'abord. Laisse pas partir Pluto sans moi. Je vais être prête tout de suite. Il ne me faudra pas longtemps.

— Oh! il t'attendra, dit Griselda en la suivant dans la maison. Il sera là, n't'en fais pas. Il ne bougera pas avant que tu sois prête.

Elle entra dans la maison avec Darling Jill, et Pluto resta seul dans la cour à changer son pneu. Il avait déjà enlevé le pneu crevé et il s'apprêtait à mettre le pneu de rechange et à serrer les écrous. Il travaillait dans la chaleur sans s'apercevoir que Griselda et Darling Jill l'avaient laissé seul dans la cour.

Quand il eut fini et qu'il eut replacé son cric et sa clé anglaise sous le siège, il se releva et tenta d'épousseter ses vêtements. Il avait la figure et les bras couverts de terre et de sueur, et ses mains étaient toutes sales. Il essaya tout d'abord de se nettoyer avec son mouchoir, mais il dut y renoncer quand il vit que ça ne servait à rien. Il se dirigea vers le puits, dans la cour, derrière la maison, afin de pouvoir se laver la figure et les mains.

Il arriva au coin de la maison sans avoir levé les

yeux. Mais une fois là, il regarda en l'air et vit Darling Jill dans la cour.

Tout d'abord, il recula un peu, puis il avança et la regarda pour la seconde fois. Après cela, il ne sut plus que faire.

Griselda était assise sur la plus haute marche de la véranda et parlait à Darling Jill. Elle n'avait pas regardé dans la direction de Pluto. Darling Jill était debout dans un grand tub en émail blanc qu'elles avaient sorti en hâte de la maison et placé à mi-chemin entre la véranda et le puits. Elle était fort occupée à causer avec Griselda et à se savonner les bras, quand Pluto l'aperçut.

C'est alors que Pluto se rendit compte exactement de la situation. Il ne voulait point faire demi-tour et s'en aller, mais il avait tout aussi peur d'approcher.

— Par les trous de mes chaussettes! Ça, par exemple! dit Pluto, bouche bée.

Darling Jill l'entendit et le regarda. Elle s'arrêta, sa serviette pleine de savon sur l'épaule, et lui lança un regard plus intense. Griselda se retourna pour voir ce qu'elle fixait avec tant d'attention.

Pendant un instant, Pluto crut que Darling Jill espérait peut-être lui faire perdre contenance, ou peut-être l'obliger à retourner devant la maison. Mais il y avait déjà plusieurs minutes qu'il était là, et il ne savait pas ce qu'elle avait dans l'esprit. Il était bien décidé, après être resté là si longtemps, à lui laisser faire le premier pas. Darling Jill n'essaya pas de s'enfuir et elle n'essaya pas de se couvrir avec sa serviette ou autre chose. Elle resta là, tout simplement, dans son tub en émail blanc, les yeux rivés sur lui.

— Par les trous de mes chaussettes! Ça, par exemple! répéta Pluto. Positivement.

Darling Jill se pencha vers le fond du tub et, prenant à deux mains autant de mousse de savon qu'elle put en saisir, elle la lança vers Pluto. Pluto, qui était tout près, vit bien arriver la mousse, mais il n'eut pas l'énergie de faire obliquer son corps à temps pour l'éviter. Quand il se décida à faire quelques pas, le savon lui brûlait déjà les yeux, lui coulait dans le dos par le col de sa chemise. Il ne pouvait rien voir. Il pouvait bien entendre quelque part, devant lui, Griselda et Darling Jill qui riaient, mais il était incapable de protester. Quand il ouvrit la bouche pour dire quelque chose, il sentit sa langue toute couverte de savon, et le reste de sa bouche n'avait pas meilleur goût. Il se courba le plus possible et tenta, en crachant, de faire disparaître ce goût de savon.

— Voilà pour vos trous de chaussettes, dit Darling Jill qu'il entendit sans la voir. Un autre jour, vous y réfléchirez peut-être à deux fois avant de venir me reluquer quand je suis toute nue. Qu'est-ce que vous voyez maintenant, Pluto? Vous voyez quelque chose? Pourquoi ne me regardez-vous plus? Vous pourriez en voir des choses, je vous assure!

Griselda, sur les marches, se remit à rire.

— Je voudrais pouvoir le photographier, maintenant, dit-elle à Darling Jill. Ça ferait une chic photo à montrer à ses électeurs, le jour des élections, tu n'trouves pas, Darling Jill? J'l'intitulerais : « Le shérif savonneux de Wayne County en train de compter ses votes. »

— S'il s'avise jamais de venir encore me reluquer quand je suis toute nue, je le plongerai la tête la première dans un tub d'eau de savon jusqu'à ce qu'il puisse dire « mon oncle » en trois langues. J'ai jamais vu un homme comme ça. Il ne pense qu'à me tripoter, à m'pincer quelque chose, ou bien il tâche de se faufiler pour me surprendre quand je suis toute nue. J'ai jamais vu un homme comme ça.

— Il n'savait peut-être pas que t'étais en train de prendre un tub dans la cour, Darling Jill. Il ne pouvait pas le savoir avant d'avoir tourné le coin de la maison, quand il a pu te voir.

— Tu penses comme il ne le savait pas! Si tu crois ça, dis-moi donc pourquoi il apparaît toujours au coin de la maison, dès que je suis en train d'en prendre un. Pluto n'est pas si bête qu'il en a l'air. Faut pas te fier aux apparences.

Il y eut un silence après ça, et Pluto comprit qu'elles avaient quitté la cour et qu'elles étaient rentrées dans la maison. Il tordit de nouveau son mouchoir et tenta d'enlever le savon de ses yeux. Il regagna à tâtons le devant de la maison, arriva jusqu'aux marches et s'assit en attendant que Darling Jill fût habillée. Il ne lui en voulait pas de lui avoir lancé du savon dans les yeux. Elle pouvait lui faire n'importe quoi, il ne se fâchait jamais. Très souvent, elle lui avait fait des choses bien pires que cela. Et elle le traitait de tout ce qu'elle pouvait trouver de plus vilain.

Quand il eut réussi à essuyer le savon et à enlever ce qui lui en restait sur la figure et dans les cheveux, il fut tout étonné, en levant les yeux, de voir que le soleil était presque couché. Il comprit qu'il ne pourrait point aller voir ses électeurs ce jour-là. Mais il ne le regrettait pas du moment qu'il allait emmener

Darling Jill à Scottsville. Il préférait être avec elle plutôt que de gagner son élection.

Derrière lui, la porte en toile métallique grinça, et Darling Jill et Griselda apparurent.

Elles restèrent derrière lui sous la véranda. Elles regardaient d'en haut le sommet de son crâne et étouffaient de petits rires. Pour les voir, il lui aurait fallu se mettre debout et se retourner. Il décida d'attendre qu'elles eussent descendu les marches pour les regarder.

— Et ces trous de chaussettes, Pluto, vous les raccommodez? lui demanda Darling Jill. Vous auriez dû faire ça, avant de vous risquer dans la cour.

CHAPITRE V

Ils n'arrivèrent à Scottsville qu'à dix heures du soir. Pluto perdait la tête dans le labyrinthe de ces rues ouvrières, mais Darling Jill était déjà venue plusieurs fois et elle reconnut la maison avant même d'y être arrivée. La maison de Rosamond et de Will était, en apparence, exactement comme les autres, mais, d'habitude, Rosamond avait des rideaux bleus à ses fenêtres, et Darling Jill les avait cherchés.

Pluto arrêta l'auto, mais laissa marcher le moteur. Darling Jill coupa l'allumage et retira la clé.

— Attends une minute, dit Pluto très agité. Ne fais pas ça, Darling Jill.

Elle mit la clé dans son sac à main et se mit à rire des protestations de Pluto. Avant qu'il eût pu l'arrêter elle avait ouvert la portière et était descendue sur le trottoir. Pluto descendit aussi et la suivit jusqu'à la porte.

— Je n'entends Will nulle part, dit-elle en s'arrêtant et en essayant de voir à travers les rideaux.

Ils ouvrirent la porte et pénétrèrent dans le vestibule. Il y avait de la lumière et toutes les portes étaient ouvertes. Ils entendirent quelqu'un pleurer dans une des chambres. Darling Jill pénétra dans une des pièces qui n'étaient pas éclairées et tourna le commutateur. Rosamond était étendue sur le lit, la tête recouverte d'un pan de drap. Elle sanglotait bruyamment.

— Rosamond, cria Darling Jill, qu'est-ce que tu as?

Elle s'élança et se jeta sur le lit, près de sa sœur.

Rosamond se souleva sur les coudes et regarda tout autour d'elle. Elle s'essuya les larmes qui lui inondaient le visage et s'efforça de sourire.

— Je ne t'attendais pas, dit-elle en étreignant Darling Jill et se remettant à pleurer. Je suis bien contente que tu sois venue. Je croyais que j'allais mourir. Je devais être un peu folle.

— Qu'est-ce que Will t'a fait? Où est-il?

Pluto était resté à la porte sans savoir que faire. Il s'efforça de ne pas regarder Rosamond avant qu'elle ne l'eût remarqué.

— Bonjour, Pluto, dit-elle en souriant. Sûr que je suis heureuse de vous revoir. Enlevez mes vêtements de dessus cette chaise et asseyez-vous. Vous êtes ici chez vous.

— Où est Will? redemanda Darling Jill. Dis-moi ce qui s'est passé, Rosamond.

— Il est quelque part dans la rue, dit Rosamond. Je ne sais pas exactement où il est.

— Mais qu'y a-t-il?

— Il n'a pas dessaoulé de la semaine, dit Rosamond. Il ne veut pas rester à la maison avec moi. Quand il est saoul, il ne parle que d'aller rétablir le courant à l'usine, et quand il n'est pas saoul, il ne dit rien. La dernière fois qu'il est rentré, il m'a battue.

Elle avait la figure très enflée. Un de ses yeux était légèrement décoloré et elle avait saigné du nez.

— Il ne travaille donc plus?

— Mais non, naturellement. L'usine est toujours fermée. Je ne sais pas quand elle rouvrira. Y a des gens qui disent jamais. J'sais pas.

Pluto, debout, tournait son chapeau dans ses mains.

— Il faut que je retourne chez moi, dit-il. Positivement.

— Asseyez-vous, Pluto, dit Darling Jill et restez tranquille.

Il se rassit, glissa son chapeau sous la chaise et croisa les mains sur ses genoux.

— Je suis venue vous chercher pour vous ramener à la maison, toi et Will, dit Darling Jill. Pa dit qu'il veut que vous veniez l'aider. Il a besoin de Will pour l'aider, et toi, tu pourras faire ce que tu voudras. Pa a dans l'idée qu'il va trouver de l'or, cette fois. J'sais pas ce qui lui prend.

— Oh! il a toujours quelque nouvelle lubie, dit Rosamond. Il n'y a pas d'or dans ce terrain. S'il y en avait, il y a longtemps qu'on l'aurait trouvé. Il ferait mieux de creuser moins de trous et de cultiver un peu plus.

— J'sais pas, dit Darling Jill, les garçons et lui croient qu'ils vont en trouver bientôt. C'est pour ça qu'ils sont tout le temps après. J'voudrais bien que ça soit vrai.

— Les Walden sont pires que les nègres avec leur manie de se figurer qu'ils vont trouver de l'or dans leur terre.

— Enfin, Pa veut que tu viennes avec Will.

— Will ne creusera pas. Pa devrait bien le savoir, depuis le temps. Will est toujours nerveux quand il est loin d'ici.

— Pa a mis dans sa tête qu'il fallait que vous veniez, tous les deux. Tu sais bien comment il est.

— Nous ne pouvons pas y aller ce soir. Will n'est pas ici et je ne sais pas quand il rentrera.

— Demain ce sera assez tôt. Nous passerons la nuit ici. Pluto peut dormir avec Will, et moi, je dormirai avec toi.

Pluto commença à protester qu'il lui fallait rentrer chez lui ce soir, mais elles ne lui prêtèrent aucune attention.

— J'demande pas mieux que vous restiez, mais le lit n'est pas assez large pour Will et Pluto. Il y en a un qui sera obligé de coucher par terre.

— Pluto fera très bien ça, dit Darling Jill. Tu n'auras qu'à lui donner un oreiller et une couverture et il se fera un lit dans le corridor. Ça lui sera égal.

Rosamond se leva, arrangea ses cheveux et se poudra la figure. Cela lui donna tout de suite meilleure mine.

— Je ne sais pas quand Will rentrera. Il ne rentrera peut-être pas de la nuit. Ça lui arrive des fois.

— Ça le dessoûlera de revenir avec nous et de creuser pendant un ou deux jours. Pa veillera à ce qu'il ne boive pas.

Tous se retournèrent et tendirent l'oreille. On entendait du bruit sous la véranda puis le claquement d'une porte fermée violemment.

— Tiens, le voilà, dit Rosamond. Et encore saoul, je le sais.

Ils attendirent dans la chambre tandis qu'il longeait le corridor avant d'apparaître à la porte.

— Tiens! Ah par exemple! dit Will. Te v'là encore?

Il dévisagea Darling Jill pendant un moment et se

dirigea vers elle, entraîné par ses mains. Elle s'effaça et il alla se heurter au mur.

— Will, dit Rosamond.

— Et v'là ce vieux Pluto aussi! Alors, comment ça va là-bas, à Marion?

Pluto se leva pour lui serrer la main, mais Will obliqua vers l'autre bout de la chambre.

Will s'assit dans un coin contre le mur et posa sa tête sur ses bras. Il resta si longtemps sans bouger que tout le monde pensa qu'il s'était endormi. Ils se préparaient à quitter la chambre sur la pointe des pieds et ils avaient déjà atteint la porte quand Will leva les yeux et les rappela.

— Vous allez encore essayer de vous esquiver, hein? Revenez tous me tenir compagnie.

Rosamond fit un geste de découragement et s'effondra sur le lit. Pluto et Darling Jill se moquèrent de Will et s'assirent.

— Comment va Griselda? demanda Will. Est-elle toujours aussi jolie? De quelle partie du comté vient-elle? J'voudrais bien aller faire un tour par là-bas un de ces jours pour y faire mon choix.

— Will, je t'en prie, dit Rosamond.

— J'finirai bien par l'avoir cette gosse, dit Will avec énergie en remuant la tête de droite et de gauche. Il y a assez longtemps que je la veux et j'commence à n'plus pouvoir attendre. Je vais me l'envoyer.

— Je te prie de te taire, Will, dit Rosamond.

Il sembla ne pas l'avoir entendue.

— Dis-moi comment est Griselda en ce moment, Darling Jill. A-t-elle toujours l'air mûre à point? Faudra que je l'aie un jour, nom de Dieu! J'ai l'œil sur elle depuis le jour qu'elle est entrée dans la maison. Griselda a la plus jolie paire de...

— Will! dit Rosamond.

— Qu'est-ce que t'as donc, nom de Dieu? dit Will avec colère. Ça n'sort pas de la famille, hein? Pourquoi diable venir m'engueuler parce que je parle d'elle. Buck s'en foutrait pas mal si je me l'envoyais. Il ne peut pas s'en servir tout le temps. Pourquoi gueuler pour rien du tout, tant que ça ne fait de mal à personne? A t'entendre, on dirait que j'veux m'envoyer la fille du roi d'Angleterre!

— Alors, dispense-toi d'en parler maintenant, supplia Rosamond.

— Écoute-moi un peu, dit Will. Griselda ne peut pas s'empêcher d'être la plus jolie fille du pays, pas plus que je n'peux m'empêcher de la vouloir. Qu'est-ce que ça peut bien te foutre? J'me suis promis un bon coup la première fois que je l'ai vue, là-bas en Georgie, et du diable si j'vais manquer à ma promesse. T'as que ce que tu mérites, et j'y peux rien, moi, si ça te plaît de gueuler.

— Nous parlerons de ça une autre fois, Will, si tu promets de te taire maintenant. Tâche de te rappeler devant qui tu parles.

— Nous sommes en famille, pas vrai? Alors, qu'est-ce que ça fout?

Darling Jill regarda Pluto et se mit à rire. Pluto se sentit rougir de nouveau et tourna la tête vers le mur où l'ombre le dissimulerait. Darling Jill n'en rit que de plus belle.

Ce n'était pas la peine d'essayer de parler tant que Will serait là.

Rosamond se mit brusquement à pleurer.

— Y a pas de raisons pour prendre les choses au tragique, dit Will bourru. Nous sommes en famille, pas vrai? Alors, qu'est-ce que ça fout? Ce vieux Pluto, là-bas, il rigole avec Darling Jill, du moins il le ferait s'il pouvait, et moi, il me semble pourtant que je te contente assez souvent, sauf quand tu te mets à faire des chichis et à m'parler du caractère sacré des relations avec la femme, ou quelque nom de Dieu d'histoire comme ça. Alors, pourquoi que je pourrais pas parler d'm'envoyer Griselda si ça me fait plaisir? Tu n'voudrais pas tout de même qu'une fille comme Griselda se foute une bonde! Ça serait bougrement trop dommage! Ça serait un péché mortel. Vrai de vrai! Ça serait pire que tout ce qu'on peut imaginer.

A cette pensée, il se mit à pleurer. Il se leva. Les larmes lui coulaient sur la figure, et on aurait dit que son cœur allait se briser. Il essaya d'arrêter le flot de larmes en s'enfonçant les poings dans les orbites, mais les larmes n'en coulèrent que de plus belle.

Rosamond se leva du lit.

— Dieu merci, c'est fini, dit-elle avec un soupir. Il va se calmer. Y a qu'à le laisser seul un moment et il va se remettre. Venez dans l'autre chambre. Je vais éteindre la lumière pour que ça ne lui fasse pas mal aux yeux.

Pluto et Darling Jill la suivirent, laissant Will pleurer dans son coin.

Quand ils eurent tous pris des chaises dans l'autre chambre, Rosamond se tourna vers Pluto.

— J'ai vraiment honte de ce qui s'est passé dans l'autre chambre, Pluto, dit-elle. Je vous en prie, n'y pensez plus et tâchez d'oublier. Quand Will est saoul, il ne sait pas ce qu'il dit. Il n'en pensait pas un mot, j'en suis sûre. Si j'avais pu l'empêcher, soyez sûr que je ne l'aurais pas laissé vous embarrasser comme ça. Je vous en prie, oubliez ce qu'il a dit.

— Oh! mais ça ne fait rien, Rosamond, dit-il en rougissant un peu. Je ne vous en veux pas, pas plus qu'à Will.

— Je l'espère bien, interrompit Darling Jill. Ça ne vous regarde pas du reste. Restez assis, Pluto, et taisez-vous.

Rosamond et Darling Jill se mirent alors à parler d'autre chose et Pluto fut incapable de suivre la conversation. Il était presque à l'autre bout de la chambre, et elles baissaient la voix. Il était fort mal sur une petite chaise, et il aurait bien préféré s'asseoir par terre où il aurait eu plus de place.

Bientôt Will apparut à la porte. Il avait les traits tirés mais ne donnait plus l'impression d'ébriété. En apparence il était dessoûlé.

— Enchanté de vous voir, Pluto, dit-il en s'approchant de lui pour lui serrer la main. Il y a longtemps qu'on ne s'était vus. Près d'un an, pas vrai?

— J'crois bien que oui, Will.

Will prit une chaise et s'assit. Il se renversa un peu pour regarder Pluto.

— Qu'est-ce que vous faites maintenant? La même chose que d'habitude?

— Cette année, je me présente aux élections pour être shérif, dit Pluto. Je veux devenir fonctionnaire.

— Vous serez épatant, dit Will. Il faut être gros pour être shérif. J'sais pas pourquoi, mais on dirait que c'est la règle. J'me rappelle pas avoir jamais vu un shérif maigre.

Pluto rit, bon enfant. Il s'approcha de la fenêtre et fit gicler un jet de tabac.

— Je devrais être rentré, maintenant, dit-il, mais je suis content de cette occasion de vous revoir, vous et Rosamond. Seulement, il faudra que je parte au petit matin, pour ma campagne. Je n'ai rien fait aujourd'hui. Pourtant, m'est avis que je suis parti assez tôt, mais je ne suis pas allé plus loin que chez les Walden, et maintenant, me voilà dans la Caroline.

— Est-ce que le vieux et ses garçons sont toujours en train de creuser leurs trous dans la terre, là-bas?

— Nuit et jour, pour ainsi dire. Mais ils vont avoir un albinos des marais pour les aider. C'est là où qu'ils sont ce soir. Ils sont partis un peu avant nous.

Will se mit à rire en se frappant sur les cuisses avec ses grandes mains.

— Les v'là dans la sorcellerie maintenant! Ça, par exemple! J'aurais jamais cru qu'à son âge Ty Ty Walden se mettrait à employer des sorciers. Il a toujours essayé de me prouver qu'il cherchait son or scientifiquement. Et maintenant, le voilà qui se met dans la sorcellerie! Que le diable m'emporte!

Pluto aurait bien voulu trouver quelque façon de défendre Ty Ty, mais Will riait tellement qu'il n'osa pas intervenir.

— Après tout, ça pourra peut-être servir, continua Will, tout comme ça pourra peut-être ne rien faire. Le vieux doit bien savoir ce qu'il fait. Voilà quinze ans qu'il s'amuse à chercher de l'or dans cette ferme, il devrait être un expert à l'heure qu'il est. Vous croyez qu'il y a de l'or dans ce terrain, vous, Pluto?

— J'n'oserais pas l'assurer, répondit Pluto, mais ça se pourrait bien parce que, autant que je me rappelle, j'ai vu de tout temps des gens trouver des pépites d'or dans la région. Il y a sûrement de l'or par ici parce que j'ai vu les pépites.

— Chaque fois que j'entends parler de Ty Ty et de ses trous, je me sens pris de la fièvre moi-même, dit Will, mais pas plus tôt là-bas, sous ce soleil brûlant, je perds tout mon intérêt. Ça ne me déplairait pas de trouver de l'or, pour sûr. J'ai bien l'impression qu'ici, à l'usine, il n'y a plus grand espoir de pouvoir gagner sa vie. Du moins, si nous restons comme ça sans rien faire.

Will s'était retourné et montrait par la fenêtre la filature sombre. Il n'y avait pas une seule lumière dans l'immense bâtiment, mais des lampes à arc, sous les arbres, jetaient une pâle lueur jaune sur les murs habillés de lierre.

— Quand est-ce que l'usine va rouvrir? demanda Pluto.

— Jamais, dit Will d'un air dégoûté. Jamais. A moins que nous ne le fassions nous-mêmes.

— Qu'est-ce qu'il y a? Pourquoi ne marche-t-elle plus?

Will, sur sa chaise, se pencha en avant.

— Un de ces jours, nous allons y aller nous-mêmes et rétablir la force motrice, dit-il lentement. Si la compagnie n'ouvre pas bientôt, c'est ça que nous ferons. Il y a dix-huit mois, ils ont réduit les salaires à un dollar dix, et quand nous avons rouspété, ils ont coupé le courant et nous ont foutus dehors. Mais ils continuent à nous réclamer le loyer pour ces espèces de chiottes dans lesquelles nous sommes obligés de vivre. Alors, vous savez maintenant pourquoi nous allons faire marcher la boîte nous-mêmes, hein?

— Mais il y a d'autres usines qui marchent dans la vallée, dit Pluto. En venant, ce soir, nous en avons vu cinq ou six d'éclairées sur la route d'Augusta. On va peut-être bien rouvrir celle-ci.

— Je vous en fous, avec des salaires pareils! Les autres usines marchent parce qu'ils ont réduit les tisserands à la famine pour les forcer à reprendre le travail. C'était avant que la Croix-Rouge ait commencé à distribuer des sacs de farine. Ils ont bien été obligés de reprendre le travail au nouveau salaire sous peine de mourir de faim. Mais, nom de Dieu, nous n'en sommes pas là, à Scottsville. Tant qu'on pourra se procurer un sac de farine de temps en temps, on pourra tenir. Et l'État s'est mis à distribuer de la levure. Y a qu'à en faire fondre une tablette dans un verre d'eau et le boire et ça vous retape pour un moment. On a commencé à distribuer de la levure parce que tout le monde avait la pellagre, ces temps-ci, dans la vallée. A force de crever de faim, vous comprenez! On n'retournera à l'usine que s'ils diminuent les heures de travail, suppriment les heures supplémentaires ou reviennent aux anciens salaires. Du diable si je vais travailler neuf heures par jour pour un dollar dix quand tous ces salauds de patrons, avec toute leur galette, se baladent dans la vallée dans leurs bagnoles de cinq mille dollars.

Will s'échauffait sur son sujet, et, une fois parti, on ne pouvait plus l'arrêter. Il parla brièvement à Pluto de leur projet de s'emparer de l'usine et de l'exploiter eux-mêmes. Il y avait près d'un an et demi, dit-il, que les ouvriers de Scottsville étaient sans travail, et le manque de nourriture et de vêtements les acculait au désespoir. Pendant ce temps, tous les travailleurs s'étaient entendus, hommes, femmes et enfants, employés par la compagnie, pour ne pas céder. L'usine avait essayé de les expulser de chez eux s'ils ne payaient pas leur loyer, mais un juge de Aiken avait enjoint aux autorités locales d'empêcher l'usine de chasser les ouvriers des maisons de la compagnie. Dans ces conditions, dit Will, ils étaient prêts à soutenir leurs revendications aussi longtemps que l'usine resterait à Scottsville.

Rosamond s'approcha de Will et lui mit la main sur l'épaule. Elle resta près de lui, silencieuse, jusqu'à ce qu'il eût fini. Pluto se réjouissait qu'elle fût venue. Il se sentait mal à l'aise à Scottsville. Will parlait comme si des actes de violence pouvaient être commis d'une minute à l'autre.

— Will, il est temps d'aller au lit, dit-elle doucement. Si nous devons partir demain matin avec Darling Jill et Pluto, il faut que nous dormions un peu. Il est plus de minuit.

Will lui mit le bras autour de la taille et l'embrassa sur les lèvres. Elle se blottit dans ses bras, les yeux clos, les doigts mêlés aux siens.

— Bien, dit-il en la soulevant de dessus ses genoux. M'est avis qu'il est temps.

Elle l'embrassa de nouveau et se dirigea vers la porte. Elle s'y arrêta un moment, à demi tournée, les yeux fixés sur Will.

— Viens te coucher, Darling Jill, dit-elle.

Elles entrèrent dans la chambre, de l'autre côté du corridor, et fermèrent la porte. Pluto commença à enlever sa cravate et sa chemise. Quand il les eut enlevées, il se mit en devoir de délacer ses souliers. Il fut prêt ensuite à se coucher par terre pour dormir.

Will lui apporta un oreiller et une couverture et les jeta par terre, à ses pieds. Puis il le laissa seul, entra dans la chambre de l'autre côté du corridor et ferma la porte.

— Où est-ce que je vais dormir? demanda-t-il debout au milieu de la chambre, les yeux fixés sur Darling Jill qui se déshabillait.

— Dans l'autre lit, Will, dit Rosamond. Allons, je t'en prie, Will, va-t'en et n'ennuie pas Darling Jill. Elle va coucher avec moi. Je t'en prie, ne commence pas une scène. Il est très tard. Il est plus de minuit.

Sans dire un mot, il ouvrit la porte et passa dans la chambre voisine. Il se déshabilla et se mit au lit. Il faisait trop chaud pour dormir en pyjama ou même en sous-vêtements. Il s'étendit sur le lit et ferma les yeux. Il se sentait encore un peu ivre et la tête commençait à lui faire mal, derrière les tempes. S'il ne s'était pas senti si mal à l'aise, il savait qu'il serait allé discuter avec Rosamond pour dormir dans l'autre chambre.

Quand Darling Jill et Rosamond se furent déshabillées, Rosamond éteignit la lumière et ouvrit les portes de toutes les chambres pour établir un courant d'air. Will put l'entendre ouvrir la porte de sa chambre, mais il était trop fatigué et il avait trop sommeil pour ouvrir les yeux et l'appeler. Il était bien une heure quand ils furent tous endormis et le seul bruit dans la maison fut le ronflement de Pluto sur son lit de fortune, de l'autre côté du corridor.

Vers le matin, Will se réveilla et alla à la cuisine pour boire un verre d'eau. La température s'était rafraîchie, mais il faisait encore trop chaud pour dormir sous un drap. Il revint et regarda Pluto sur le plancher à la lueur tremblotante qui venait du réverbère, à travers la fenêtre. Dans l'autre chambre, il s'approcha du lit et regarda Rosamond et Darling Jill. Il resta quelques minutes près du lit, très éveillé, les yeux fixés sur la blancheur des deux corps que le réverbère du coin éclairait faiblement. Will eut un instant l'idée de réveiller Darling Jill, mais il se sentait un peu mal au cœur, et le sang recommençait à lui battre les tempes. Il fit demi-tour et retourna dans sa chambre où il ferma les yeux. Il perdit connaissance jusqu'au moment où le soleil le réveilla en lui frappant le visage. Il était près de neuf heures et l'on n'entendait pas un bruit dans la maison.

CHAPITRE VI

Will, couché sur le côté, regardait par la fenêtre la maison jaune des voisins. Soudain, il sentit contre son dos quelque chose de chaud comme un chat ronronnant sur sa peau nue. Il se retourna, tout éveillé, à demi soulevé sur un coude.

— Ah! ça par exemple! s'écria-t-il.

Darling Jill s'assit et commença à l'aguicher. Elle lui tira les cheveux et lui passa la main sur la figure un peu rudement, lui écrasant le nez.

— Tu ne vas pas te mettre en colère? dit-elle.

— En colère? dit-il. J'suis bien trop content.

— Alors..., contente-moi aussi, un petit peu, Will, dit-elle.

Il étendit le bras vers elle, mais elle esquiva son étreinte. Il croyait la tenir si bien qu'elle ne pourrait pas s'en aller. Will s'allongea pour l'atteindre. Il la prit par le bras et l'attira vers lui. Darling Jill se blottit dans ses bras, et lui embrassa la poitrine tandis qu'il lui riait au visage.

— Où est Rosamond? demanda-t-il, en se rappelant soudain sa femme.

— Elle est descendue en ville chercher une boîte d'épingles à cheveux.

— Il y a longtemps qu'elle est partie?

— Une ou deux minutes.

Will souleva la tête et essaya de voir par-dessus le pied du lit.

— Où est Pluto?

— Assis sous la véranda.

— J'm'en fous, dit Will, en laissant sa tête retomber sur l'oreiller, il est trop paresseux pour se lever.

Elle se serra davantage contre lui en l'enlaçant étroitement de ses bras. Will lui saisit un sein qu'il pressa fortement.

— Pas si fort, Will. Tu me fais mal.

— J'te ferai bien plus mal que ça avant de te laisser partir.

— Embrasse-moi d'abord un petit peu, Will. J'aime ça.

Il la serra contre lui et l'embrassa. Darling Jill jeta ses bras autour de Will et se rapprocha de lui. Quand elle fut tout contre lui, Will l'embrassa furieusement.

— Prends-moi, Will, supplia Darling Jill. Dis, Will, prends-moi, maintenant.

Dans la maison jaune d'à côté, la femme se pencha à la fenêtre et secoua son balai, le frappant à plusieurs reprises sur le mur pour en faire tomber la poussière et les bouts de fil.

— Prends-moi, Will... J'peux plus attendre, dit-elle.

— Et moi pas davantage, dit-il.

Will se souleva sur les mains et les genoux et releva la tête de Darling Jill pour dégager les cheveux. Il abaissa l'oreiller, et la longue chevelure brune s'étala sur le lit et se déroula presque jusqu'à terre. Il baissa les yeux, et il vit qu'elle s'était soulevée au point de le toucher presque.

78

Il revint à lui pour entendre Darling Jill lui hurler dans l'oreille. Il ne savait pas depuis combien de temps elle criait. Dans l'excès du plaisir, il avait perdu toute conscience.

Il leva un peu la tête et regarda le visage de Darling Jill. Elle ouvrit les yeux tout grands et lui sourit.

— Ah! que c'était bon, Will, murmura-t-elle. Dis, fais-le-moi encore.

Il essaya de se dégager et de se lever, mais elle ne le laissait pas remuer. Il savait qu'elle attendait sa réponse.

— Will, fais-le-moi encore.

— Eh bon Dieu! Darling Jill, j'peux pas, comme ça, tout de suite.

Il lutta de nouveau dans l'espoir de se libérer et de se lever. Elle le tenait énergiquement.

— Alors, là-bas, en Georgie?

— Si c'est aussi bon en Georgie que dans la Caroline, j'crois foutre bien, Darling Jill.

— C'est encore meilleur en Georgie, dit-elle avec un sourire.

— Penses-tu? dit-il.

— C'est comme je te le dis, c'est meilleur en Georgie, Will.

— Je l'espère. Sans quoi j'te ramènerais en Caroline, illico.

— Mais j'serais toujours une fille de Georgie, même si tu me ramenais ici.

— Allons, t'as toujours raison, dit-il, mais si toutes les filles de Georgie font l'amour aussi bien que toi, je resterai là-bas toute ma vie.

Darling Jill leva le bras et frotta les empreintes que les dents de Will y avaient marquées. Will aurait bien voulu se relever et se coucher sur le dos, mais elle refusait toujours de le lâcher. Il resta un instant sans bouger, les yeux fermés, en proie à un profond bien-être.

Soudain, comme un éclair dans un ciel sans nuage, quelque chose lui décocha un coup formidable sur les fesses. Will poussa un hurlement et, faisant un tour complet sur lui-même, il retomba sur le dos, les yeux hors de la tête. Il savait que la foudre ne lui aurait pas causé de frayeur plus grande.

Avant qu'il eût pu dire un mot, il aperçut Rosamond auprès du lit. D'une main, elle brandissait la brosse à cheveux, de l'autre, elle s'efforçait de retourner Darling Jill sur le ventre. Elle y parvint et la frappa cinq ou six fois, à toute vitesse, sans laisser à Darling Jill le temps de s'échapper.

Will comprit qu'il valait mieux ne pas essayer de se lever. Il resta donc tranquille, les yeux fixés sur la brosse de Rosamond, souhaitant qu'elle ne le remette pas sur le ventre pour lui faire à nouveau des ampoules.

Darling Jill commença par rire, mais elle avait de telles cloques, et les cloques lui faisaient si mal, qu'elle se mit à pleurer. Will se glissa la main sous le corps et tâta le gros bourrelet qui lui boursouflait la peau. Il le frotta dans l'espoir d'atténuer la sensation de brûlure. Darling Jill avait les fesses rouges comme de la braise, et des bourrelets écarlates gonflaient sa peau délicate. Il regarda à nouveau et vit qu'il y avait même des bourrelets au sommet des bourrelets. Ils s'élevaient comme de petits blocs allongés, de la taille et de la forme de la brosse à cheveux de Rosamond.

Pluto, debout derrière Rosamond, regardait avec

compassion le corps nu et tremblant de Darling Jill et ses fesses aux ampoules frémissantes.

— Nom de Dieu! dit Will en touchant la cloque de son derrière.

— C'est tout ce que tu trouves à dire? lui demanda Rosamond. Je suis allée dans la rue faire une course. J'en ai eu à peine pour vingt minutes et tu en as profité pour faire ça! Qu'est-ce que tu penses que dirait Pluto, s'il pouvait parler? Tu ne sais donc pas qu'il veut l'épouser? Ça lui brise le cœur de voir ça. Qu'est-ce que tu dirais si t'étais allé en ville et que tu m'aurais trouvée couchée avec Pluto? T'as rien autre chose à dire que « nom de Dieu »?

Darling Jill éclata brusquement de rire. Elle regarda Rosamond un instant, puis Pluto. Elle se mit à rire de plus belle.

— Pas avec cette bedaine, Rosamond, dit Darling Jill. Comment voudrais-tu qu'il fasse avec cette bedaine?

Rosamond retint un sourire, mais le visage de Pluto devint cramoisi. Il détourna la tête et recula contre le mur comme s'il avait l'espoir d'y disparaître.

Darling Jill passa la main sur ses ampoules et se remit à pleurer.

— Écoute un peu, Rosamond, dit Will.

Rosamond baissa les yeux vers Will et posa la main qui tenait la brosse sur le pied du lit.

— Moi, il faut que je te supplie de coucher avec moi, mais Darling Jill vient ici juste pour une nuit et t'as rien de plus pressé que de la prendre. Elle n'est pas plus jolie que moi, Will.

Il ne trouvait rien à dire. Il ne trouvait pas un seul mot à répondre. Elle le regardait toujours, cependant, et il savait qu'elle ne bougerait pas avant qu'il eût dit quelque chose.

— Rien qu'une fois, y avait pas de mal à ça, voyons, Rosamond.

— Rien qu'une fois! C'est toujours ce que tu dis. Chaque fois que je te demande pourquoi tu l'as fait, tu réponds que tu ne l'as fait qu'une fois. Une fois, avec toutes les filles de la ville. Autant dire cent fois. Tu ne penses donc jamais à ce que je dois ressentir, moi, quand je te sais quelque part avec une fille que t'as nulle raison de fréquenter, pendant que je reste à la maison à me demander où tu es et ce que tu fais.

Will tourna la tête juste assez pour apercevoir Darling Jill du coin de l'œil.

— C'est peut-être parce qu'elle est de Georgie, Rosamond. J'crois que c'est pour ça.

— C'est pas une excuse. Tu n'peux même pas en trouver une. J'suis bien de Georgie moi aussi... du moins, j'en étais avant de t'épouser et de venir m'installer ici.

Will regarda Pluto, mais, apparemment, Pluto n'avait rien à suggérer. Il se contenta de regarder Will, à son tour, d'un air vague.

— Rosamond, ma chatte, dit-il humblement, je me suis senti de l'amitié pour elle, alors je l'ai embrassée un peu et puis, dame, j'l'avais pas plus tôt fait que j'ai senti que j'pourrais pas m'arrêter. J'avais pas l'intention de mal faire. C'est arrivé comme ça, voilà.

— Si j'avais un bâton de baseball, tu verrais ce que je te ferais, répliqua Rosamond.

Will commença à reprendre confiance en son pouvoir de discuter avec Rosamond. Il n'avait plus peur de Rosamond, et il savait qu'il pourrait lui reprendre la brosse à cheveux si elle s'avisait de vouloir recommencer.

— Et puis, écoute, Rosamond, dit-il. Une fille comme Darling Jill ne peut jamais aller nulle part sans que quelqu'un la prenne. Elle est née comme ça.

Rosamond sembla disposée à reprendre sa brosse pour leur appliquer à tous deux de nouvelles ampoules, mais elle se ravisa et courut vers la commode, près du coin où Pluto s'était réfugié. D'une secousse elle ouvrit le tiroir d'en haut et en tira un petit revolver à crosse de nacre. Elle se précipita vers le lit en visant droit devant elle.

— Pour l'amour de Dieu, Rosamond, hurla Will. Rosamond, mon petit, ne fais pas ça.

Darling Jill leva les yeux de dessus l'oreiller juste à temps pour voir le chien se relever avec un déclic. Will s'assit sur le lit en s'abritant derrière un oreiller.

— Des ampoules, ça ne dure pas, tandis que si je te tue, tu resteras mort un bon moment, Will Thompson.

— Ma chérie, supplia-t-il, si tu poses ça, je te promets de ne plus recommencer. Je te le jure devant Dieu, ma chérie, si une femme essaie de m'avoir, je la foutrai dans la rivière. Je te jure que je ne le ferai plus jamais de ma vie, Rosamond, ma chérie.

Rosamond pressa la détente et la chambre s'emplit de fumée blanche. Elle avait visé les pieds de Will mais elle avait manqué le but. Will bondit sur Rosamond, une main tendue pour s'emparer du revolver. Rosamond tira de nouveau. La balle passa entre les jambes de Will qui pensa mourir de peur. Il baissa les yeux pour voir s'il avait été blessé, mais il ne prit pas le temps de regarder bien soigneusement. Il courut à la fenêtre et, sautant dehors, retomba à quatre pattes. Une seconde après avoir touché le sol, il était déjà relevé et disparaissait au coin de la maison.

La femme, dans la maison jaune, à côté, s'élança à la fenêtre et passa la tête. Elle aperçut Will qui courait, tout nu, à travers la cour et enfilait la rue ventre à terre. Quand il eut disparu, elle se tourna et regarda Rosamond qui était à la fenêtre, le revolver à crosse de nacre tout tremblant dans sa main.

— Est-ce que c'est Will Thompson? demanda la femme.

— De quel côté est-il allé? demanda Rosamond.

— Il a descendu la rue, par là-bas, dit la femme, incapable de s'empêcher de rire plus longtemps. Ça n's'était pas encore vu, ça, Will Thompson chassé de chez lui à coups de revolver. Faudra que je dise ça à Charlie. Il en crèvera de rire. Et Will Thompson était nu comme un ver, par-dessus le marché. En voilà une affaire!

Rosamond retourna mettre le revolver dans le tiroir qu'elle ferma. Puis elle s'assit sur une chaise et se mit à pleurer.

Pluto ne savait que faire. Il ne savait s'il devait courir après Will et tâcher de le ramener ou s'il ferait mieux de rester dans la chambre à essayer de calmer Rosamond et Darling Jill. Darling Jill était plus calme et elle ne pleurait plus si fort. Mais Rosamond pleurait toujours à chaudes larmes. Pluto se pencha et, lui mettant la main sur le bras, il la caressa gentiment. Rosamond rejeta la main et n'en pleura que de plus belle. Alors, Pluto décida que ce qu'il avait de mieux à faire c'était de ne rien faire du tout pendant quelque temps. Il se rassit et attendit.

Bientôt Rosamond se leva et courut vers le lit où se trouvait sa sœur. Elle se jeta sur le lit et, saisissant Darling Jill dans ses bras, elle fondit de nouveau en larmes. Et elles restèrent ainsi toutes les deux à se consoler. Pluto regardait, mal à l'aise. Il s'attendait à les voir se jeter l'une sur l'autre, s'arracher les cheveux, se griffer et se traiter de tous noms. Mais elles ne faisaient rien de tout cela. Elles se cajolaient et pleuraient de compagnie. Pluto ne pouvait pas comprendre pourquoi Rosamond n'essayait pas de tuer Darling Jill ou, au moins, pourquoi elle n'était pas fâchée contre elle. A les voir maintenant, Pluto ne pouvait comprendre que Rosamond eût agi comme elle venait de le faire quelques minutes auparavant. Elles se comportaient comme si toutes deux souffraient d'un deuil commun.

Quand les sanglots de Rosamond se furent arrêtés, elle s'assit et regarda sa sœur. Sur les fesses de Darling Jill, les bourrelets rouges étaient encore très douloureux, et elle ne pouvait point se coucher dessus. Du bout des doigts, délicatement, Rosamond toucha une des cloques comme si, par ce contact, elle espérait atténuer un peu la douleur.

— Reste couchée jusqu'à ce que je revienne, dit Rosamond. Je n'en ai pas pour longtemps.

Elle courut à la cuisine et en revint avec une tasse pleine de saindoux et une grande serviette de bain. Elle s'assit sur le bord du lit et trempa ses doigts dans la graisse.

— Venez ici, Pluto, dit-elle, sans se retourner pour le regarder. Vous pouvez m'aider.

Pluto s'approcha du lit en rougissant jusqu'aux oreilles à la vue de Darling Jill, nue devant lui.

— Soulevez-la doucement, Pluto, et tenez-la en travers sur vos genoux, lui dit Rosamond. Maintenant, attention. N'irritez pas ces ampoules, quoi que vous voyiez.

Pluto passa ses bras sous Darling Jill et lui posa les mains à plat sur les seins et sur les cuisses. D'une secousse il retira ses mains, le visage et le cou en feu.

— Eh bien! qu'est-ce qui vous prend?

— Vaudrait peut-être mieux que ça soit vous qui la souleviez.

— Ne dites donc pas de bêtises, Pluto. Comment voulez-vous? Je ne suis pas assez forte.

Il passa de nouveau ses mains sous Darling Jill, en fermant les yeux et serrant les lèvres.

— Allons, vite, Pluto, que je puisse étendre le saindoux sur ces bourrelets avant qu'ils ne deviennent bleus.

Pluto la souleva et regarda autour de lui. Il s'assit sur le bord du lit, à côté de Rosamond, avec Darling Jill étendue en travers sur ses genoux. Rosamond se mit aussitôt en devoir d'appliquer le saindoux. Pluto l'aurait bien regardée faire mais il ne pouvait détacher ses yeux de la longue chevelure brune de Darling Jill qui pendait jusqu'à terre. Pour éviter qu'elle ne touchât le plancher, il souleva un peu la jeune fille. A deux ou trois reprises, quand Rosamond la toucha, Darling Jill frissonna, mais elle ne protesta pas et n'essaya point de s'échapper. Après avoir soigneusement étendu le saindoux, Rosamond s'essuya les doigts à un chiffon et plia la serviette de manière à en faire une longue bande de pansement bien épaisse.

Pluto baissa les yeux vers les fesses soyeuses de Darling Jill et un désir soudain lui vint de les toucher, d'essayer d'atténuer la douleur. Mais, chaque fois qu'il la regardait étendue ainsi sur ses genoux, il se mettait à rougir jusqu'aux oreilles.

— Aidez-la à se mettre debout, Pluto, dit Rosamond. Soulevez-la et mettez-la debout, Pluto.

Darling Jill se tint debout en face de Pluto et de sa sœur qui assujettissait soigneusement la serviette autour d'elle. Pluto regardait une certaine partie de son corps, qui, par hasard, se trouvait à hauteur de ses yeux. Il regardait droit devant lui, sans remuer les prunelles ni à droite ni à gauche. Il savait que Darling Jill abaissait les yeux vers lui, mais il ne pouvait se décider à lever la tête pour la regarder en face.

Il n'était pas très sûr, mais il lui semblait bien qu'elle s'était inclinée vers lui.

— Je vous plais, Pluto? dit Darling Jill en souriant.

Le visage de Pluto frissonna, et son cou s'enflamma sous un brusque afflux de sang. Il tenta de lever les yeux pour la regarder. C'était un grand effort pour lui que de lever la tête en la renversant, mais il se força à le faire.

— Je vais me fâcher si vous ne dites pas tout de suite que je vous plais, dit Darling Jill avec une moue.

— J'suis fou de toi, Darling Jill, dit-il, étouffant presque. Positivement.

— Pourquoi c'est-il que votre figure et votre cou deviennent tout rouges quand vous me voyez comme ça, Pluto?

Il sentit de nouveau que le sang lui montait au

visage et augmentait son embarras. Inconsciemment, il tira un fil du couvre-pied.

— C'est pourtant pas que ça me déplaise, répondit-il.

— Vous voulez m'épouser, Pluto?

— Tout de suite. Quand tu voudras, lui dit-il. Positivement.

— Mais votre ventre est trop gros, Pluto.

— Voyons, Darling Jill, ce n'est pas un obstacle entre nous.

— S'il n'était pas si gros, Pluto, vous pourriez vous approcher plus près.

— Voyons, Darling Jill.

— Positivement, dit-elle en se moquant de lui.

— Voyons, Darling Jill, dit-il en étendant les bras pour la saisir par la taille.

Elle se laissa attirer assez près pour qu'il pût l'embrasser. Pluto l'attira entre ses jambes et leva la tête aussi haut que possible, mais les lèvres de Darling Jill étaient si loin des siennes qu'il comprit qu'il ne pourrait jamais les atteindre à moins qu'il ne se mît debout ou qu'elle ne se baissât. Il calcula qu'il serait beaucoup plus facile à Darling Jill de se baisser qu'à lui de se mettre sur pied et il savait qu'elle s'en rendait bien compte. Mais elle restait toute droite entre ses bras, lui infligeant le supplice de Tantale par son refus de se baisser pour qu'il pût poser ses lèvres sur les siennes. Quand, n'y tenant plus, il s'apprêtait à se lever contre elle, Darling Jill se pencha sur lui tout en tournant un peu son corps. Avant qu'il eût eu le temps de s'en apercevoir, il sentit contre son visage la chaleur d'un sein qu'il se mit à dévorer de baisers.

— Finis ça immédiatement, Darling Jill, dit Rosamond en se levant pour les séparer. Cesse d'exciter Pluto, comme ça. C'est une honte de le traiter de cette manière, le pauvre garçon. Un de ces jours, il finira par se fâcher, et alors, je ne sais pas ce qui arrivera.

Darling Jill, d'une secousse, échappa à l'étreinte, courut à la porte et se réfugia dans l'autre chambre, en maintenant la serviette autour de ses fesses. Pluto, étourdi, restait assis, les bras ballants, la bouche entrouverte. Rosamond, en se tournant, le vit ainsi, et elle se sentit prise d'une telle compassion qu'elle revint vers lui et lui caressa la joue, gentiment.

CHAPITRE VII

D'un bout à l'autre de la vallée, les sifflets de filatures annoncèrent le repas de midi. Partout, sauf à Scottsville, l'activité cessa brusquement, et hommes et femmes sortirent des bâtiments en enlevant le coton de leurs oreilles. Mais, dans la cité ouvrière de Scottsville, les gens ne bougèrent point de leurs chaises sous les vérandas. Il était midi, l'heure de déjeuner, mais, à Scottsville, les habitants, le ventre plat, attendaient la fin de la grève.

La femme, dans la maison jaune d'à côté, alluma son fourneau et mit une casserole d'eau à bouillir. Son mari, ses enfants et elle mangeraient ce qu'ils pourraient sans briser les lignes tirées aux commissures de leurs lèvres. Chaque jour qui passait était une victoire. Il y avait dix-huit mois qu'ils tenaient tête à l'usine, et tant qu'il y aurait de l'espoir ils ne céderaient pas.

Rosamond suggéra de faire un peu de glace.

— Will en aimera bien un peu, quand il rentrera, dit-elle.

On envoya Pluto dans la rue chercher un morceau de glace. Il alla au magasin du coin en se pressant le plus possible, tandis que Rosamond échaudait la sorbetière et pelait les pêches. Il avait peur à toute minute, dans la vallée. Il avait peur que quelqu'un ne bondît sur lui de derrière un arbre pour lui trancher la gorge d'une oreille à l'autre, et, même dans la maison, il avait peur de s'asseoir le dos à une porte ou à une fenêtre.

Pendant que Rosamond préparait la crème, Darling Jill sortit sur la véranda, derrière la maison, et s'assit à l'ombre sur un coussin. Elle s'était peignée, mais elle n'avait pas attaché ses cheveux. Ils lui pendaient dans le dos, couvraient ses épaules et atteignaient presque le sol : Rosamond lui avait prêté un peignoir qu'elle portait par-dessus sa serviette et ses bas de soie noire retenus par des jarretières jaune canari. Quand Pluto revint avec son bloc de glace, la crème était toute prête à glacer. Il comprit qu'il lui faudrait tourner le batteur.

Maintenant que le soleil était au-dessus de la maison, il faisait frais sous la véranda ombragée. Une brise légère soufflait de temps à autre, et, bien que le thermomètre marquât trente-huit degrés, la chaleur était supportable. Large, verte et fraîche, la rivière, comme un lac allongé, s'étendait sur plusieurs milles, en bas, dans la vallée.

— Il faut que je rentre chez moi, dit Pluto. Positivement.

— Vos électeurs se passeront bien de vous, lui dit Darling Jill. Ils seront trop contents de ne pas vous avoir aujourd'hui à les ennuyer. Du reste, nous ne sommes pas encore prêtes à partir.

— Je n'ai rien fait hier, ni avant-hier, ça fait bien quatre ou cinq jours que je ne fais rien. Et aujourd'hui, je ne vais encore rien faire.

— Quand nous serons rentrés, je ferai campagne pour vous, Pluto, dit Darling Jill. Je vous obtiendrai tellement de voix que vous ne saurez plus qu'en faire.

— J'voudrais être déjà rentré, dit-il. Positivement.

Il accéléra le mouvement du batteur dans l'espoir de finir à temps pour pouvoir partir avant la fin de l'heure.

— Je voudrais bien que Will revienne, dit Rosamond. Crois-tu qu'il est parti pour toujours cette fois et qu'il ne reviendra plus?

Darling Jill soupira et regarda par la fenêtre de la cuisine ce que faisaient les gens dans la maison jaune d'à côté. Ils mangeaient des sandwiches et buvaient du thé glacé. A les voir manger, Darling Jill se sentit un peu faim.

Rosamond estima que la crème commençait à prendre. Pluto éprouvait quelque difficulté à tourner le batteur aussi vite qu'au début. La sueur lui coulait sur la figure, et sa bouche s'entrouvrait de fatigue. Il tenait la sorbetière d'une main et tournait rageusement de l'autre.

Il se trouva que personne ne regardait dans cette direction quand Will passa la tête au coin de la maison et les regarda pendant plusieurs minutes. Quand il vit que Pluto était en train de faire de la glace, il avança et se dirigea lentement vers les marches.

— Tiens, mais le voilà, Will, dit Darling Jill qui l'aperçut la première.

Will s'arrêta net et regarda Rosamond.

— Will! s'écria-t-elle.

Elle se leva d'un bond et descendit les marches en

courant pour aller le rejoindre. Elle lui jeta les
bras autour du cou et l'embrassa frénétiquement.

— Will, tu n'as pas de mal?

Il lui tapota l'épaule et l'embrassa. Il ne portait
qu'une paire de pantalons kaki qu'il avait empruntés
quelque part et il était pieds nus et sans chemise.

Rosamond l'entraîna au haut des marches et le fit
asseoir sur une chaise. Pluto cessa de tourner la mani-
velle pour le regarder. Il ne s'attendait pas à voir
Will si tôt.

— Cette crème doit être dure depuis le temps,
Pluto, dit Rosamond. Enlevez le couvercle pendant
que nous allons chercher des assiettes et des cuillères.
Et faites attention au sel. Enlevez d'abord un peu
de glace.

Elle ne fut absente qu'un instant. Darling Jill prit
la grande cuillère, emplit les assiettes et les passa à
la ronde. Rosamond resta avec Will, ne voulant pas le
quitter à nouveau. Il prit une cuillerée de glace à la
pêche et lui sourit.

— As-tu appris quelque chose au sujet de la réou-
verture de l'usine? demanda-t-elle.

— Non, répondit-il.

Dans les maisons jaunes de la compagnie, les femmes
demandaient cela tous les jours, et les hommes répondaient toujours qu'ils n'avaient rien entendu dire.

— Les autres usines marchent toujours, n'est-ce
pas?

— J'crois que oui, dit-il.

— Quand est-ce que la nôtre recommencera?

— Je ne sais pas.

A la pensée que les autres usines marchaient
régulièrement, Will se raidit. Il se redressa sur sa

chaise et regarda fixement la grande eau verte qui coulait à ses pieds. Horse Creek était là, aussi calme, aussi unie qu'un lac. La pensée que, dans la vallée, les autres usines marchaient jour et nuit commença à évoquer devant ses yeux des images d'une grande netteté. Il pouvait voir la filature avec ses murs habillés de lierre, au bord de l'eau verte. C'était de bonne heure le matin, et le sifflet retentissait appelant au travail les femmes empressées. Ce n'étaient plus des hommes maintenant qui entraient dans l'usine. Les usines préféraient employer des femmes, parce que les femmes ne protestent jamais contre la durée du travail, contre son extension, contre les heures plus longues ou les salaires réduits. Will pouvait voir les femmes courir à l'usine dans le petit matin tandis que les hommes restaient dans la rue à regarder, désemparés.

Tout le jour, le silence régnait autour de l'usine aux murs habillés de lierre. Les machines ne ronflaient pas si fort quand c'étaient des femmes qui les actionnaient. Les hommes faisaient bourdonner l'usine quand ils y travaillaient. Mais, le soir venu, les portes s'ouvraient toutes grandes, et les femmes sortaient avec de grands éclats de rire. Une fois dans la rue, elles retournaient en courant presser leurs corps contre les murs habillés de lierre qu'elles touchaient de leurs lèvres. Les hommes, qui tout le jour étaient restés là sans rien faire, les entraînaient jusque chez elles et là, les battaient sans merci pour les punir de leur infidélité.

Will sursauta quand il revint à lui et regarda Pluto, Rosamond et Darling Jill. Il s'était absenté, et, maintenant qu'il était de retour, il se trouvait tout étonné de les voir ici. Il se frotta les yeux et se demanda s'il avait dormi. Il savait bien que non, cependant, car son assiette était vide. Elle était là, dans ses mains, lourde et dure.

— Nom de Dieu! murmura-t-il.

Il se rappelait le temps où l'usine, en bas, marchait jour et nuit. Les hommes qui travaillaient dans l'usine avaient l'air fatigués, épuisés, mais les femmes étaient amoureuses des métiers, des broches, de la bourre volante. Les femmes aux yeux fous, dans l'enceinte des murs habillés de lierre, ressemblaient à des plantes en pots toutes fleuries.

Les cités ouvrières s'étendaient d'un bout à l'autre de la vallée, et les filatures aux murs habillés de lierre et les filles aux chairs fermes et aux yeux de volubilis; et les hommes, dans les rues chaudes, se regardaient les uns les autres, crachant leurs poumons dans l'épaisse poussière jaune de la Caroline. Il savait qu'il ne pourrait jamais se détacher des usines aux lumières bleues, la nuit, des hommes aux lèvres sanglantes dans les rues, de l'animation des cités ouvrières. Rien ne pourrait l'en faire partir. Peut-être s'absenterait-il un certain temps, mais il serait malheureux et n'aurait point de paix qu'il ne fût revenu. Il lui fallait rester là et aider ses amis à trouver quelque moyen de gagner leur vie. Les rues des usines ne pouvaient exister sans lui. Il lui fallait rester là, y marcher, regarder le soleil se coucher, le soir, sur les murs de l'usine et s'y lever le matin. Dans les rues des usines, dans les villes de la vallée, les seins des femmes se dressaient, fermes et droits. Les toiles qu'elles tissaient, sous la lumière bleue, recouvraient leurs corps, mais, sous le vêtement, le

95

mouvement des seins dressés ressemblait au mouvement des mains inquiètes. Dans les villes de la vallée, la beauté mendiait, et la faim des hommes forts ressemblait aux gémissements de femmes battues.

— Ah! nom de Dieu, murmura-t-il dans un soupir.

Il leva les yeux et vit Darling Jill qui posait sur son assiette vide une cuillerée de glace piquetée de morceaux de pêches. Sans lui laisser le temps de s'éloigner, il la prit par le bras et l'attira vers lui. Il l'embrassa sur la joue à plusieurs reprises en lui pressant fortement la main.

— Pour l'amour de Dieu, ne viens jamais ici travailler à l'usine, supplia-t-il. Tu ne feras jamais ça, dis, Darling Jill?

Elle commença par rire, mais, quand elle vit son visage, elle s'inquiéta.

— Qu'est-ce que tu as, Will? Tu es malade?

— Oh! je n'ai rien, dit-il, mais, pour l'amour de Dieu, ne viens jamais travailler dans une filature.

Rosamond posa sa main sur la sienne et le pressa de manger sa glace avant qu'elle ne fondît.

Il ferma les yeux et il vit les maisons jaunes de la compagnie s'étendre à perte de vue à travers Scottsville. Dans les maisons, il vit les femmes, lèvres crispées, assises à la fenêtre de leurs cuisines, le dos à leurs fourneaux éteints. Dans la rue, devant les maisons, il vit les hommes aux lèvres sanglantes cracher leurs poumons dans la poussière jaune. A perte de vue, le long de la rivière large et fraîche, s'alignaient des rangées d'usines aux murs habillés de lierre et, dans les usines, les filles chantaient, étouffant le bruit des machines en marche. Les filatures, les usines de tissage, de blanchissage, ne finissaient jamais, et les filles empressées, avec leurs seins tendus et leurs yeux de volubilis, entraient, sortaient, couraient sans fin.

— Pluto va nous emmener en Georgie, dit Rosamond doucement. Tu pourras te reposer là-bas, Will. Tu te sentiras beaucoup mieux quand tu reviendras.

Il se réjouissait maintenant d'aller passer quelque temps chez Ty Ty, mais cela l'ennuyait de partir et de laisser les autres assis, là, à attendre, décidés à ne pas céder à l'usine. Évidemment, quand il rentrerait, il se sentirait beaucoup mieux. Peut-être alors pourrait-il enfoncer les portes aux barres d'acier et rétablir la force motrice. Il aimerait revenir dans la vallée et, debout dans l'usine, entendre le bourdonnement des machines, même s'il leur fallait encore attendre avant de recommencer à tisser.

— Très bien, dit-il. Quand partons-nous, Pluto?

— Je suis prêt, dit Pluto. J'aimerais bien être rentré à temps pour vérifier quelques votes avant le dîner.

Rosamond et Darling Jill rentrèrent dans la maison pour s'habiller. Will et Pluto restèrent à contempler l'eau verte, à leurs pieds. Elle avait l'air fraîche, et la brise, en passant au-dessus, semblait plus fraîche aussi. Mais, sous le ciel sans nuage, la température ne changeait pas. Sous le soleil, l'herbe et les ronces se fanaient et, comme de la peinture en poudre, la poussière qui descendait des terres cultivées s'étalait sur le sol et sur les bâtiments.

Will rentra enlever ses pantalons kaki et reprendre ses vêtements personnels.

Ils étaient prêts à partir et ils avaient fermé la maison quand Will vit quelqu'un s'avancer dans la rue.

— Où vas-tu, Will? demanda l'homme en s'arrêtant, les yeux fixés sur eux et sur la voiture de Pluto.

— Juste en Georgie, pour un ou deux jours, Harry.

A l'idée de partir ainsi, Will avait vaguement l'impression d'être un traître. Il attendit que Rosamond passât la première sur le trottoir.

— C'est bien sûr que tu t'en vas pas pour de bon, Will? demanda l'homme, soupçonneux.

— Je serai de retour dans quelques jours, Harry. Et dès que je serai revenu, je te le ferai savoir.

— Bien, mais n'oublie pas de revenir. Si tout le monde s'en va, la compagnie ne tardera pas à faire venir une équipe d'ouvriers et à ouvrir sans nous. Il faut que nous restions tous ici pour continuer la résistance. Si jamais l'usine ouvre sans nous, nous sommes foutus. Tu sais ça, hein, Will?

Will suivit le trottoir et passa devant Rosamond. Il descendit la rue avec l'autre homme et il lui parlait à mi-voix. Ils s'arrêtèrent à quelques mètres et commencèrent à discuter. Will parla quelque temps, frappant la poitrine de l'homme du bout de son index, et l'autre opinait de la tête et regardait, en bas, l'usine aux murs habillés de lierre. Ils se détournèrent et continuèrent à marcher. Tous deux parlaient en même temps. Quand ils s'arrêtèrent, ce fut l'autre homme, cette fois, qui parla à Will en lui frappant la poitrine du bout de l'index. Will opina de la tête, la secoua violemment et opina de nouveau.

— Nous ne pouvons pas permettre qu'on entre saboter les machines, dit Will. Il n'y a personne pour vouloir ça.

— C'est précisément ce que j'essaie de t'expliquer, Will. Tout ce que nous voulons, c'est entrer pour rétablir la force motrice. Quand la compagnie verra ce qui est arrivé, ils essaieront soit de nous foutre dehors, soit de reprendre le travail.

— Oui, mais écoute, Harry, dit Will. Quand on aura rétabli le courant, personne au monde ne pourra le couper. Il restera rétabli. S'ils essaient de le couper, eh bien... eh bien, nom de Dieu! Harry, il restera rétabli quand même.

— J'ai toujours été en faveur de rétablir la force motrice et de ne plus la couper. C'est ce que j'ai essayé de leur faire comprendre, au comité local, mais qu'est-ce que tu veux qu'on dise à ces enfants de garce de la A.F.L. [1]? Rien. Ils sont payés pour nous empêcher de travailler. Sitôt que nous commencerons à travailler, l'argent cessera de leur arriver. Nom de Dieu, Will, nous ne sommes que des poires si nous écoutons toutes leurs histoires d'arbitrage. Qu'on organise trois ou quatre équipes de roulement une fois le courant rétabli, mais qu'on n'arrête pas. Nous pourrons produire tout autant de toile imprimée que la compagnie, peut-être même beaucoup plus. En tout cas, nous travaillerons tous. On n'aura qu'à en mettre un coup quand on aura repris le travail. Pour le moment, il n'y a qu'une chose qui nous importe, c'est rétablir la force motrice. Et s'ils essaient de la couper, alors on entrera et... et, nom de Dieu! Will, une fois rétabli, le courant ne sera plus coupé. Maintenant, Will, pour ce qui est du sabotage, j'en ai jamais été partisan. Tu le sais et les autres aussi. Ces salauds de l'A.F.L. ont commencé leurs boniments quand ils ont appris que nous voulions rétablir le courant.

1. American Federation of Labor (N.T.).

Je ne veux qu'une chose, moi, c'est que l'usine reprenne.

— C'est ce que je n'ai cessé de leur répéter à toutes les réunions du comité local, dit Will. Le comité est de connivence avec l'A.F.L. Ils passent leur temps à répéter qu'il n'y a que l'arbitrage qui puisse nous redonner du travail. Je n'ai jamais été en faveur de ça. Si tu parles à la compagnie, t'obtiendras qu'un genre de réponse. Ils ne diront pas autre chose que « un dollar dix ». Tu le sais aussi bien que moi. Et avec un dollar dix comment veux-tu qu'un homme puisse payer le loyer de ces sales chiottes où on nous fait vivre. Si tu m'en donnes le moyen, j'serai le premier à parler en faveur de l'arbitrage. Non, non, c'est impossible.

— Moi, je suis d'avis d'aller là-bas et de rétablir la force motrice. C'est ce que j'ai passé mon temps à répéter. Je n'ai jamais dit et je ne dirai jamais autre chose.

Rosamond vint à mi-chemin et appela Will. Il se retourna et lui demanda ce qu'elle voulait. Il avait complètement oublié le voyage en Georgie.

— Viens, Will, dit-elle. Pluto s'impatiente à attendre comme ça. Il se présente aux élections là-bas, et il faut qu'il surveille ses bulletins de vote. Harry et toi, vous finirez votre discussion quand nous serons de retour, dans un ou deux jours.

Il causa encore un moment avec Harry, puis il revint vers Rosamond qu'il suivit jusqu'à l'automobile. Darling Jill était au volant, près de Pluto. Will s'installa derrière avec Rosamond. Il y avait déjà plus de cinq minutes que le moteur ronflait en les attendant.

100

Will se pencha hors de la voiture pour faire un signe d'adieu à Harry.

— Essaie d'organiser cette réunion pour vendredi soir, cria-t-il. Nous leur montrerons à l'A.F.L. et à la compagnie ce que ça veut dire le rétablissement de la force motrice, nom de Dieu!

Darling Jill descendit à toute vitesse la rue non pavée et tourna sur deux roues. Ils disparurent dans un nuage de poussière qui s'éleva dans l'air brûlant pour retomber en couche épaisse sur les arbres et les vérandas des maisons jaunes de la compagnie.

Ils se dirigèrent à vive allure sur l'asphalte chaud vers Augusta. Ils traversèrent un groupe presque infini de maisons ouvrières. Ils traversèrent les autres agglomérations de la compagnie, ralentissant dans les zones réservées et regardant les usines bourdonnantes. Par les fenêtres ouvertes, ils pouvaient voir les hommes et les femmes, et ils pouvaient entendre le ronronnement des machines derrière les murs habillés de lierre. On voyait peu de gens dans les rues. Il y en avait bien moins que dans les rues de Scottsville.

— Dépêche-toi d'arriver à Augusta, dit Will. Je veux quitter la vallée aussi vite que cette auto peut rouler. J'en ai assez de regarder des filatures et des maisons ouvrières à chaque minute du jour et de la nuit.

Il savait bien qu'il n'était pas las de les regarder ni d'y vivre. C'était la vue de toutes ces usines ouvertes qui l'irritait.

Ils brûlèrent Graniteville, Warrenville, Langley, Bath et Clearwater et, à soixante-dix milles à l'heure, ils sortirent de la vallée sur l'asphalte brûlant. Quand ils arrivèrent au sommet de Schultz Hill, ils purent voir, au-dessous d'eux, la ville morte de Hamburg et la Savannah bourbeuse et, du côté de la Georgie, la grande plaine d'alluvions sur laquelle Augusta est bâtie. Tout en haut se trouvait The Hill [1], avec son amoncellement d'hôtels en gratte-ciel et de maisons blanches à deux étages.

En descendant la longue côte qui aboutit au pont de la Cinquième Rue, Rosamond mentionna Jim Leslie.

— Il habite dans une de ces belles maisons, là-haut, sur La Colline, dit Will. Pourquoi ne vient-il jamais nous voir, cet enfant de putain?

— Jim Leslie viendrait bien si c'était pas sa femme, dit Rosamond. Gussie se croit trop supérieure à nous pour nous parler. C'est à cause d'elle que Jim Leslie nous traite de gueules de bourre.

— J'aime mieux être un pauvre bougre de gueule de bourre et habiter dans une des maisons jaunes de la compagnie que d'être ce qu'ils sont, elle et Jim Leslie. J'l'ai rencontré dans Broad Street et, quand je lui ai parlé, il s'est détourné et il s'est sauvé pour que les gens n'voient pas qu'il me parlait.

— Jim Leslie n'était pas comme ça, dit Rosamond. Quand il était petit, chez nous, il était tout comme nous autres. Seulement, quand il a eu fait fortune, il s'est marié avec une jeune fille du monde qu'habitait sur La Colline, et maintenant, il ne veut plus nous regarder. Pourtant, il n'était pas tout à fait comme nous autres, dès le début. Il y avait quelque chose en lui... j'sais pas ce que c'était.

1. La Colline (N.T.).

— Jim Leslie est courtier en coton, dit Will. Il a fait fortune en jouant sur les cotons. Il n'a pas gagné l'argent qu'il a... il l'a volé. Vous savez bien ce que c'est, un courtier en coton. Savez-vous pourquoi on les appelle courtiers?

— Pourquoi?

— Parce qu'ils s'arrangent toujours à ce que les fermiers soient à court d'argent. Ils leur prêtent des petites sommes et ils s'enfilent toute la récolte. Ou bien ils mettent un type à sec en faisant monter et baisser les prix pour le forcer à vendre. C'est pour ça qu'on les appelle courtiers en coton. Et c'est ça qu'est Jim Leslie Walden. S'il était mon frère, je le traiterais tout comme je traiterais un renard, à Scottsville.

CHAPITRE VIII

Il ne faisait pas encore tout à fait noir, mais les étoiles commençaient à poindre et, dans les maisons en bordure de la route, les lumières scintillaient dans le crépuscule attardé. Quand ils furent à cinq cents mètres de la maison, ils aperçurent des lumières qui s'agitaient. On aurait dit des lanternes portées par des hommes en mouvement.

L'agitation, la rumeur vague qui régnaient autour de la maison prouvaient qu'il se passait quelque chose. Darling Jill accéléra dans sa hâte de se rendre compte. Elle dut ralentir au tournant, brûlant les freins dont l'odeur de caoutchouc les enveloppa dans la poussière.

Ty Ty déboucha en courant au coin de la maison. Il portait une lanterne fumeuse. Son visage était rouge de la chaleur du jour, et ses vêtements étaient tout raides d'argile séchée, collée à l'étoffe comme des gratterons. Tous sautèrent de l'auto pour s'élancer à sa rencontre.

— Qu'est-ce qu'il y a, Pa? demanda Rosamond très agitée.

— Nom de nom! dit-il, nous creusons comme des enragés. Depuis ce matin, nous avons fait un trou de vingt pieds. C'est comme je vous le dis. Jamais nous n'avions creusé si vite depuis dix ans.

Il les tirait, les pressait de le suivre. Il se mit à courir, les entraînant à travers la cour et derrière la maison. Après un arrêt brusque, ils se trouvèrent en équilibre sur le bord d'un cratère, tout à côté de la maison où brillaient des lanternes. Dans le fond, Shaw, Buck et Black Sam creusaient l'argile. De l'autre côté du cratère, en face d'eux, se trouvait Uncle Felix avec une autre lanterne fumeuse et un fusil. Il y avait un autre homme près de lui, un homme qui, dans la lumière vacillante, ressemblait à un spectre.

— Qui c'est-il ce type-là? demanda Will.

Ty Ty, penché sur le trou, parlait à Buck et à Shaw. Griselda apparut soudain, émergea de quelque part dans l'obscurité.

— Mes gars, criait Ty Ty, nous travaillons depuis le petit jour et m'est avis qu'on pourrait bien s'arrêter un peu pour se reposer. Will est là, et demain on s'y remettra à l'aube. Remontez et venez saluer la compagnie.

Buck jeta sa pelle, mais Shaw continua à attaquer l'argile durcie. Buck se mit à discuter avec lui dans l'espoir de le décider à cesser pour la nuit et à venir se reposer. Black Sam sortait déjà du trou.

Griselda et Darling Jill entrèrent dans la maison et allumèrent les lampes.

— J'ai une faim de loup, mes petites filles, dit Ty Ty.

Uncle Felix ramassa la lanterne fumeuse qui se trouvait à ses pieds et poussa l'autre homme du bout de son fusil. Il le poussa ainsi tout autour de la maison jusqu'à l'écurie.

— Qui c'est-il? demanda Pluto. Un électeur?

— Ça? Comment, mais c'est l'homme tout blanc dont tu m'avais parlé, Pluto. C'est l'albinos, nom de Dieu! l'albinos que nous avons attrapé dans le marais, Pluto.

Ils contournèrent la maison derrière l'homme et Uncle Felix. Le nègre le talonnait et lui parlait, tout en le poussant du bout de son fusil.

— J't'avais point menti, hein? demanda Pluto. J't'avais bien dit qu'il était là-bas, dans le marais, hein, Ty Ty?

— T'avais point menti sur le fait qu'il se trouvait là-bas, mais sûr que t'avais exagéré la difficulté qu'on aurait à le prendre. Il n'a point été plus difficile à ramener qu'un lapin mort. Il est venu tout aussi tranquillement, Pluto. Mais, j'me fie point plus que ça à lui. Il pourrait bien cacher son jeu. C'est pour ça que je le fais garder par Uncle Felix, jour et nuit.

— Est-ce qu'il t'a dit où il y avait de l'or, Ty Ty?

— Comme deux et deux font quatre, dit Ty Ty. Dès qu'il a été ici, et quand il a su ce qu'on attendait de lui, il a tout de suite indiqué cet endroit où est le nouveau trou, maintenant. Il a dit que c'était là qu'il fallait creuser pour trouver le filon. Et c'est là qu'il est.

— Qu'est-ce que tu en sais? Avez-vous trouvé des pépites?

— Ben, pas précisément, mais, à chaque minute, nous brûlons un peu plus.

— Est-ce qu'il peut parler? demanda Will.

— S'il peut parler! Ben, j'te crois, et comment! Cet albinos, Will, si tu le laissais faire, il parlerait que les bras t'en tomberaient du corps. Il n'y en a pas deux comme lui pour discuter. J'ai les mâchoires tellement fatiguées d'avoir parlé avec lui que j'peux quasiment plus les fermer. Et puis, j'n'ai plus peur de lui non plus. Il est tout comme toi et moi, comme n'importe qui, Will, seulement, il est tout blanc y compris les cheveux et les yeux. En réalité, ses yeux sont bien un peu roses, mais, quand il ne fait pas très clair, ils passeraient aussi bien pour blancs.

— Est-ce que tu lui as dit que je me présentais aux élections? demanda Pluto.

— Écoute, Pluto, dit Ty Ty, j'ai tout de même autre chose à faire qu'à l'envoyer voter. Il restera ici même jour et nuit. Devrions-nous creuser jusqu'en Chine, nous sortirons de l'or de ce trou. Nous n'allons pas tarder à toucher le filon et à déterrer ces beaux petits œufs d'or.

Ty Ty s'arrêta à la porte de l'écurie.

— J'ai une faim de tous les diables, dit-il. Rentrons. Allons dire aux femmes de se presser à nous faire à manger, et après dîner, nous le ferons venir à la maison; comme ça, chacun pourra voir à quoi ça ressemble, un albinos vu de près.

Ty Ty fit demi-tour et se dirigea vers la maison. Will et Pluto le suivirent. Ils auraient bien aimé voir l'albinos tout de suite, dans la grange, mais ni l'un ni l'autre ne tenaient à le voir sans que Ty Ty fût avec eux.

— Vous n'auriez pas dû le laisser vous dire de creuser si près de la maison, dit Will. C'était bien la chose à éviter, je trouve, votre maison pourrait parfaitement dégringoler au fond du trou.

— J'ai pris mes précautions, dit Ty Ty. Avec mes

garçons et Black Sam, nous l'étayons à mesure. Nous le faisons de telle façon qu'il n'y a pas de danger qu'elle tombe. Du reste, si ça arrivait, ça n'aurait pas grande importance. Quand nous aurons trouvé le filon, nous pourrons construire autant de maisons que nous voudrons, et de bien plus belles que celle-ci.

— Je ne suis pas très au courant de la question, dit Pluto, mais il me semble pourtant que vous êtes en train de creuser sur le petit arpent du Bon Dieu.

— T'en fais pas à ce sujet, dit Ty Ty. J'ai transporté le petit arpent du Bon Dieu ce matin, tout là-bas, derrière la ferme. Y a point de danger pour le moment qu'on y découvre le filon. Le petit arpent du Bon Dieu est aussi en sûreté que s'il se trouvait en Floride.

Ty Ty et Will entrèrent dans la maison, mais Pluto resta sous la véranda où il faisait plus frais.

Griselda et Rosamond préparaient le dîner et Darling Jill mettait le couvert. Black Sam avait apporté une brassée de grosses souches de pin, et le dessus du fourneau était tout rouge. Tout le monde avait très faim, mais, avec le feu que Black Sam avait allumé, il ne faudrait pas longtemps pour préparer la bouillie d'avoine et faire cuire les patates. Griselda avait coupé la moitié d'un jambon qu'elle avait mis à frire sur deux grils.

On avait complètement oublié Pluto. Juste au moment où Will et Ty Ty se levaient de table, Darling Jill se rappela qu'il n'avait pas dîné et elle courut le chercher et l'amena dans la salle à manger bien qu'il protestât qu'il n'avait point le temps de rester. Il ne cessait de répéter qu'il lui fallait se mettre en route pour visiter ses électeurs avant d'aller se coucher.

— Allons, allons, Pluto, dit Ty Ty, fais-moi le plaisir de t'asseoir et de manger un morceau. Quand t'auras fini, je ferai venir cet homme tout blanc afin que tout le monde puisse le regarder en pleine lumière. Il faut bien qu'il mange comme nous, et il peut manger tout aussi bien ici que dans l'écurie. Ça laissera à Uncle Felix le temps de souffler un peu, parce qu'il en a eu la garde depuis la minute où nous l'avons ramené ici, la nuit dernière.

Buck et Shaw se préparèrent à aller à Marion acheter des pelles de renfort. Depuis qu'ils s'étaient remis au travail, ils avaient brisé le manche d'une pelle et faussé la lame d'une autre. Ty Ty voulait que Will eût une pelle neuve, et lui-même se figurait qu'il pourrait creuser plus activement s'il en avait une neuve aussi. Buck et Shaw se lavèrent, se changèrent et se disposèrent à partir.

Ty Ty emmena Will et Pluto dans la salle voisine pendant que les femmes desservaient et empilaient les assiettes dans la cuisine où Black Sam viendrait les laver. Il lui tardait de leur dire comment il avait capturé l'albinos.

— C'est Buck qui l'a vu le premier, commença Ty Ty. Il en est très fier et je ne l'en blâme pas. Nous étions en bas, dans le marais, en dessous de Marion, attendant l'instant où on l'apercevrait quand Buck a dit qu'il allait s'informer à une maison en retrait de la route s'il y avait un albinos dans les parages. Nous y sommes allés avec l'auto et nous avons stoppé dans la cour, et Buck est descendu et est allé frapper à la porte. Moi, pendant ce temps-là, je regardais de l'autre côté pensant que, des fois, je pourrais peut-être bien l'apercevoir dans le lointain. Quant à Shaw, j'sais point ce qu'il faisait. Mais Shaw regardait sûrement pas du même côté que Buck parce que soudain voilà que j'entends Buck qui crie : « Le v'là ! »

— Comment, il était dans la maison? demanda Pluto.

— J'comprends qu'il y était, dit Ty Ty. Quand je me suis retourné, il était là, grandeur nature, debout sur le pas de la porte, avec l'air d'un homme qui vient de faire un plongeon dans un tonneau de farine. Il portait une salopette et une chemise de travail bleue, mais partout ailleurs il était blanc.

— Est-ce qu'il s'est sauvé?

— Pas du tout. Il s'est avancé sur la véranda et il a demandé à Buck ce qu'il voulait. Buck lui a attrapé les jambes et, Shaw et moi, on a sauté à terre avec les cordes. On l'a eu cordé en un rien de temps, tout comme on corde un veau pour le porter à la foire. Il a bien gueulé un peu, et puis il s'est débattu aussi, mais ça ne nous a pas impressionnés. Et puis, quelques secondes après, une femme s'est montrée sur la porte pour voir d'où venait tout ce raffut. Elle était comme toutes les femmes, j'veux dire qu'elle n'était pas toute blanche comme l'albinos. Elle me dit : « Qu'est-ce que vous faites donc là? » et elle dit à l'albinos : « Qu'est-ce qui se passe, Dave? » Tout d'abord il n'a rien dit, et c'est comme ça que nous avons su comment qu'il s'appelait. C'est Dave qu'il s'appelle. Et puis il a dit : « C'est ces enfants de putain qui m'ont ficelé. » Alors, elle s'est mise à hurler et elle a disparu dans la maison, et elle en est ressortie par la porte de derrière et elle a fichu le camp dans le marais. Nous n'en avons plus eu de nouvelles, après ça. Probable que c'était sa femme, mais je me demande pourquoi que ça se marie, les albinos. C'est une bonne chose que nous l'ayons emmené. J'aime pas voir une blanche se mettre en ménage avec un nègre trop noir, mais ça, c'était pas mieux, parce que lui, c'est un homme trop blanc.

— Maintenant que vous vous en êtes emparés, qu'est-ce qu'il peut faire? dit Will.

— Ce qu'il peut faire? Mais, nous dire où est le filon, pardi.

— Pour vous qui parlez toujours d'être scientifique, ça ne l'est pas beaucoup, dit Will. Dites un peu, hein, la main sur la conscience.

— M'est avis que ça l'est, si je sais encore ce que je fais. Y a des gens qui disent qu'un sourcier, c'est pas un homme de science, mais moi, je soutiens que si. Et je pense de même en ce qui concerne les trouveurs d'or.

— J'vois rien de scientifique dans le fait de couper une baguette de coudrier et de se promener avec, à la surface de la terre, pour voir s'il n'y a pas un cours d'eau en dessous. C'est pas autre chose qu'un hasard. J'en ai entendu qui disaient : « C'est là qu'il faut creuser », et le puits avait bien cent pieds de profondeur qu'on n'y voyait pas encore une goutte d'eau. Plutôt que de se promener avec une baguette de coudrier pour trouver de l'eau, vaudrait autant tirer au sort avec une paire de dés. Bien sûr, il peut arriver que la baguette s'incline, j'dis pas non, mais il y a des fois qu'elle se redresse aussi. Si j'avais envie de creuser un puits, c'est pas avec une baguette de coudrier que j'essaierais de savoir où il y a de l'eau. Au lieu de faire l'imbécile comme ça, je prendrais une paire de dés.

— C'est parce que t'as pas l'esprit scientifique, Will, dit Ty Ty tristement. C'est pour ça que tu parles comme ça. Tiens, regarde, moi, par exemple. Je suis pour la science, jusqu'à la moelle des os. Je l'ai toujours été, et m'est avis que je le serai jusqu'à la fin. Je ne ris pas, j'me moque pas des idées scientifiques comme tu fais.

Après un solide repas composé de farine d'avoine, de patates, de petits pains chauds et de jambon frit, Ty Ty et Will se sentirent en forme. Pluto avait mangé autant que les autres, sinon plus, mais il était nerveux. Il savait qu'il devrait s'en aller, rentrer chez lui, afin de pouvoir se lever au petit jour, le lendemain, et commencer sa campagne de bonne heure. Il commençait à s'inquiéter du sort de son élection. S'il n'était pas nommé shérif il ne savait pas ce qu'il allait devenir. Il n'avait pas de situation, et le métayer noir qui cultivait sa ferme de soixante arpents ne faisait pas assez de coton pour lui permettre de vivre. Il pourrait peut-être se faire colporteur s'il trouvait quelque nouveauté que les gens voudraient acheter. Il y avait huit ou dix ans qu'il vendait tantôt une chose, tantôt l'autre, mais il n'avait guère réussi qu'à couvrir les frais que lui occasionnait son auto. Il faut bien dire aussi qu'il n'arrivait jamais à circuler beaucoup. Quand il était en ville, il aimait rester assis dans un grand fauteuil à regarder jouer au billard, à marquer les coups, à causer politique. Il savait bien qu'il ne devrait pas gaspiller ainsi son temps dans la salle de billard, mais il ne pouvait tout de même pas, chaque jour que le bon Dieu faisait, aller se promener en plein soleil pour vendre du bleu de lessive ou de la pâte à faire reluire les meubles, choses que les gens ne voulaient pas acheter ou qu'ils ne pouvaient payer quand par hasard ils les achetaient. Mais, s'il était nommé shérif, ce serait une autre affaire. Il aurait un bon traitement, sans compter les gratifications, et ses assistants pourraient aller porter les assignations ou procéder aux arrestations. Lui pourrait continuer à passer la plus grande partie de son temps assis dans la salle de billard, à annoncer les coups par-dessus la table.

— M'est avis que je ferais mieux de rentrer, maintenant, dit-il.

Il fit un effort pour se lever de sa chaise et personne ne fit attention à lui.

Darling Jill entra avec Griselda et Rosamond, et tapota gentiment le crâne chauve de Pluto. Elle ne voulait pas venir devant lui et se trouver à portée de ses mains, et il dut se résigner à la laisser jouer ainsi, tout en souhaitant qu'elle acceptât bientôt de s'asseoir sur ses genoux.

— Quand allez-vous faire venir cet albinos pour qu'on puisse le voir? demanda Will.

— Du calme. Faut que tu patientes encore un peu, dit Ty Ty. Faut d'abord que Black Sam ait fini sa vaisselle, après je l'enverrai à l'écurie le chercher. Uncle Felix pourra aller dîner pendant que nous regarderons l'homme tout blanc.

— J'ai une envie folle de le voir, dit Darling Jill en jouant avec la tête de Pluto.

— Faut que je rentre chez moi, dit Pluto. Positivement.

Personne ne fit attention à la remarque de Pluto.

— J'voudrais bien le voir aussi, dit Rosamond en regardant Griselda. Comment est-il?

— Il est grand et fort, et beau garçon aussi.

— Nom de Dieu! dit Will en faisant une grimace, c'est bien là une réflexion de femme.

— J'entends que vous le laissiez tranquille, leur dit Ty Ty. Si c'est ça que vous avez dans l'idée, les femmes, vous ferez aussi bien d'aller vous promener et bayer aux corneilles ailleurs qu'ici. Faut qu'il travaille pour moi tout le temps.

Darling Jill s'assit sur les genoux de Pluto. Il en fut étonné et heureux. Il rayonna de joie quand elle lui mit les bras autour du cou et l'embrassa.

— Pourquoi donc que Pluto et toi vous n'vous mariez pas? demanda Ty Ty.

— Moi, j'suis prêt, de jour ou de nuit, dit Pluto avec ferveur.

— Sûr que ça m'enlèverait un poids de dessus le cœur si vous le faisiez.

— J'suis prêt, de jour ou de nuit, répéta Pluto. Positivement.

— Prêt à quoi? demanda Darling Jill.

— A t'épouser dès que tu le voudras.

— Moi? M'épouser, moi?

— Vrai de vrai, dit-il en hochant la tête vers elle. J't'aime comme un fou, Darling Jill, et j'peux plus attendre. J'voudrais qu'on se marie tout de suite.

— Quand vous aurez perdu votre ventre, j'verrai peut-être. (Sans pitié, elle se mit à le tambouriner à coups de poing.) Mais, j'voudrais point vous épouser maintenant, figure de cul.

Pluto, lui-même, ne trouva rien à dire après cela.

Personne ne dit mot pendant près d'une minute. Puis Griselda se leva et essaya de décider Darling Jill à laisser Pluto tranquille.

— Chut! Darling Jill, dit Griselda. Il ne faut pas parler comme ça, ça n'est pas joli.

— Enfin, il n'a pas une figure de cul peut-être? Comment voudrais-tu que je l'appelle? Mon bébé en peluche? Moi, je lui trouve une figure de cul.

Ty Ty se leva et sortit de la chambre. Tout le monde supposa qu'il s'en était allé à l'écurie chercher l'albinos. Personne ne bougeait dans la chambre et on évitait de regarder Pluto. Pluto était seul dans son coin, sombre, blessé par la façon dont Darling Jill le traitait, mais d'autant plus décidé à l'épouser.

CHAPITRE IX

Des pas lourds résonnèrent sur la véranda. La voix de Ty Ty, cependant, dominait le bruit. Il disait à Uncle Felix d'introduire Dave dans la maison pour le montrer.

— Fais-le entrer, dit Ty Ty, tout le monde est pressé de le voir.

L'albinos apparut le premier sur le seuil. Uncle Felix se tenait derrière lui, lui menaçant le dos de son fusil, et visiblement mort de frayeur. Il fut heureux d'échapper à sa responsabilité, ne fût-ce que temporairement, lorsque Ty Ty lui eut dit d'aller souper à la cuisine.

— Alors, mes amis, le v'là, dit Ty Ty orgueilleusement. (Il posa le fusil sur une chaise et fit entrer Dave dans la chambre.) Asseyez-vous. Vous êtes chez vous ici.

— Comment vous appelez-vous? demanda Will, fort étonné de la blancheur de sa peau et de ses cheveux.

— Dave.

— Dave quoi?

— Dave Dawson.

— Vous pouvez trouver les filons d'or?

— Je ne sais pas. C'est la première fois que j'essaie.

— En ce cas, dit Will, vous ferez bien de commencer à dire vos prières parce que, si vous ne réussissez pas, tous ces gens-là seront si furieux que j'sais point trop ce qui vous arrivera.

— Naturellement, il peut le faire, interrompit Ty Ty. Il peut le faire, mais il ne le sait pas.

— J'voudrais bien voir l'or que vous trouverez, mon garçon, dit Will. Je voudrais l'avoir en main, lui donner un coup de dents.

— Allons, Will, ne lui fais pas peur. Il ne faut pas l'intimider. Quand il sera plus grand, il sera un merveilleux trouveur d'or. Il est encore jeune. Faut lui donner le temps.

Darling Jill et Rosamond n'avaient pas cessé de regarder l'homme étrange. Rosamond en avait un peu peur et, involontairement, elle se reculait sur sa chaise. Darling Jill, au contraire, se penchait en avant et le regardait intensément dans les yeux. Il sentit qu'elle le dévisageait et il la regarda. Dave, se demandant qui elle était, se mordit la lèvre. Il n'avait jamais vu de femme aussi belle et il tremblait un peu.

Sous le feu de tous ces regards, Dave avait l'impression d'être un animal en exhibition. Tous le regardaient, mais lui ne pouvait regarder qu'une personne à la fois. Il parcourut la chambre des yeux puis revint à Darling Jill. Plus il la regardait, plus il l'aimait. Il se demandait si elle était la femme d'un des hommes qui étaient là.

— Alors, ça vous plaît la terre ferme? demanda Will.

— Mais oui.

— Vous aimeriez quand même mieux être de retour chez vous, dans le marais, hein?

Il regarda de nouveau Darling Jill. Elle lui souriait et il s'enhardit à lui sourire aussi.

— Ah! par exemple, dit Ty Ty en se renversant sur sa chaise. Regardez-moi un peu ça. Les voilà déjà à se faire des mamours.

Jusqu'alors, Ty Ty n'avait jamais considéré Dave comme un être humain. Depuis la nuit précédente, il avait vu en lui quelque chose qui n'avait rien d'un homme. Mais, quand il vit le sourire de Darling Jill, il commença à comprendre que le jeune homme était bien réellement une personne. Il était toujours albinos cependant, et on le disait possesseur du pouvoir mystérieux de découvrir les mines d'or. Et, pour cela, Ty Ty le mettait encore au-dessus du commun des mortels.

— Qu'est-ce qu'elle dirait votre femme si elle vous voyait en train de faire de l'œil à Darling Jill? demanda Will.

— Elle est jolie, dit le jeune homme simplement.

— Qui? Votre femme?

— Non, répondit-il rapidement, en regardant Darling Jill. Elle!

— Vous n'êtes point le premier à dire ça, mon garçon, mais elle n'est pas commode à avoir, à moins que ça ne soit elle qui le veuille. Y en a des tas après elle, maintenant. C'est pour ça que c'est difficile. Vous voyez ce gros type, là, dans le coin? Ben, c'en est un qu'est après elle. Dieu sait depuis combien de temps il essaie, ça n'empêche pas qu'il ne l'a pas encore eue. Faudra que vous attendiez un moment, mon garçon, je vous préviens.

Pluto regardait d'un air gêné le grand jeune homme mince qui était assis sur une chaise, au milieu de la chambre. Il n'aimait pas beaucoup plus la

118

façon dont Darling Jill faisait de l'œil à Dave. Quand les choses commencent ainsi, elles finissent mal d'habitude.

— C'est plus honnête, je trouve, de mettre ce garçon sur ses gardes dès le début, vu que lui, c'est un mâle et que les femmes c'est des femelles, dit Ty Ty. J'ai eu tout un côté de mon écurie démoli à grands coups de ruades parce que j'avais fait la bêtise de faire marcher un étalon vent debout au lieu de le mener vent arrière.

— Les paroles, ça n'sert pas à grand-chose, interrompit Will. Si vous avez un coq, vous n'l'empêcherez pas de chanter.

— Ne l'écoutez pas, continua Ty Ty. J'sais ce que je dis. Maintenant, vous voyez cette femme, là, au milieu? C'est la femme à Buck, et elle s'appelle Griselda, et j'hésite pas à le dire. Dieu, dans son temps, n'a jamais fait une plus jolie femme. Mais celle-là, elle n'est pas pour vous. L'autre, avec les fossettes, c'est Rosamond, la femme à Will. Elle n'est pas pour vous non plus. Et celle que vous regardez, c'est Darling Jill. Elle n'est la femme de personne mais ça ne veut pas dire que n'importe qui peut la demander. Je fais tout ce que je peux pour qu'elle épouse Pluto. Pluto, c'est le gros, là, dans le coin. Il se présente aux élections cette année. Il voudrait être shérif. Je vous laisserai peut-être aller voter quand il sera temps.

— C'est pas la peine de lui dire de laisser Darling Jill tranquille, dit Will. C'est perdre son temps que de dire ça. Vous n'avez qu'à regarder les œillades qu'ils se lancent.

— J'voulais pas le dire, mais puisque t'as commencé, m'est avis qu'il vaut mieux qu'il sache que je peux point arrêter Darling Jill quand elle s'est mis quelque chose en tête. Y a des fois qu'elle est comme folle, et pour rien du tout.

Tandis que Dave et Darling Jill continuaient à se regarder, Ty Ty se remit à parler. Il n'avait pas élevé la voix, cependant tout le monde dans la chambre entendit ce qu'il disait.

— M'est avis que Dieu a été bien bon pour moi. Il m'a gratifié des plus belles filles et de la plus belle bru qu'un homme puisse rêver. M'est avis que j'ai eu de la chance d'avoir pas plus d'ennuis que j'en ai eu. Des fois, il m'arrive de penser que ça n'est peut-être pas tellement bon. Je pense souvent qu'avec d'aussi belles femmes dans la maison, ça pourra peut-être bien faire du vilain un jour. Mais, jusqu'à présent, j'ai été épargné. Y a des fois que Darling Jill fait la folle, et pour rien du tout. Mais, jusqu'à présent, la veine a toujours été de mon côté.

— Voyons, Pa, dit Griselda, vous n'allez pas recommencer ces histoires.

— Je n'ai honte de rien, dit Ty Ty avec chaleur. M'est avis que Griselda est bien la plus jolie fille que j'aie jamais vue. Elle a une de ces paires de nichons, que personne n'en a jamais vu de pareils. Ah nom de nom! Ils sont si jolis que, des fois, ça me donne envie de me mettre à quatre pattes, comme les vieux chiens, vous savez, quand ils sont après une chienne en chaleur. C'est cette envie que ça vous donne, de vous mettre à quatre pattes et de lécher quelque chose. C'est comme je vous le dis, et c'est la pure vérité du Bon Dieu telle qu'Il vous la dirait Lui-Même s'Il pouvait parler comme nous autres.

120

— Vous n'allez tout de même pas nous faire croire que vous les avez vus, hein? demanda Will en clignant de l'œil vers Griselda et Rosamond.

— Si je les ai vus? Comment! Mais dès que j'ai un moment de libre, c'est pour essayer de la surprendre, sans qu'elle s'en doute, pour pouvoir les regarder encore. Si je les ai vus! Ah nom de nom! Tout comme un lapin aime le trèfle. Et quand vous les avez vus une fois, ça ne fait que commencer. Vous n'pouvez plus rester en place, vous n'avez plus un moment de paix. Vous n'pensez plus qu'à une chose, c'est à les revoir. Et, plus vous les voyez, plus vous vous sentez comme ce vieux chien dont je vous parlais. Vous êtes assis là, dans la cour, quelque part, tout tranquille et heureux, et puis, tout d'un coup, voilà qu'il vous passe une idée par la tête. Vous êtes là, assis, et vous dites à c't'idée de s'en aller, de vous laisser en paix, mais c'est comme quelque chose qui se dresse en vous. Vous n'pouvez pas l'arrêter parce que vous n'pouvez pas mettre la main dessus. Vous n'pouvez pas lui parler non plus, parce que ça n'vous entendrait pas. Et ça se lève, et ça se dresse, là, juste en dedans de vous. Et puis ça vous parle, ça vous dit quelque chose. C'est toujours cette même sensation, et vous savez que vous ne pouvez rien faire pour l'arrêter, même s'il y allait du salut de votre âme. Vous pouvez rester ainsi toute la journée, vous pouvez arriver à l'étouffer presque complètement, ça ne l'empêche pas d'être toujours là. Et c'est alors que vous vous mettez à tourner autour de la maison, bien doucement, sur la pointe des pieds, dans l'espoir de voir quelque chose. Ah nom de nom! Et je vous garantis que je sais ce que je dis.

— Voyons, Pa, dit Griselda rougissante. Vous m'aviez promis de ne plus parler comme ça.

— Ah! ma petite fille, dit-il, tu ne sauras jamais tout le bien que je dis de toi. Je dis les plus belles choses qu'un homme puisse dire d'une femme. Quand un homme sent ce besoin de se mettre à quatre pattes et de lécher — ah! ma belle, ça vous rend un homme — ah! Griselda!..

Ty Ty fouilla dans sa poche et en tira une pièce de vingt-cinq *cents*. Il la mit dans la main de Griselda.

— Tiens, prends ça et achète-toi quelque chose de joli, la prochaine fois que tu iras en ville, Griselda. Je voudrais pouvoir te donner davantage.

— Eh! dites donc, dit Will en clignant de l'œil vers Rosamond et Griselda, vous vous trahissez. Vous ferez bien de faire attention, sans quoi vous pourriez bien ne plus jamais voir Griselda comme ça. Elle se tiendra sur ses gardes si vous ne restez pas tranquille.

— C'est là que tu te trompes, mon gars, dit Ty Ty. J'ai vécu plus longtemps que toi, et je m'y connais un peu mieux en femmes. Griselda n'essaiera pas de m'empêcher de la voir, la prochaine fois, ni jamais. Évidemment, elle ne l'avouera pas ici, tout de go, mais ça n'empêche pas que, la prochaine fois que je la verrai, elle ne se tiendra pas de joie. Elle sait bien que je sais apprécier ce que je vois. Pas vrai, Griselda?

— Oh! voyons, Pa!

— Tu vois. J'avais pas dit la vérité? Avant longtemps elle sera là-bas, dans cette chambre, avec la porte ouverte, et moi j'serai là aussi à me rincer l'œil tout mon content. Une belle fille comme ça a bien le droit d'être fière d'elle-même si ça lui fait envie. C'est pas moi qui l'en blâmerais. Ah nom de nom! Y a rien de meilleur que ça pour la vue!

— Voyons, Pa, j'vous en prie, taisez-vous, dit Griselda en se cachant la figure dans les mains. Vous m'aviez promis de ne plus jamais parler comme ça.

Ty Ty était si occupé à parler qu'il n'avait pas remarqué que Darling Jill s'était levée et qu'elle tirait Dave par les mains, vers la porte. Il ne fit qu'un bond dès l'instant qu'il vit l'albinos entre lui et la porte. Il saisit le fusil sur la chaise et visa Dave.

— Non, pas de ça! hurla-t-il. Retournez dans la chambre où vous étiez.

— Une minute, Pa, dit Darling Jill en courant vers lui et en lui mettant les bras autour du cou. Pa, laissez-nous seuls un petit moment. Il ne se sauvera pas. Nous allons juste là derrière, sous la véranda, boire un coup et nous asseoir au frais. Il ne veut point se sauver. Vous n'avez pas l'intention de vous sauver, n'est-ce pas, Dave!

— Non, non pas de ça! dit Ty Ty avec moins de fermeté.

— Oh! Pa, voyons, dit Darling Jill en l'enlaçant plus fort.

— C'est que j'en suis point si sûr que ça.

— Vous ne voulez point vous sauver, n'est-ce pas Dave?

Le jeune homme secoua vigoureusement la tête. Il avait peur de parler à Ty Ty, mais, s'il avait osé, il l'aurait supplié de le laisser sortir avec Darling Jill. Plein d'espoir, il ne cessait de secouer la tête.

— Non, ça ne me dit rien cette affaire-là, dit Ty Ty. Une fois dehors, dans le noir, avec personne pour le surveiller, il n'aurait qu'à sauter de la véranda et, bonsoir, on ne le reverrait plus. Nous ne pourrions même pas le trouver là-bas, dans le noir. J'aime autant n'pas me risquer. Ça ne me dit rien cette affaire-là.

— Laissez-le donc sortir avec elle, dit Will. C'est pas pour ça qu'ils ont envie de s'en aller. Il ne cherchera pas à s'échapper. Il ne se déplaît point trop ici depuis que Darling Jill est arrivée. Pas vrai, mon gars?

Le jeune homme opina de la tête dans l'espoir de les convaincre qu'il n'avait nulle envie de se sauver. Il continua à remuer la tête jusqu'à ce que Ty Ty eût reposé le fusil sur la chaise.

— C'est pas que ça me plaise davantage maintenant, dit Ty Ty, mais il va bien falloir que je vous laisse sortir un moment. Seulement, faites bien attention à ce que je vous dis : Si vous vous sauvez, vous n'y couperez pas quand je vous rattraperai. Je vous mettrai des chaînes aux jambes et je vous attacherai dans l'écurie si serré que vous ne pourrez plus jamais partir. Je tiens à vous garder jusqu'à ce que vous ayez découvert ce filon. J'vous conseille pas d'essayer de me rouler, parce que, quand j'me fous en colère, c'est pour de bon.

Darling Jill l'entraîna hors de la chambre en le tirant par les deux mains. Ils longèrent le corridor sombre et sortirent sur la véranda, derrière la maison. Le seau d'eau était vide et ils se rendirent au puits. Dave tira de l'eau et remplit le seau.

— Vous m'aimez mieux que votre femme, dites? lui demanda Darling Jill pendue à son bras.

— J'voudrais vous avoir épousée, dit-il, les mains tremblantes auprès d'elle. J'savais pas qu'il y avait une aussi jolie fille dans le pays. Vous êtes la plus belle fille que j'aie jamais vue. Vous avez la peau si douce, et vous parlez comme un oiseau, et vous sentez si bon...

Ils s'assirent sur la marche du bas. Darling Jill frissonnait en écoutant Dave. C'était la première fois qu'elle entendait un homme parler comme ça.

— Pourquoi c'est-il que vous êtes blanc partout? demanda-t-elle.

— J'suis né comme ça, dit-il lentement. C'est pas de ma faute si je suis comme ça.

— J'trouve que vous êtes merveilleux. Vous ne ressemblez à aucun des hommes que j'ai connus, et je suis contente que vous soyez si différent.

— Est-ce que vous m'épouseriez? demanda-t-il, la voix rauque.

— Vous êtes déjà marié.

— Oui, mais j'veux pas le rester. C'est avec vous que je veux me marier. Je vous aime tant, et je vous trouve si belle.

— Pas besoin de se marier si vous m'aimez tant que ça.

— Pourquoi?

— Parce que.

— Oui, mais je n'pourrais pas faire tout ce que je voudrais.

— Que vous êtes bête!

— J'aurais un peu peur. On me battrait peut-être, ou... enfin, j'sais pas. J'sais pas ce qu'ils pourraient bien me faire.

— Pa devrait avoir honte de vous avoir attaché avec une corde pour vous ramener ici, dit-elle. Mais je suis bien contente qu'il l'ait fait.

— Moi aussi, maintenant. Même si j'en avais l'occa-

125

sion, je ne me sauverais pas maintenant. Je veux rester, comme ça je pourrai vous voir tout le temps.

Darling Jill se rapprocha de lui, lui enlaça la taille de son bras et posa la tête sur son épaule. Il la saisit sauvagement.

— Ça vous ferait plaisir de m'embrasser?

— Vous voulez bien?

— Oui, j'aimerais beaucoup.

Il l'embrassa en la serrant violemment contre lui. Elle put sentir la tension de ses muscles quand leurs deux corps se touchèrent dans un embrassement plus étroit.

Soudain, il la souleva et se mit en devoir de traverser la cour. Il courait avec elle, dans l'obscurité, sans savoir où il allait.

— Où allons-nous?

— Là-bas, où on ne pourra pas nous déranger, dit-il. Je ne veux pas qu'on vienne déjà me chercher pour me ramener à l'écurie.

Il la mena à l'extrémité de la cour et s'assit, avec elle sur les genoux, sous un des chênes. Incapable de supporter l'idée qu'il pourrait la lâcher, elle l'enlaça de ses deux bras.

— Quand nous aurons trouvé de l'or, nous en prendrons un peu et nous partirons ensemble, tous les deux, dit Darling Jill. Vous voudrez bien, dites, Dave?

— Vous parlez si je voudrai! Tout de suite, si vous voulez.

— Peu importe, murmura-t-elle, peu importe ce qui pourra nous arriver. Je ferai tout ce que tu voudras.

— Pourquoi vous appelle-t-on Darling Jill? demanda-t-il après un long silence.

126

— Quand j'étais petite, tout le monde m'appelait Darling [1]. Mon nom c'est Jill. Quand j'ai grandi, on a continué à m'appeler comme ça. Maintenant, tout le monde m'appelle Darling Jill.

— C'est un nom parfait pour vous, dit-il. J'en trouverais pas de meilleur. Vous êtes ma petite femme chérie.

— Embrasse-moi, demanda-t-elle.

Dave se pencha et la souleva jusqu'à ce que leurs lèvres se touchassent. Ils étaient étendus par terre, indifférents au reste du monde. La pression de ses bras et la tension de ses muscles faisaient passer en elle de longs frissons.

Ty Ty et Will apparurent sur la véranda. Ils venaient les chercher. Ty Ty appela, puis lâcha un juron. Will rentra pour prendre une lanterne. Il courut dans la maison en recommandant à Ty Ty de ne pas épouvanter le jeune homme par ses cris. Quand il revint avec sa lanterne fumeuse, Ty Ty s'en saisit et s'élança dans la cour, courant de-ci, de-là, dans toutes les directions. Il apostrophait Will à grands cris, jurait contre Dave et Darling Jill, et cherchait partout aussi vite que ses pieds pouvaient le porter.

Rosamond et Griselda sortirent de la maison et s'arrêtèrent près du puits, les regards plongés dans les ténèbres.

— Je le savais, répétait sans cesse Ty Ty. Je le savais dès le début.

— Nous arriverons bien à les trouver, dit Will. Ils ne sont pas allés bien loin.

1. Chérie (N.T.).

— Je le savais, je le savais bien. Mon albinos est parti pour de bon.

— Je ne crois pas qu'il se soit sauvé, protesta Will. J'vous parie tout ce que vous voudrez qu'il est caché quelque part en attendant que vous ayez fini de le faire mourir de peur. Quand ils sont sortis de la chambre, ils n'avaient pas envie de se sauver. Il avait bien moins envie de se sauver que de s'en aller dans un coin noir pour rigoler un peu avec elle. Vous n'avez qu'à la chercher, et vous le trouverez lui aussi du même coup. Elle avait mis dans son idée qu'elle l'aurait, et c'est elle qui l'a emmené là où ils se trouvent.

— Je le savais. Je savais que ça allait arriver. Il est parti pour de bon, mon albinos.

Rosamond et Griselda, près du puits, l'appelèrent.

— Vous ne l'avez pas encore trouvé, Pa?

Ty Ty était si occupé à chercher son albinos qu'il ne prit pas le temps de répondre.

— Ils sont quelque part par ici, dit Will. Ils ne sont pas bien loin.

Ty Ty courut tout autour de la maison, décrivant un cercle parfait. Peu s'en fallut qu'il ne tombât dans la bouche noire du trou. Il frôla l'ouverture de quelques pouces et faillit y disparaître dans sa hâte aveugle.

Après avoir fait le tour de la maison, il traversa la cour, courant au hasard.

Quand il arriva près des chênes, la lumière de la lanterne révéla soudain les cheveux blancs de neige de Dave. Ty Ty s'élança et les vit tous les deux, vautrés par terre. Ni l'un ni l'autre ne firent attention à lui, bien que la lumière jaune brillât dans les yeux de

Darling Jill et scintillât comme deux étoiles quand elle clignait les paupières.

Will vit Ty Ty immobile, sa lanterne fumeuse à la main, et il comprit qu'il les avait trouvés. Il courut pour voir pourquoi Ty Ty ne l'appelait pas, et Rosamond et Griselda le suivirent.

— A-t-on jamais rien vu de pareil? dit Ty Ty en se retournant vers Will. Ma parole, c'est à n'y pas croire!

Will attendit que Griselda fût arrivée et, du doigt, il montra Dave et Darling Jill. Ils restèrent un instant sans rien dire, essayant de voir à la lueur jaune de la lanterne.

Soudain, Ty Ty sentit qu'on le faisait tourner et qu'on le poussait vers la maison.

Il pivota.

— Mais, voyons, mes enfants, qu'est-ce que vous avez... Rosamond? dit-il, trébuchant avec sa lanterne. Pourquoi me poussez-vous comme ça?

— Vous devriez avoir honte, Pa, et Will aussi, de rester là comme ça à les regarder. Allez, allez-vous-en tous les deux.

Ty Ty se retrouva debout près de Will à quelques mètres de distance.

— Ah! dites donc, protesta-t-il, je n'aime pas qu'on me fasse marcher comme ça, comme un parent pauvre. Qu'est-ce que vous avez donc?

— Vous devriez avoir honte, vous et Will, dit Griselda. Vous n'avez pas cessé de les regarder. Allez-vous-en, vous en avez vu assez.

— Ça par exemple, je veux bien être pendu, dit Ty Ty. J'faisais rien du tout. J'étais là, tout tranquillement. Et voilà que vous vous amenez pour me

129

dire que je devrais avoir honte. Mais, j'ai rien fait, j'vois pas de quoi je pourrais avoir honte. Qu'est-ce qui vous prend, à vous deux, Griselda et Rosamond?

Will et Ty Ty s'éloignèrent. Ils s'en allèrent à pas lents vers la maison. Comme ils atteignaient le puits, Ty Ty s'arrêta et regarda derrière lui.

— Maintenant, pour l'amour de Dieu, j'voudrais bien savoir ce que je faisais de mal.

— Les femmes n'aiment pas que les hommes regardent quand il y en a une qui se fait faire ça. C'est pour ça qu'elles ont gueulé quand elles ont vu que vous étiez là. Elles voulaient tout simplement nous faire partir.

— Ah! ben, nom d'un petit bonhomme! dit Ty Ty, c'est donc ça qu'ils étaient en train de faire? J'm'en serais jamais douté, Will, vrai de vrai. Moi, j'croyais qu'ils étaient couchés par terre dans les bras l'un de l'autre, tout simplement. C'est la pure vérité. Il y avait si peu de lumière que j'pouvais rien voir.

CHAPITRE X

Ils travaillaient dans le nouveau trou depuis le lever du soleil et, à onze heures, la chaleur était effroyable. Buck et Shaw n'avaient pas grand-chose à dire à Will. Ils n'avaient jamais pu réussir à s'entendre, et même la perspective de retourner, d'un moment à l'autre, une pelletée de pépites jaunes, ne parvenait pas à les rapprocher. Si Buck avait été libre de faire ce qu'il voulait, Will, en premier lieu, n'aurait jamais été prié de venir. De toute façon, tout l'or qu'ils trouveraient irait dans leurs poches. Si Will essayait d'en accaparer une partie, ils se battraient jusqu'à la mort plutôt que de partager avec lui.

Will s'appuya sur sa pelle et regarda Shaw piocher l'argile. Il ricana, mais ni Buck ni Shaw ne lui prêtèrent la moindre attention. Ils continuèrent comme s'il n'était pas là.

— J'aurais cru que vous auriez eu l'intelligence de ne pas laisser Ty Ty vous embaucher à creuser tous ces grands trous. Il vous fait travailler comme des nègres et ça ne lui coûte pas un centime. Pourquoi donc que vous ne partiriez pas, samedi, pour aller chercher de l'ouvrage qui vous rapporterait quelque chose? Vous n'avez pas envie de rester des paysans toute votre vie, hein? Dites à Ty Ty de creuser ses trous tout seul et fichez le camp.

— Va te faire foutre, gueule de bourre, dit Shaw.

Will roula une cigarette tout en les regardant creuser et suer. Peu lui importait d'être appelé gueule de bourre par des gens de son monde, mais il ne pouvait supporter de s'entendre traiter ainsi par Buck et Shaw. Ils savaient que c'était le moyen le plus rapide et le plus effectif de le réduire au silence ou de le mettre en rage.

Buck leva les yeux vers le bord du cratère pour voir si Ty Ty était dans le voisinage. Si les choses tournaient mal, il espérait que Ty Ty serait là pour leur venir en aide. Quand ils avaient une discussion avec Will, leur père était toujours de leur côté et il les soutiendrait, cette fois encore.

Mais Ty Ty était invisible. Il était allé avec les deux nègres travailler au champ de coton. Le coton avait été planté très tard cette année-là, car ils avaient été si occupés à creuser qu'ils n'avaient pas pu le planter avant juin, et Ty Ty désirait hâter l'affaire le plus possible, s'il était en son pouvoir de le faire pousser et mûrir, afin d'avoir quelque argent aux environs du premier septembre. Il avait déjà épuisé tout le crédit qu'il pouvait obtenir dans les magasins de Marion, et il avait été incapable d'obtenir un prêt à la banque. Si le coton ne profitait pas ou si les charançons s'y mettaient, il ne savait pas ce qu'il allait faire à l'entrée de l'automne et pendant l'hiver. Il avait à nourrir deux mulets en plus des deux familles noires et de sa propre maisonnée.

132

— Y a pas plus d'or dans ce terrain que dans le bout de mes chaussettes, dit Will avec ironie. Pourquoi que vous n'allez pas à Augusta ou à Atlanta ou quelque part vous amuser un peu? Du diable si j'accepterais d'être un cul-terreux toute ma vie, uniquement parce qu'il plaît à Ty Ty de me faire creuser des trous pour lui.

— Oh! va te faire foutre, sacrée gueule de bourre.

Will regarda Buck, et se demanda pendant un moment s'il allait le frapper.

— As-tu quelque commission pour chez toi? demanda-t-il finalement.

— Si c'est que t'as envie de te battre t'as pas besoin d'aller chercher plus loin.

Will lança sa pelle à deux mains et ramassa une motte d'argile sèche. Il fit quelques pas vers eux en courant, tout en repoussant du bout de la langue sa cigarette éteinte dans le coin de sa bouche.

— J'suis pas venu ici pour faire du vilain, mais si c'est ça que vous cherchez, vous aboyez au pied du bon arbre.

— T'as jamais été capable de faire autre chose, dit Shaw en empoignant le manche de sa pelle à deux mains. Aboyer, c'est tout ce que t'as jamais été capable de faire.

Will, en cas de bataille, aurait préféré se battre avec Buck. Il n'avait rien contre Shaw, mais Shaw prendrait toujours le parti de son frère. Will n'aimait pas Buck. Dès le premier jour il l'avait détesté. Ce n'était pas qu'il le détestât personnellement, mais Griselda était la femme de Buck, et Buck était toujours entre eux deux. Ils avaient déjà eu plusieurs algarades, pas toujours au sujet de Griselda, et ils en auraient certainement d'autres. Tant que Griselda serait mariée avec Buck, tant qu'ils habiteraient ensemble, Will ne laisserait échapper aucune occasion de se battre avec lui.

— Lâche cette motte, ordonna Buck.

— Viens un peu voir si tu me la fais lâcher, répliqua Will.

Buck recula et murmura quelque chose à Shaw. Will s'avança et lança la motte, à toute volée, juste au moment où Buck s'élançait vers lui en brandissant sa pelle. Le manche de la pelle frappa rudement Will à l'épaule avant de retomber à terre. La motte avait manqué Buck, mais elle avait atteint Shaw en plein dans l'estomac. La douleur le plia en deux et il s'écroula avec un gémissement sourd.

Quand Buck, en se retournant, vit Shaw tout recroquevillé, il ne douta pas que Will ne l'eût grièvement blessé. Il se précipita en avant, la pelle brandie, et il frappa Will, de toute sa force, en plein front.

Le coup étourdit Will mais sans lui faire perdre connaissance. Il était toujours debout, plus furieux que jamais, et il s'élança vers Buck sans lui laisser le temps de relever sa pelle en vue d'un autre coup.

— Sales bougres de Walden, vous vous figurez que vous êtes costauds, mais là d'où je viens, on est plus costauds que vous, dit Will. Il en faudrait bien six comme vous pour me foutre une raclée. Je suis entraîné. Là d'où je viens, j'descends deux ou trois types, chaque matin, avant de déjeuner.

— Sacrée sale gueule de bourre, dit Buck avec mépris.

Shaw, clignant les yeux, se mit à quatre pattes. Il chercha autour de lui une arme quelconque, mais il n'y avait rien à sa portée. Sa pelle était de l'autre côté de Will.

— Sacrée sale gueule de bourre, reprit Buck en ricanant.

— Venez-y donc, tous les deux, bougres d'enfants de putain, hurla Will. J'vous expédierai tous les deux à la fois. On n'm'a pas appris à avoir peur de paysans.

Buck leva sa pelle, mais Will la saisit, la lui arracha des mains et la jeta au loin derrière lui. D'un coup bien appliqué, il atteignit Buck à la mâchoire, et l'étendit raide sur le dos. Shaw accourut vers lui, courbé en deux sur ses genoux. Will lui décocha deux coups de poing, l'un après l'autre. Shaw sentit ses genoux se dérober sous lui et il s'affala aux pieds de Will.

Buck s'était relevé. Il sauta sur Will, le renversa et lui immobilisa les bras sous le corps. Avant que Will eût pu se dégager, Buck se mit à lui marteler la tête et le dos. Ils voyaient rouge tous les trois.

Sur le bord du trou, Ty Ty brusquement les apostropha. Sans plus attendre, il se laissa glisser au fond et sauta au beau milieu des poings et des pieds. Il sépara Buck et Will, et les envoya rouler à terre chacun de leur côté. Ty Ty était aussi grand qu'eux et il avait toujours été capable de les mettre d'accord. Haletant et soufflant, il les regardait étalés à ses pieds.

— En voilà assez, dit-il, tout oppressé encore. Par le plus-que-parfait des enfers, mes enfants, qu'est-ce qui vous prend de vous battre comme ça? C'est pas comme ça qu'on cherche un filon. C'est pas en vous battant que vous le trouverez.

Buck se mit sur son séant et porta la main à sa

mâchoire. Le regard furibond qu'il lança à Will prouvait qu'il ne s'estimait pas vaincu.

— Renvoyez-le dans sa ville, alors, dit Buck. Il n'a rien à faire ici, c't'enfant de putain. C'est pas un endroit pour les gueules de bourre.

— J'm'en irai quand ça m'fera plaisir, pas une minute plus tôt. Essaie de me faire partir avant. Essaie un peu.

— Par le plus-que-parfait des enfers, mes enfants, qu'est-ce que tout cela signifie? demanda Ty Ty à Shaw en se retournant pour voir s'il n'était pas blessé. Y a pas de raison pour que vous vous disputiez comme ça. Quand on aura trouvé le filon, on le partagera bien également entre tout le monde, et personne n'en aura plus que les autres. J'veillerai à ça. Maintenant, dites-moi comment ça a commencé, cette bataille.

— Pour rien, Pa, dit Shaw. Il n'était pas question de se partager l'or. C'était pas ça du tout. Ça a commencé comme ça, voilà tout. Chaque fois que c't'enfant de garce vient ici, ça finit toujours par une raclée. C'est sa façon de se tenir, de parler. A le voir, on dirait qu'il se croit supérieur à nous, ou quelque chose comme ça. Il prend des airs supérieurs parce qu'il travaille dans une filature. Il nous traite toujours de paysans, Buck et moi.

— Ben, y a pas de quoi se faire bouillir le sang, dit Ty Ty. C'est bien dommage que nous ne puissions pas rester unis en famille, mes enfants. Ça a toujours été mon ambition, toute ma vie.

— Alors, dites-lui qu'il foute la paix à Griselda, dit Buck.

— Comment, comment? Est-ce que Griselda est

mêlée à cette affaire-là? dit Ty Ty étonné. J'savais pas qu'elle était mêlée à cette bataille.

— Bougre de menteur, hurla Will. J'ai jamais dit un mot sur elle.

— Allons, allons, mes enfants, vous n'allez pas recommencer. Qu'est-ce que Griselda vient faire dans tout ça?

— Ben, c'est pas qu'il ait dit quelque chose, répondit Buck, seulement, c'est sa façon de la regarder, sa façon d'agir. A le voir, on dirait toujours qu'il se prépare à lui faire quelque chose.

— C'est pas vrai, hurla Will.

— Buck, tout ça c'est probablement que des idées. J'sais bien que c'est pas vrai, parce que Will est marié avec Rosamond, et il n'y en a pas deux comme eux pour bien s'entendre. Il n'court point après Griselda. T'as qu'à n'y plus penser.

Will regarda Buck et ne dit rien. Il était furieux parce que Ty Ty les avait séparés sans lui laisser le temps de frapper le dernier coup.

— S'il restait chez lui au lieu de venir foutre le désordre ici, j'm'estimerais satisfait, déclara Buck. L'enfant de garce n'est qu'une gueule de bourre après tout. Il devrait rester avec ceux de son espèce. Nous n'voulons point de sa compagnie.

Will se releva, cherchant sa pelle.

Ty Ty s'élança et le repoussa de l'autre côté du cratère. Il le maîtrisait à deux mains et lui pressait le dos contre la pente du trou.

— Will, dit-il tranquillement, ne fais pas attention à Buck. C'est cette chaleur qui lui monte à la tête, et pour rien du tout. Reste ici et laisse-le tranquille.

Il courut ensuite de l'autre côté du trou et rejeta

Buck sur le dos. Shaw était déjà remonté. Il ne donnait aucun indice qu'il eût envie de redescendre.

— Maintenant, mes enfants, vous allez remonter tous les deux et tâcher de vous calmer, ordonna Ty Ty. Vous vous échauffez dans le fond de ce trou, et il n'y a que le grand air qui puisse vous faire du bien. Allons, remontez vous mettre au frais.

Il attendit que Buck et Shaw fussent sortis du trou. Quand ils furent hors de vue, après leur avoir donné tout le temps de s'éloigner, il pressa Will de se relever et d'aller respirer au grand air. Ty Ty le suivit de près, au cas où Buck et Shaw l'attendraient, cachés, pour sauter dessus et recommencer la bataille. Quand ils atteignirent le haut du trou, Shaw et Buck avaient disparu.

— N'y pense plus, Will, dit-il. Assieds-toi à l'ombre et calme-toi.

Ils allèrent à côté de la maison et s'assirent à l'ombre. Will était toujours furieux, mais il était prêt à renoncer à se battre, bien que Buck eût eu le dernier mot. Il ne demandait qu'une chose, c'était de retourner le plus tôt possible à Scottsville. Du reste, il ne serait jamais venu si Rosamond et Darling Jill n'avaient pas tant insisté. Maintenant, il désirait retourner dans la vallée pour causer avec ses amis avant la réunion du vendredi soir. La vue de la terre nue, cultivée ou non, sans une fabrique ni une usine, lui donnait un peu mal au cœur.

— T'as pas décidé de t'en retourner déjà, Will? demanda Ty Ty. J'espère que t'as pas ça dans l'idée.

— Pour sûr que si, dit Will. J'veux pas perdre tout mon temps à creuser des trous dans la terre. J'suis pas une taupe.

— J'pensais que tu nous aiderais jusqu'à ce qu'on ait trouvé le filon. J'ai besoin de toute l'aide possible, juste maintenant. Le filon est là, aussi vrai que c'est Dieu qui a créé les petites pommes vertes, et j'aurai pas de paix que j'aie mis la main dessus. Il y a quinze ans que j'attends ça, jour et nuit.

— Vous feriez mieux de vous occuper de votre coton, dit Will sèchement. Dans cette terre-là, vous pourriez faire plus de coton dans un an que vous ne trouverez d'or dans toute votre existence. C'est une perte sèche tous ces trous que vous creusez partout.

— Oui, maintenant, je regrette de n'avoir pas fait pousser plus de coton. J'ai bien peur de me trouver à court d'argent avant que le filon soit trouvé. Si j'avais vingt ou trente balles de coton pour me permettre de passer l'automne et l'hiver, je pourrais consacrer tout le reste de mon temps à creuser. Sûr que j'aurais bien besoin d'avoir du coton à vendre au début de septembre.

— C'est trop tard maintenant pour planter du coton. Tant pis pour vous si vous n'trouvez pas autre chose.

— J'vois qu'une chose à faire, creuser.

— Votre maison finira par dégringoler dans le trou si vous continuez à creuser. Elle commence déjà à pencher. Il ne lui faut plus grand-chose pour chavirer.

Ty Ty regarda les troncs de pin qu'il avait été chercher dans les bois pour étayer la maison. Les troncs étaient assez grands et assez forts pour retenir la maison là où elle était, mais si l'on minait trop profondément le sous-sol, elle glisserait certainement et tomberait. En ce cas, elle se coucherait peut-être sur un des côtés du grand trou, à moins qu'elle ne tombât sens dessus dessous dans le fond.

— Will, quand la fièvre de l'or tient son homme, il ne saurait penser à autre chose, même s'il y allait du salut de son âme. M'est avis que, s'il y a quelque chose qui ne va pas chez moi, c'est dû à ça. La fièvre de l'or me tient si fort que j'ai même pas l'idée de planter du coton. Tout ce que je veux, c'est sortir de terre ces petites pépites d'or. Pas plus le ciel que l'enfer ou le déluge ne m'empêcheraient de creuser jusqu'à ce que je trouve le filon. J'peux pas m'arrêter pour faire autre chose, maintenant. La fièvre de l'or me tient jusque dans la moelle des os.

Will était calmé. Il n'essayait plus de se lever et peu lui importait qu'il revît Buck et Shaw pour recommencer à se battre. Il ne demandait pas mieux que de les laisser tranquilles jusqu'à la prochaine fois.

— Si vous êtes fauchés, pourquoi que vous n'allez point à Augusta emprunter à Jim Leslie?

— Faire quoi, Will? demanda Ty Ty.

— Emprunter à Jim Leslie de quoi passer l'automne et l'hiver. Vous pourrez planter une grosse récolte de coton au printemps prochain.

— Bah! Will, dit Ty Ty en riant un peu, j'vois point d'utilité à ça.

— Comment? Il a de l'argent, et l'or coule de sa femme comme le purin d'un tas de fumier.

— Il ne m'aiderait point, Will.

— Qu'en savez-vous? Vous n'avez jamais essayé de lui emprunter. Alors, comment savez-vous qu'il ne vous prêterait pas un peu?

— Jim Leslie refuse de me parler dans la rue, Will, répondit-il tristement. Et s'il refuse de me parler dans la rue, je sais foutre bien qu'il refusera de me

prêter de l'argent. Ça n'rimerait à rien de lui demander. Ça serait perdre son temps, voilà tout.

— Eh! bon Dieu, c'est bien votre fils, pourtant.
Alors, si c'est votre fils, il fera bien quelque cas de
vous si vous lui dites toute la guigne que vous avez eue
depuis que vous cherchez ce filon.

— Ça lui serait bien égal à c't'heure, à Jim Leslie.
C'est pour ça qu'il a quitté la maison. Il prétendait
qu'il ne voulait pas rester ici pour faire l'idiot à chercher de l'or toute sa vie. J'crois point qu'il ait beaucoup changé depuis ce temps-là.

— Y a combien de temps de ça?

— Bientôt quinze ans, m'est avis.

— Oh, ben, ça a dû lui passer de l'idée, depuis le
temps. Il sera content comme tout de vous voir. Vous
êtes bien son papa, pas vrai?

— Dame, j'crois ben que oui. Mais ça lui sera égal.
J'ai essayé de lui parler dans la rue, il ne m'a même
pas regardé.

— J'vous parie bien qu'il vous écoutera quand vous
lui raconterez toute votre guigne.

— Eh! ce filon-ci pourrait bien apparaître, si seulement j'avais assez d'argent pour continuer à creuser,
dit Ty Ty en se levant.

— Pour sûr, dit Will. C'est justement ce que j'essaie
de vous faire comprendre.

— Si j'avais un peu d'argent, deux ou trois cents
dollars seulement, on pourrait peut-être le repérer, ce
filon. Faut du temps et bien de la patience pour
trouver de l'or, Will.

— Alors, pourquoi donc que vous n'allez pas à
Augusta lui en dire un mot? Y a pas autre chose à faire.

Ty Ty se mit en devoir de contourner la maison.

Il s'arrêta au coin et attendit que Will le rejoignît. Ils traversèrent la cour et se dirigèrent vers l'écurie où se trouvaient Dave et Uncle Felix. Shaw et Buck, sur le bat-flanc, causaient avec l'albinos et Uncle Felix.

— Mes enfants, dit Ty Ty, faut nous mettre au travail. J'ai décidé d'aller à l'instant même à Augusta. Allez faire un brin de toilette pour qu'on puisse partir tout de suite.

— Pour quoi faire? demanda Buck, grognon.

— Comment, pour quoi faire? Mais pour voir Jim Leslie, parbleu.

— Alors, m'est avis que je resterai ici, décréta Buck.

— Voyons, mes enfants, j'ai besoin de vous pour conduire l'auto. Vous savez pourtant bien que j'peux pas conduire en ville. Pas plus tôt rendu, j'démolirais tout le bazar.

Buck d'abord, puis Shaw, sautèrent du bat-flanc et quittèrent l'écurie. Ty Ty les suivit tout en leur répétant les raisons pour lesquelles il désirait aller voir Jim Leslie.

Will, passant sa tête entre les barreaux du râtelier, regarda Dave.

— Ça va, l'ami?

— Très bien, dit le jeune homme.

— Vous n'aimeriez pas partir et rentrer chez vous à c't'heure?

— J'aime autant rester ici.

Will retira sa tête en riant au nez de l'albinos. Il fit demi-tour et, sortant de l'écurie, il se dirigea vers la maison.

— Pas la peine de vous exciter, cria-t-il en se retournant. Darling Jill ne sera pas là ce soir. Elle va aller à Augusta avec nous autres.

142

Sur ce, il laissa Dave en compagnie d'Uncle Felix. Pendant le trajet jusqu'à la maison il commença à ressentir quelque pitié pour Dave. Il souhaita que Ty Ty lui rendît sa liberté dans quelques jours et le laissât rentrer chez lui s'il en avait envie.

Buck, sous la véranda, derrière la maison, se lavait la figure dans un baquet, mais Will ne regarda pas de ce côté-là. Il alla devant la maison et s'assit sur les marches en attendant que Ty Ty fût prêt à partir. Pluto était rentré chez lui, le matin, pour changer de chemise et de chaussettes, et Will le regrettait. Il avait parlé de partir de bonne heure pour travailler ses électeurs, et Will espérait qu'il arriverait avant leur départ. Pluto pourrait être élu shérif si ceux de ses amis qui espéraient être ses assistants se donnaient assez de mal pour assurer son élection. Mais Pluto seul ne serait jamais assez puissant.

Griselda fut la première à sortir de la maison, toute prête à partir. Elle sourit à Will et il cligna de l'œil. Elle portait une robe neuve à ramages et un grand chapeau dont les bords lui couvraient les épaules. Will se demanda s'il avait jamais vu une aussi belle femme. Il ne voulait pas penser qu'il pût être obligé de retourner à Scottsville sans avoir pu la voir seule. Peut-être, au lieu de retourner à la vallée, lui faudrait-il revenir d'Augusta avec eux ce soir, rien que pour avoir l'occasion de se trouver tête à tête avec elle.

CHAPITRE XI

Quand, à la fin de l'après-midi, ils arrivèrent à Augusta, Buck arrêta l'auto le long du trottoir, dans Broad Street, près de la Sixième Rue. Il n'avait jamais été question de s'arrêter dans le bas de la ville, et Ty Ty se pencha pour demander à Buck et à Shaw la raison de cet arrêt. Jim Leslie habitait sur la Colline, à plusieurs milles de là.

— Pourquoi que t'as fait ça, Buck?

— J'descends ici pour aller au cinéma, répondit Buck sans se retourner. J'veux pas aller chez Jim Leslie.

Shaw descendit avec lui et ils restèrent debout dans la rue. Ils attendaient pour voir si quelqu'un d'autre désirait les accompagner. Après quelques minutes d'hésitation, Darling Jill et Rosamond descendirent.

— Eh là! attendez un peu, dit Ty Ty tout agité. C'est comme ça que vous allez me laisser toute la corvée? Alors, l'un de vous ne pourrait pas rester avec moi pour m'aider à convaincre Jim Leslie que nous avons bien besoin d'argent?

— J'irai avec vous, Pa, dit Griselda.

— Vous n'avez pas besoin de moi, dit Will en descendant de l'auto. Je ne pourrais pas lui parler sans me foutre en colère et lui tomber dessus.

— Va avec Pa, Will, insista Darling Jill. Pa a besoin de toi.

— Pourquoi n'y vas-tu pas toi-même? Tu conseilles à tout le monde d'y aller, mais tu te gardes bien de le faire.

— Aie pas peur de Jim Leslie, Will, dit Griselda. Il ne peut pas te faire de mal.

— Qui a dit que j'en avais peur? Moi... avoir peur de lui!

— Il est temps de partir, dit Ty Ty. Nous pourrons rester ici à discuter toute la nuit si nous ne nous décidons pas tout de suite.

Buck et Shaw s'éloignèrent dans la rue, vers les théâtres illuminés. Rosamond courut pour les rattraper.

— Oh! j'veux bien y aller, dit Darling Jill. Ça m'est égal.

— Nous serons assez de trois, à moins que Will ne veuille venir.

— N'vous en faites pas pour moi, dit Will. J'attendrai par ici que vous reveniez.

Darling Jill changea de place et vint se mettre au volant. Griselda s'assit près d'elle laissant Ty Ty seul dans le fond.

— J'vais rester par là, dit Will en regardant des deux côtés de la rue.

Il s'éloigna lentement. Il marchait sur le bord du trottoir et regardait les fenêtres des premiers étages. Les maisons avaient des balcons en fer larges de trois ou quatre pieds, et des gens étaient assis aux fenêtres et, penchés sur les balustrades, ils regardaient le trottoir à leurs pieds.

Plus loin, quelqu'un appela Will. Il se dirigea vers l'endroit d'où venait la voix, les yeux levés vers les visages au-dessus de lui.

— Tenez, regardez Will, dit Griselda avec découragement.

Une des filles, penchée au balcon, lui parlait. Will s'éloigna en regardant les autres balcons. La femme qui avait essayé de lui parler se mit à l'agonir d'injures et à l'appeler de tous les noms obscènes qu'elle connaissait.

Darling Jill ricana et murmura quelque chose à l'oreille de Griselda. Elles parlèrent un moment à mi-voix et Ty Ty ne put entendre un seul mot de ce qu'elles disaient.

— Partons, mes petites filles, dit-il. C'est un péché et une honte de rester ici.

Darling Jill n'essaya même pas de mettre la voiture en marche. Une des filles, au balcon au-dessus d'eux, montrait Ty Ty du doigt. Il les avait bien vues, là-haut, au-dessus de sa tête, mais il avait obstinément tenu les yeux baissés.

Il se mordait la langue, craignant d'être apostrophé par ces filles avant que Darling Jill ait eu le temps de démarrer.

— Eh là, grand-père! dit la fille qui l'avait désigné. Monte donc un peu ici. On rigolera.

Ty Ty regarda Darling Jill et Griselda quand elles se retournèrent pour voir ce qu'il allait faire. Il souhaitait qu'elles se hâtassent de partir avant que les autres filles, sur les balcons d'alentour, se missent à lui parler. En toute autre circonstance, il ne se fût point inquiété d'être interpellé, mais la présence de Darling Jill et de Griselda l'empêchait de leur répondre. Il se pencha, poussa Darling Jill de la main, la pressant de s'en aller.

— Pa, pourquoi qu'vous ne montez pas là-haut faire un tour, voir un peu ce qui se passe? demanda-t-elle avec un petit rire.

— Ah! par exemple, dit Ty Ty en rougissant sous sa peau tannée.

— Allez donc, Pa, insista Griselda. Nous vous attendrons. Allez donc vous amuser un peu.

— Par exemple! répéta Ty Ty. C'n'est plus de mon âge. Ça n'aurait point de sens.

La fille qui avait surveillé Ty Ty lui faisait signe de la main, hochait la tête, lui indiquait l'escalier qui ouvrait sur la rue. Elle était petite et n'avait guère plus de seize à dix-sept ans. Quand elle se pencha sur la balustrade pour voir à l'intérieur de l'auto, Ty Ty ne put s'empêcher de lever les yeux, et il souhaita de pouvoir monter lui faire une petite visite. Ses mains se crispèrent sur le rouleau de billets sales d'un dollar qu'il avait dans la poche, et la sueur lui mouillait les tempes. Il savait que Darling Jill et Griselda attendaient qu'il descendît et enfilât l'escalier, mais il n'avait pas le courage de le faire en leur présence.

— Fais donc pas le grigou, grand-père, dit la fille du bout des lèvres. On n'est jeune qu'une fois.

Ty Ty regardait la nuque de Griselda et de Darling Jill. Elles, regardaient la fille au-dessus d'elles et parlaient à mi-voix.

— Allez donc, Pa, dit Griselda. Vous vous amuserez bien là-haut. Il vous faut un peu de récréation après tout ce travail que vous faites, à la ferme, dans les trous.

— Voyons, Griselda, protesta Ty Ty faiblement. Ça n'est plus de mon âge. Cesse de me taquiner. J'ai l'impression de ne plus savoir moi-même ce que je suis capable de faire.

La fille avait quitté le petit balcon grillé. Ty Ty leva les yeux et se sentit soulagé. Il se pencha et, poussant Darling Jill du doigt, il la pressa de partir.

— Attendez une minute, dit-elle.

Il put voir qu'elles surveillaient l'escalier qui donnait dans la rue. Soudain, de la pénombre du corridor, la fille sortit en pleine lumière.

Ty Ty la vit et s'affala sur la banquette, dans l'espoir qu'elle ne le verrait pas. Elle se dirigea tout droit vers l'automobile, descendit du trottoir et s'arrêta sur la chaussée, à côté de Ty Ty.

— J'sais bien ce que c'est... t'es timide.

Ty Ty rougit et s'aplatit un peu plus bas. Il pouvait voir Darling Jill et Griselda qui le surveillaient dans le petit miroir au-dessus du pare-brise.

— Allons, viens chez moi te dégourdir un peu.

Darling Jill laissa fuser un petit rire.

Ty Ty dit quelque chose que personne ne put entendre. La fille mit le pied sur le marchepied et tenta de saisir le bras de Ty Ty pour le faire descendre. Il se recula vers le milieu de la banquette pour échapper à ses doigts.

Darling Jill se retourna et regarda les seins poudrés de la fille dans le corsage décolleté. Elle se retourna et murmura quelque chose à Griselda. Toutes deux se mirent à rire.

— Qu'est-ce que t'as donc, grand-père? C'est-y

qu't'aurais un furoncle, des fois, ou bien c'est-y qu't'as pas d'argent?

Ty Ty se demanda vaguement si, en lui disant qu'il n'avait pas d'argent, elle s'en irait et le laisserait tranquille.

Il lui fit signe de la tête et se recula un peu plus.

— T'es qu'un sale enfant de garce, dit-elle. Tu n'pourrais pas dépenser quelques sous à la fin de la semaine? Bougre de salaud, si j'avais su que t'étais si regardant, j'me serais point donné la peine de descendre les escaliers.

Ty Ty ne répondit pas, et il pensa qu'elle allait rentrer dans la maison. Mais elle laissait toujours son pied sur le marchepied et attendait, debout près de l'auto, en le regardant d'un air sombre.

— Partons, mes enfants, insista-t-il. Nous devrions déjà être en route.

Darling Jill mit le moteur en marche et débraya. Elle se retourna pour voir si la fille avait enlevé son pied. Elle recula de quelques mètres. La fille dut enlever son pied de dessus le marchepied. Elle resta debout sur le bord du trottoir à insulter Ty Ty. Quand ils furent au milieu de la chaussée, Darling Jill descendit la rue et tourna au premier coin. Quelques minutes plus tard, ils roulaient sur un boulevard dans la direction de la Colline.

— Sûr que j'vous suis reconnaissant, mes enfants, de m'avoir tiré de là, dit Ty Ty. J'pensais que nous ne partirions jamais. J'serais monté avec elle rien que pour la faire tenir tranquille si nous n'étions pas partis à ce moment-là. Il n'y a rien que j'déteste comme d'être insulté par une femme en pleine rue, là où que tout le monde peut entendre. J'ai jamais pu supporter d'être insulté par une femme en pleine ville.

— Oh! on ne vous aurait pas laissé monter avec elle, Pa, dit Griselda. C'qu'on en disait, c'était pour rire. On n'vous aurait point laissé monter là-haut pour attraper quelque maladie. C'était une farce.

— Eh! j'n'ai point dit que j'voulais y aller, et j'n'ai point dit que j'voulais pas. Mais sûr que j'aime pas m'entendre insulter par une femme, comme ça, au beau milieu de la rue. D'abord, ça n'a pas bonne façon. J'ai jamais pu supporter ça.

Ils traversèrent le canal et enfilèrent une autre rue. La Colline était encore à plus de deux milles, mais l'auto se trouvait dans une file de voitures qui allaient vite et ils gravirent rapidement la côte. Ty Ty était encore un peu agité après son altercation avec la femme qui habitait dans la chambre au balcon de fer, et il était content que ce fût fini. Il avait connu plusieurs femmes qui habitaient dans cette partie de la ville, mais il y avait de cela dix ou quinze ans, et celles qu'il avait connues étaient parties et avaient été remplacées par de plus jeunes. Ty Ty se sentait mal à l'aise en face de cette nouvelle génération de femmes, parce qu'elles n'aimaient plus rester dans leurs chambres ou même sur leurs balcons. Maintenant, elles descendaient dans la rue et forçaient les hommes à descendre de leurs automobiles. Il branla la tête, heureux de se trouver dans un autre quartier de la ville.

— Par exemple! dit Ty Ty. C'était un vrai démon, pour sûr. J'me souviens pas d'avoir jamais vu un pareil chat sauvage.

— Comment, vous pensez encore à cette fille, Pa? demanda Griselda. Si vous voulez, nous pouvons faire demi-tour et aller la retrouver.

150

— Nom de Dieu, hurla-t-il, gardez-vous-en bien! Continuez à rouler tout droit. Faut que je voie Jim Leslie. J'peux pas encore aller là-bas perdre mon temps.

— Savez-vous dans quelle direction faut que nous allions, maintenant? demanda Darling Jill en ralentissant à un carrefour.

— Tourne à droite, dit-il en montrant avec sa main.

Ils longèrent, pendant quelque temps, une rue bordée d'arbres. Il y avait de grandes maisons dans cette partie de la ville. Quelques-unes de ces maisons occupaient un *block* entier. Au-dessus, ils pouvaient voir les hautes tours du Bon-Air-Vanderbilt. Ils se trouvaient dans le quartier des grands hôtels.

— C'est une grande maison blanche à deux étages, avec une grande véranda sur le devant, dit Ty Ty. Maintenant, va doucement pour que j'aie le temps de regarder.

Ils longèrent deux autres *blocks* en silence.

— La nuit, elles se ressemblent toutes, dit Ty Ty. Mais, quand je verrai celle de Jim Leslie, j'la reconnaîtrai, bien sûr.

Darling Jill ralentit pour traverser une rue. Juste au-delà, il y avait une grande maison à deux étages et un grand péristyle à colonnes blanches qui montaient jusqu'au toit.

— La voilà, dit Ty Ty en les poussant du doigt. C'est la maison de Jim Leslie, aussi sûr que c'est le Bon Dieu qui fait les petites pommes vertes. Arrêtez ici même.

Ils descendirent et regardèrent la grande maison derrière les arbres. Toutes les fenêtres du bas étaient illuminées. Il y en avait aussi d'éclairées au premier.

151

La porte d'entrée était ouverte. Mais la fausse porte en toile métallique était fermée. Ty Ty s'inquiéta de cette fausse porte. Il eut peur qu'elle ne fût fermée à clé.

— Inutile de frapper ou de sonner, mes petites filles. Si nous faisons ça, Jim Leslie pourrait nous voir et fermer la porte à clé sans nous laisser le temps d'entrer.

Ty Ty passa le premier et, sur la pointe des pieds, il monta les marches et traversa le large perron. Darling Jill et Griselda le suivaient de près afin d'empêcher qu'on ne leur fermât la porte au nez. Ty Ty ouvrit sans bruit la porte grillagée et ils entrèrent dans le grand vestibule.

— Nous v'là dans la place, murmura Ty Ty, soulagé. Il aura de la peine à nous mettre dehors avant que je lui aie dit tout ce que j'ai à lui dire.

Ils s'avancèrent lentement vers la grande porte de droite. Ty Ty s'y arrêta et regarda dans la chambre.

Jim Leslie les entendit et, fronçant les sourcils, leva les yeux de dessus le livre qu'il était en train de lire. Il se trouvait seul dans la chambre. Ty Ty imagina que sa femme se trouvait ailleurs dans la maison, au premier probablement.

Il pénétra dans la pièce où se trouvait son fils.

— Qu'est-ce que vous venez faire ici? dit Jim Leslie. Vous savez pourtant bien que je ne veux pas vous voir ici. Foutez le camp.

Il regarda par-dessus l'épaule de Ty Ty et vit sa sœur et Griselda. Il fronça de nouveau les sourcils et leur lança un regard plus dur encore.

— Jim Leslie, voyons, commença Ty Ty, tu sais bien que tu es content de nous voir. Il y a si longtemps qu'on ne s'est pas vus, pas vrai, mon fils?

152

— Qui est-ce qui vous a fait entrer?

— Nous sommes entrés tout seuls. La porte était ouverte et je savais que tu étais là parce que j't'ai vu par la fenêtre quand nous sommes entrés. C'est comme ça qu'on fait chez nous. Pour entrer chez moi, y a pas besoin de frapper à la porte ou de tirer la sonnette. On est toujours les bienvenus, là-bas.

Jim Leslie regarda Griselda à nouveau. Il l'avait vue une ou deux fois, de loin, mais il ne s'était jamais rendu compte qu'elle était aussi jolie. Il se demandait pourquoi une aussi jolie fille avait épousé Buck et était allée habiter à la campagne. Elle aurait été bien plus à sa place dans une maison comme celle-ci. Il s'assit, et les autres se trouvèrent des sièges.

— Pourquoi êtes-vous venu ici? demanda-t-il à son père.

— C'est très important, mon fils, dit Ty Ty. Tu sais bien que, si je n'avais pas des raisons graves, je ne viendrais jamais chez toi sans en être prié.

— De l'argent, je suppose, dit Jim Leslie. Pourquoi n'en tirez-vous pas de votre terre?

— Il y en a dedans, pour sûr, seulement, on dirait que j'peux pas arriver à le trouver.

— Vous croyiez déjà ça il y a dix ou douze ans. En quinze ans, il me semble pourtant que vous auriez dû acquérir quelque intelligence. Il n'y a point d'or là où vous êtes. Je vous l'ai dit avant de partir.

— Or ou pas or, la fièvre me tient, mon enfant, et j'peux pas m'arrêter de creuser. Mais, c'est en ça que tu te trompes, parce qu'il y en a de l'or, si seulement je pouvais en trouver l'emplacement. J'ai un albinos maintenant, et je peux trouver le filon d'un jour à l'autre. Tout le monde dit qu'un albi-

153

nos peut le découvrir s'il y en a dans le pays.

Jim Leslie fit entendre un grognement de dégoût. Il lança sur son père un regard découragé, ne sachant que dire à un homme qui parlait si sottement.

— Toute votre vie vous serez un idiot, dit-il enfin. Ces histoires de sorciers, c'est des histoires de nègres. Ce sont les seules personnes que je sache qui prennent ça sérieusement. Un blanc devrait avoir au moins l'intelligence de ne pas croire tous ces bobards. Vous devenez chaque année plus bête.

— Appelle ça comme tu voudras, mais moi, je cherche mes pépites scientifiquement. J'l'ai fait dès le début. Le procédé que j'emploie est scientifique, ça, j'en suis bien sûr.

Jim Leslie n'avait plus rien à dire. Il se retourna et regarda sa bibliothèque.

Ty Ty regarda tout autour de lui la pièce richement meublée. Il n'était jamais entré dans la maison, et les tapis et le mobilier lui étaient une révélation. Les tapis étaient aussi doux, aussi moelleux qu'un champ fraîchement labouré, et, quand il marchait dessus, il se sentait chez lui. Il se retourna pour regarder Griselda et Darling Jill, mais elles observaient Jim Leslie et elles ne le virent pas.

Soudain, Jim Leslie se renversa dans son grand fauteuil rembourré. Il se croisa les mains sous le menton et étudia Griselda. Ty Ty remarqua qu'il la regardait fixement.

CHAPITRE XII

— C'est Griselda, la femme à Buck, dit Ty Ty.

— Je sais, répliqua Jim Leslie sans se retourner.

— C'est un beau brin de fille.

— Je sais.

— La première fois que je l'ai vue, j'me suis dit comme ça : Nom de Dieu! Griselda est un morceau de choix à offrir à un homme.

— Je sais, dit-il encore.

— C'est bien dommage que ta femme n'soit pas aussi jolie que Griselda, dit Ty Ty avec sympathie. C'est bougrement dommage, Jim Leslie, si j'peux dire.

Jim Leslie haussa légèrement les épaules, sans cesser de regarder Griselda. Il ne pouvait en détacher les yeux.

— On m'a dit que ta femme avait attrapé une maladie, dit Ty Ty en rapprochant sa chaise de celle de son fils. J'ai entendu mes garçons dire qu'ici, sur la Colline, tous ces gens riches ont toujours quelque chose qui cloche. C'est bougrement dommage que t'aies été obligé de l'épouser, Jim Leslie. J'te plains bien sincèrement, mon enfant. Elle t'a donc si bien embobeliné que t'as pas pu t'en dépêtrer?

— J'sais pas, dit Jim Leslie d'un air las.

— Sûr que ça m'ennuie de te voir marié à une femme

155

malade, mon enfant. Tiens, regarde-moi ces deux petites-là. Elles ne sont point malades, elles. Darling Jill se porte à merveille et Griselda aussi. Et Rosamond n'est pas malade non plus. Ce sont toutes de jolies filles, bien saines, toutes les trois. J'voudrais point avoir une fille malade chez moi. Ça n'doit point être drôle pour toi d'avoir à vivre avec une femme malade. Pourquoi c'est-il donc qu'il y a tant de ces femmes riches, par là, à Augusta, qu'ont des maladies, hein, mon fils?

— J'sais pas, dit-il faiblement.

— Qu'est-ce qu'elle a ta femme, au fait?

Jim Leslie essaya de rire, mais ses lèvres ne purent même pas ébaucher un sourire.

— Comment, t'en sais pas le nom?

Jim Leslie secoua la tête pour indiquer qu'il n'avait pas de réponse à donner.

— Mes garçons m'ont dit que c'était une chaude-pisse. C'est-il vrai, mon fils? C'est ce qu'on m'a dit, si j'me rappelle bien.

Jim Leslie opina imperceptiblement. Tant qu'il pourrait rester là à regarder Griselda, il consentait à ignorer toutes les questions de Ty Ty. Peu lui importait pourvu que Griselda fût là.

— Ben, ça me fait peine pour toi, mon enfant. C'est bougrement dommage que t'aies été obligé d'épouser une femme qu'a une maladie. M'est avis que tu ne l'aurais pas fait si elle ne t'avait pas embobeliné au point que t'as pas pu te dépêtrer. Si tu n'pouvais pas, c'est que Dieu lui-même n'y pouvait rien. Mais tu méritais mieux, quand même. C'est bougrement dommage que t'aies été obligé de faire ça.

Ty Ty rapprocha encore sa chaise de celle de Jim

156

Leslie. Il se pencha en montrant Griselda d'un mouvement de tête.

— Rapport à ta femme, c'est bougrement dommage, mon fils, si j'ose dire. Tiens, regarde-moi un peu Griselda. Elle n'a pas de maladie elle, et tu n'verras jamais de plus jolie fille. Regarde-la un peu. Tu sais très bien que t'as jamais rien vu de plus joli, hein, mon gars?

Jim Leslie sourit, mais ne dit rien.

— Oh! voyons, Pa, supplia Griselda inquiète. Ne recommencez pas à dire des choses comme ça. Ne dites pas des choses comme ça devant lui, Pa. Ça n'est pas gentil, Pa.

— Un instant, Griselda. J'suis très fier de toi et je veux faire ton éloge. Après tout, nous sommes en famille ici. Est-ce que Jim Leslie n'est pas un des nôtres, tout comme Darling Jill et tous les autres? J'veux chanter tes louanges, Griselda. J'suis aussi fier de toi qu'une poule qui n'a qu'un poussin.

— Bon, mais n'ajoutez plus rien, je vous prie, Pa.

— Mon fils, dit Ty Ty en se tournant vers Jim Leslie, Griselda est la plus jolie fille dans tout l'État de Georgie. Et, m'est avis que c'est quelque chose dont on peut être fier. Eh, nom de Dieu! Elle a la plus jolie paire de nichons qu'un homme puisse jamais voir. Si tu pouvais les voir, là, tiens, sous l'étoffe, tu verrais que je dis la vérité comme seul Dieu pourrait la dire si seulement il pouvait parler. Et tu n'serais pas le premier à en perdre la tête rien qu'à les regarder.

— Oh! Pa, supplia Griselda en se couvrant le visage et en essayant de se cacher. J'vous en prie, n'en dites pas plus long, Pa. Je vous en prie!

157

— Reste assise bien tranquille pendant que je fais ton éloge, Griselda. J'sais bien ce que je fais. Je suis fier de parler de toi, en plus. Jim Leslie n'a jamais rien vu de pareil à ce que je mentionne. A ce qu'il paraît, sa femme n'a guère de formes. On dirait qu'on lui a aplati la poitrine, au point qu'il n'y a plus rien qui pointe maintenant. C'est bien dommage, ma parole, qu'il ait dû épouser une femme si vilaine. J'me demande comment il peut y tenir, sans parler de la maladie. Maintenant, n'essaie pas de m'arrêter, Griselda, quand j'suis parti à faire ton éloge. J'suis très fier de toi, et j'veux te porter jusqu'aux nues.

Griselda s'était mise à pleurer doucement. De petites secousses agitaient ses épaules et elle dut serrer son mouchoir bien fort sur ses yeux pour empêcher les larmes de tomber sur ses genoux.

— Hein, mon gars, dit Ty Ty. As-tu jamais rien vu d'aussi joli? Quand j'étais jeune, je me figurais que toutes les femmes étaient pareilles, sauf des petites différences de nature, et m'est avis que tu pensais peut-être la même chose jusqu'à aujourd'hui? Mais, une fois qu'on a vu Griselda, on s'rend vite compte de toutes les bonnes choses qu'on a laissé échapper dans la vie avec des idées aussi sottes. M'est avis que tu comprends ce que je veux dire, mon gars. T'es là assis, et tu la regardes, et tu sens comme si t'avais quelque chose en toi qui voudrait se dresser. C'est ça. J'suis point beaucoup sorti de la Georgie, aussi j'peux point parler des autres parties du monde, mais sûr que, dans mon temps, j'en ai vu des choses en Georgie, eh bien! j'peux dire que, pour ce qui est de voir quelque chose de joli, y a pas besoin d'aller plus loin. Nom de Dieu! Griselda est si belle que c'est une honte quelquefois de la regarder.

Griselda pleurait abondamment.

Ty Ty chercha une pièce de vingt-cinq *cents* dans sa poche. Il finit par l'en tirer au milieu d'une poignée de pointes, de clous de harnais et de petite monnaie. Il la donna à Griselda.

— Enfin, j'ai pas raison, Jim Leslie?

Jim Leslie regarda son père puis tourna les yeux vers Griselda. Il avait l'air bien moins furieux contre son père qu'au début de la soirée. Il aurait voulu dire quelque chose à Griselda, ou parler d'elle avec Ty Ty.

— C'n'était peut-être pas très honnête de te demander ça, dit Ty Ty. M'est avis qu'il vaut mieux que je rétracte ce que j'ai dit. Tu n'as pas vu Griselda comme je l'ai vue, moi, et on n'peut pas s'attendre à ce que tu me croies sur parole pour quelque chose que t'as jamais vu. Mais, quand le temps sera venu de la voir, alors, tu te rappelleras que j't'avais pas menti, qu'il n'y avait pas un mot de faux. Elle est aussi jolie que je l'ai dit et même plus. T'as qu'à bien la regarder, de là où que t'es assis, et tu le sentiras dans un rien de temps. Sa beauté, elle sort de partout, si t'es là pour la regarder.

Soudain, Jim Leslie se redressa, l'oreille aux écoutes. On entendait distinctement une personne qui marchait quelque part dans la maison. Il sauta debout, fit un signe de tête imperceptible à Darling Jill et à Griselda, et sortit de la pièce en courant.

Darling Jill se leva et traversa la pièce. Elle s'arrêta devant la cheminée pour regarder les bibelots. Elle se retourna et appela Griselda.

— As-tu jamais rien vu d'aussi joli, Griselda?

— Il ne faut rien toucher, Darling Jill. Ça n'est pas à nous. C'est à eux que ça appartient.

— Jim Leslie est mon frère. Pourquoi qu'on ne ferait pas chez lui ce qui nous fait plaisir?

— C'est chez elle aussi.

Darling Jill releva le nez et fit une grimace que Griselda et Ty Ty purent très bien voir.

— Jim Leslie vit dans le luxe, il n'y a pas à dire, dit Ty Ty. Regardez-moi un peu tous ces beaux meubles. A le voir, maintenant, on ne croirait jamais qu'il habitait près de Marion quand il était petit. Quand même, j'me figure qu'il ne s'est jamais complètement habitué à tout ça. J'parierais deux sous qu'il voudrait bien quelquefois être encore à la ferme avec Buck et Shaw et nous autres à creuser des trous. Jim Leslie n'est pas différent du reste de la famille, Griselda. Faut pas te laisser impressionner par ses beaux vêtements. A ta place, j'aurais point peur dans sa maison.

Darling Jill mit la main sur la table en acajou et en tâta la beauté lisse. Elle appela Griselda pour lui faire partager son admiration.

— Voilà un tableau qu'est grand comme un châssis de fenêtre, remarqua Ty Ty en se levant et s'approchant du mur pour l'inspecter de plus près. Dame, faut bien du temps et de la patience pour faire un travail comme ça. J'parierais qu'il a bien dû falloir deux mois. Regardez-moi un peu tous ces arbres avec leurs feuilles rouges.

Elles regardèrent un instant le paysage que Ty Ty admirait si profondément, puis elles s'approchèrent des fenêtres pour en examiner les rideaux. Ty Ty fut laissé à lui-même, plongé dans la contemplation de la peinture à l'huile. Il recula et la regarda, la tête de côté, puis il se rapprocha pour en étudier la facture. De tout ce qu'il avait vu dans la maison c'était ce tableau qui lui plaisait le plus.

— L'type qu'a fait ça connaissait son métier, pour sûr, dit Ty Ty. Il n'a pas fait toutes les branches des arbres, mais du diable s'il n'a pas fait quelque chose qui ressemble plus à de vrais bois que les vrais bois eux-mêmes. J'ai jamais vu un bouquet d'arbres comme ça de ma vie, mais du diable si ce n'est pas mieux que la réalité elle-même. Sûr que j'aimerais bien avoir un tableau comme ça, chez moi, à Marion. Ces vieux calendriers Black Draught, ça n'a plus l'air de rien une fois qu'on a vu un tableau comme ça. Même ces réclames de Coca-Cola qu'on voit partout autour de Marion, elles n'ont point grosse mine à côté d'une chose aussi jolie que ça. Sûr que j'aimerais bien pouvoir décider Jim Leslie à s'en séparer et à me laisser l'emporter à la maison, ce soir.

— Pa, je vous en prie, ne demandez rien, supplia Griselda en hâte. Ça lui appartient, à elle, aussi bien qu'à lui.

— Si Jim Leslie veut me donner quelque chose par pure bonté de cœur, je le prendrai. Et si elle essaie de m'en empêcher, j'me trouverai dans l'obligation de n'en point faire de cas. J'me fous pas mal d'elle.

Ty Ty fit volte-face et, ce faisant, il fit tomber un vase en porcelaine d'une petite table dont il ne soupçonnait pas l'existence. Il jeta un regard rapide sur Darling Jill et Griselda.

— Regardez un peu ce que je viens de faire, dit-il d'un air penaud. Qu'est-ce que Jim Leslie va dire?

161

— Vite, dit Griselda, ramassons les morceaux avant qu'elle n'arrive.

Elle se baissa ainsi que Ty Ty, et ils firent un petit tas des fins débris de porcelaine. Darling Jill refusa de les aider. A la voir, on aurait dit qu'elle se souciait fort peu que les morceaux fussent ramassés ou restassent par terre, à la vue de tout le monde. Ty Ty tremblait comme la feuille à l'idée de ce que la femme de Jim Leslie dirait si elle voyait ce qu'il avait si maladroitement fait.

— Où allons-nous bien pouvoir mettre ces morceaux? demanda Griselda tout agitée.

Ty Ty, affolé, regarda tout autour de lui. Il ne savait pas ce qu'il cherchait, mais il remarqua que les fenêtres étaient fermées et qu'il n'y avait pas de cendre dans la cheminée pour enterrer les débris.

— Donne, dit-il en tendant ses deux mains. Mets tout ça là.

— Oui, mais qu'allons-nous en faire?

Ty Ty fit disparaître les morceaux de porcelaine dans sa poche, en souriant aux deux femmes. Il s'éloigna, la main dans la poche.

— Y a pas de meilleur endroit au monde. Quand nous serons sortis de la ville, je les jetterai et personne n'y verra rien.

Darling Jill regarda dans l'autre pièce, à travers la large porte vitrée. Elle ne put rien voir dans l'obscurité, mais elle imagina que ce devait être la salle à manger. Griselda et elle auraient voulu voir le plus possible durant les courts instants qu'ils allaient passer dans la maison.

Ty Ty s'assit sur une chaise en attendant le retour de Jim Leslie. Il y avait dix à quinze minutes qu'il était parti, et Ty Ty aurait bien voulu qu'il revînt. Il se sentait perdu dans cette grande maison.

Jim Leslie apparut à la porte. Ty Ty se leva et se dirigea vers son fils.

— De quoi vouliez-vous me parler?

— Eh bien! voilà, mon gars, j'suis un peu gêné. Black Sam et Uncle Felix n'ont pas planté beaucoup de coton cette année. Avec le temps qu'ils ont pris, un peu chaque jour, pour creuser à leur propre compte dans l'espoir de trouver le filon... Et, quand viendra le mois de septembre, j'n'aurai plus un sou. D'un jour à l'autre, j'vais trouver le filon, mais j'peux pas dire quand ça sera. Et j'ai besoin d'un peu d'argent pour arriver à joindre.

— J'peux point vous prêter d'argent, Pa. Tout ce que j'ai est placé en valeurs immobilières, et tout ce que je gagne, j'en ai besoin pour entretenir cette maison. Vous m'avez l'air de croire que tous les gens d'Augusta se promènent avec des liasses de billets de banque dans leurs poches. C'est en cela que vous vous trompez. Les gens qui ont de l'argent, faut qu'ils le placent. Et, une fois qu'il est placé, on ne peut pas le retirer comme ça, à tout moment, pour le replacer ensuite.

— Ta femme a bien quelque chose.

— Oui, j'imagine, mais ce n'est pas à moi.

Jim Leslie se retourna et regarda dans le vestibule comme s'il s'attendait à voir Gussie apparaître. Elle était toujours dans une autre partie de la maison.

— Combien croyez-vous qu'il vous faudrait?

— Avec deux ou trois cents dollars je pourrais passer l'automne et l'hiver. Au printemps prochain,

163

on pourra planter une grosse récolte de coton. J'n'ai besoin pour le moment que du nécessaire pour passer l'automne et l'hiver.

— J'sais pas si je peux vous prêter tant que ça. Comme je vous le dis, j'suis un peu gêné moi-même. J'ai bien des maisons dans le bas de la ville, mais les loyers ne rentrent pas trop bien, de ce temps-ci. J'ai déjà dû mettre sept ou huit familles à la porte, et les appartements vides, ça ne rapporte pas un sou.

— Alors, demande à ta femme, mon gars.

— Quand vous le faut-il?

— Tout de suite. J'en ai besoin pour acheter du fourrage pour les mules et de quoi nourrir la famille et mes métayers. Ça coûte de l'argent, de nos jours, pour faire marcher une ferme, surtout quand tout s'en va et que rien ne rentre.

— J'préférerais vous revoir un autre jour. Le mois prochain, je serais plus en mesure. J'ai fait saisir des meubles qui devraient me rapporter quelque argent quand je les aurai vendus. Vous ne savez pas combien je me trouve gêné quand je ne peux pas toucher mes loyers.

— Ça m'ennuie de constater que tu fais vendre le mobilier du pauvre monde, mon gars. A ta place, j'aurais bien honte. M'est avis que j'pourrais point traiter mon prochain de cette façon-là.

— J'croyais que vous étiez venu pour emprunter de l'argent. Je ne vais pas rester ici toute la nuit à vous écouter parler.

— Alors, il me le faut cet argent, mon garçon, dit Ty Ty. Les mules, mes métayers et ma famille ne peuvent attendre. Faut que nous mangions, et vite.

Jim Leslie sortit son portefeuille et compta une certaine somme en billets de dix et de vingt dollars. Il plia l'argent et le tendit à son père.

— Ça nous aidera joliment, mon enfant, dit Ty Ty avec gratitude. Sûr que je te remercie du fond du cœur pour l'aide que tu me donnes en ce moment. Quand on aura trouvé les pépites, il ne sera plus question d'emprunter alors.

— C'est tout ce que je peux vous donner. Et ne vous avisez pas de m'aborder dans la rue pour m'en demander davantage. C'est tout ce que je peux vous donner. Vous feriez mieux de renoncer à trouver de l'or et de vous mettre à faire du coton et quelque chose qui vous donne à manger. C'est idiot, pour un homme qui a une ferme de cents arpents et deux mules, d'avoir à courir en ville chaque fois qu'il a besoin d'une poignée de betteraves. Faites-en pousser sur votre terre. C'est de la bonne terre. La plus grande partie est en jachère depuis douze ou quinze ans. Faites planter à vos métayers assez de légumes pour les nourrir.

Ty Ty opinait à tous les mots que disait Jim Leslie. Il se sentait tout ragaillardi. Il se sentait un homme comme les autres avec cette liasse de billets dans sa poche. Il ne désirait que trois cents dollars et il ne comptait pas en recevoir un seul.

— M'est avis qu'il va falloir que nous partions, dit Ty Ty.

Ty Ty s'approcha de la bibliothèque et appela Darling Jill et Griselda. Elles apparurent dans le vestibule et se dirigèrent vers la porte.

Jim Leslie sortit de la maison le dernier. Il les suivit sur le grand péristyle et dans l'allée, au bas des marches. Quand ils furent installés dans l'auto de

165

Ty Ty, Jim Leslie s'approcha du côté où se trouvait Griselda et mit la main sur la portière. Il s'appuya contre la voiture et regarda Griselda.

— Des fois, quand vous serez en ville, venez me voir, dit-il lentement, en écrivant quelque chose avec son stylographe sur une carte qu'il lui tendit. Je vous attends, Griselda.

Griselda baissa la tête pour éviter son regard.

— J'pourrais point faire ça, dit-elle.

— Pourquoi?

— Buck n'aimerait pas ça.

— Buck, j'm'en fous, dit Jim Leslie. Venez toujours. J'aimerais vous parler.

— Tu ferais mieux de la laisser tranquille et de t'occuper de ta femme, dit Darling Jill.

— Ma femme, j'm'en fous, répliqua-t-il avec chaleur. J'vous attends, Griselda.

— J'peux pas faire ça, répéta Griselda en secouant la tête. Ça ne serait pas bien vis-à-vis de Buck. J'suis sa femme.

— J'ai dit que j'me foutais de Buck. J'vous aurai, Griselda. Si vous ne venez pas me voir à mon bureau la prochaine fois que vous viendrez en ville, c'est moi qui irai vous chercher là-bas. Vous entendez? J'irai vous chercher là-bas et je vous ramènerai.

— Et Buck t'enverra une balle dans la peau, dit Darling Jill. Il a déjà assez à faire avec Will.

— Qui ça, Will? Qui est Will, nom de Dieu? Qu'est-ce qu'il a à voir avec elle?

— Tu connais bien Will Thompson?

— Cette gueule de bourre? Bon Dieu, Griselda, tu n'voudrais tout de même pas avoir rien à faire avec un Will Thompson, une sale gueule de bourre de Horse Creek Valley!

— Et puis après, quand même il habiterait dans une ville de manufactures? demanda Darling Jill rapidement. Il vaut mieux que bien des gens qui habitent dans ces belles maisons.

Jim Leslie passa son bras sur le dossier de la banquette et enlaça étroitement Griselda. Elle tenta de s'éloigner, mais il l'attira vers lui. Quand elle ne bougea plus, il se pencha et s'efforça de l'embrasser.

— Laisse-la tranquille, mon gars, et partons avant que les affaires ne se gâtent, dit Ty Ty en se levant. Cesse de la tirer comme ça. En voilà assez.

— J'la ferai bien sortir de cette automobile, répondit-il. Je sais ce que je veux.

Darling Jill mit la voiture en marche et démarra rapidement. Au bout de quelques mètres, Jim Leslie se rendit compte qu'il ne pouvait pas rester comme ça plus longtemps. Il savait que Darling Jill ferait peut-être exprès de longer les arbres sur le bord du trottoir et qu'il serait jeté à terre. Avant de quitter le marche-pied, il fit un dernier effort pour saisir Griselda. Il étendit la main et crispa ses doigts sur le col de la robe en percale à ramages. Il put sentir que l'étoffe cédait brusquement et il abaissa ses regards, espérant voir quelque chose dans la pénombre. Avant qu'il eût pu s'approcher, Darling Jill, d'un coup de volant, lança l'auto de l'autre côté de la rue et projeta Jim sur la chaussée.

Il tomba rudement à quatre pattes, mais il ne se blessa pas autant qu'il l'avait craint. La violence du choc lui causa une douleur cuisante aux mains et aux genoux, mais il se releva immédiatement, brossa ses vêtements et regarda l'auto qui disparaissait rapidement dans le lointain.

Au premier tournant, ils se retournèrent et virent Jim Leslie debout sous un réverbère, en train d'épousseter ses vêtements. Une de ses jambes de pantalon était déchirée au genou, mais il ne s'en était pas encore aperçu.

— M'est avis que t'as fait ce qu'il fallait, dit Ty Ty en s'adressant à Darling Jill. Jim Leslie n'avait pas de mauvaises intentions, mais si on l'avait laissé faire, Dieu sait ce qui serait arrivé. Il avait parlé de la faire descendre de l'auto, et c'est un gars à le faire. Quand même, j'aurais point voulu partir sans elle et me trouver face à face avec Buck, en ville, quand il m'aurait demandé où elle était.

— Oh! Jim Leslie, il n'y a rien à dire contre lui, dit Griselda. Il ne m'a pas fait de mal. Il ne m'a même pas fait peur. Il est bien trop gentil pour être mauvais.

— Oh! c'est bien bon à toi de dire ça, mais j'sais pas. Jim Leslie est un Walden, et les Walden sont moins connus pour leur timidité que pour la façon dont ils obtiennent toujours ce qu'ils veulent. J'me trompe peut-être, après tout. J'suis peut-être bien le seul du nom pour qui ce soit vrai.

Tandis qu'ils descendaient la côte vers la ville illuminée dans la plaine d'alluvions, Ty Ty se pencha pour voir ce qui faisait ainsi tressauter les épaules de Griselda. Il pouvait l'entendre qui essayait de retenir ses sanglots, mais il ne pouvait pas voir de larmes dans ses yeux.

— Après tout, Jim Leslie aurait peut-être réussi à la faire descendre, se dit-il en lui-même. J'vois pas ce qu'elle pourrait avoir si c'était pas ça. Y a personne comme les Walden pour bouleverser les filles.

Il se pencha davantage, arc-bouté sur ses genoux pour éviter d'être projeté hors de l'auto ouverte si Darling Jill tournait soudain sans qu'il s'en méfiât. Il regarda et vit que Griselda s'efforçait de fermer la déchirure de sa robe neuve. Elle était déchirée du haut en bas, presque jusqu'à la taille et révélait la blancheur laiteuse des chairs. Ty Ty regarda à nouveau avant qu'elle eût épinglé solidement l'ouverture. Il se demanda si ce qu'il avait dit pendant la soirée n'était point la cause d'une semblable déchirure.

Au bout d'un instant, il se renfonça sur la banquette, étendit ses jambes sur l'appuie-pied et serra plus étroitement dans sa main moite la liasse de trois cents dollars que Jim Leslie lui avait donnée.

CHAPITRE XIII

Rosamond, Buck et Shaw attendaient déjà au coin de la rue quand ils arrivèrent. Will n'était pas là. Ils roulèrent jusqu'au trottoir et s'arrêtèrent en coupant l'allumage. Derrière les balcons grillés, les fenêtres du premier étage étaient encore ouvertes et, à presque toutes, des lumières brillaient. Ty Ty essaya de ne pas regarder plus haut que les devantures du rez-de-chaussée.

— Alors, Pa, vous en avez? demanda Rosamond qui fut la première à atteindre l'auto.

— M'est avis que oui, dit-il tout fier. Regarde-moi ce beau petit paquet de fafiots.

Buck et Shaw s'approchèrent de l'auto pour regarder. Tout le monde avait l'air heureux.

— J'ai besoin d'un autre imperméable, dit Shaw.

— Mon garçon, dit Ty Ty en secouant la tête et en faisant disparaître la liasse de billets dans sa poche, mon garçon, quand il pleut t'as qu'à te mettre à poil et laisser ta peau se charger du reste. Le meilleur imperméable que Dieu ait jamais fait c'est encore la peau de l'homme.

— Qu'allez-vous faire de tout cet argent, Pa? demanda Buck. Vous pouvez bien en disposer d'un petit peu. Il y aura un mois dimanche que je n'ai pas eu d'argent de poche.

— Et dans un mois de bien des dimanches t'en auras point non plus. A vous entendre, mes enfants, on dirait que c'est des pépites qu'il s'agit de nous partager. Jim Leslie m'a donné cet argent pour que nous puissions vivre pendant l'automne et l'hiver. Faut que nous mangions avec ça, et que nous partagions avec les mules par-dessus le marché.

Ty Ty tordit le cou pour chercher Will. Il lui tardait de rentrer chez lui, parce qu'il était près de minuit et il voulait commencer à travailler de bonne heure le lendemain matin. Il voulait commencer à creuser au lever du soleil.

— Où est Will?

— Il était là il n'y a qu'une minute, dit Rosamond en montant dans l'auto et en s'installant près de Ty Ty sur la banquette arrière. Il sera là d'un moment à l'autre.

— Will n'est pas encore parti faire des siennes, je suppose? demanda Ty Ty. Ça n'a pas de bon sens pour un homme de se dévoyer comme ça si souvent.

— Will ne s'est pas dévoyé cette fois, dit Shaw en clignant de l'œil vers Griselda. Il est parti avec une jolie blonde. M'est avis qu'il doit avoir fini à c't'heure, parce que, la dernière fois que je l'ai vu, il s'apprêtait à la plaquer.

Rosamond étouffa un sanglot.

— Will ne voit point de mal à ce qu'il fait, dit Ty Ty. Demain matin, au petit jour, nous allons tous en mettre un bon coup. Ça remettra Will dans le droit chemin.

— On dirait qu'il va pleuvoir, dit Shaw. On ne commencera pas de bonne heure demain matin s'il tombe une bonne pluie toute la nuit.

— Il ne peut pas pleuvoir maintenant, dit Ty Ty avec assurance. Je ne veux pas qu'il pleuve d'ici quelque temps. Faut creuser nos trous, sans faute.

Chaque fois qu'il pleuvait, les trous s'emplissaient d'eau. Il y en avait parfois deux ou trois pieds. Dans ce cas-là, ils n'avaient qu'une ressource, pomper l'eau avec la manche d'arrosage. Ils mettaient un des bouts de la longue manche dans le trou où ils creusaient et l'autre bout dans un trou placé plus bas sur le versant de la colline. Par le principe du siphon, ils faisaient passer l'eau de l'un dans l'autre. Avant que Ty Ty eût acheté d'occasion le tuyau d'incendie des pompiers d'Augusta, ils avaient eu bien des tribulations. Il leur fallait alors tirer l'eau avec des seaux, et si l'eau était profonde, ils perdaient un jour ou deux après chaque pluie avant de pouvoir reprendre leurs travaux d'excavation. Avec la manche à incendie, ils pouvaient maintenant tirer plusieurs pieds d'eau en une heure et même moins.

Ty Ty continuait à se tordre le cou afin de regarder des deux côtés de la rue.

— Ah! voilà Will.

Rosamond se retourna pour voir dans quelle direction Ty Ty regardait. Elle se remit à sangloter.

Will, le chapeau sur l'oreille, se dirigea nonchalamment vers l'auto. Il s'appuya contre le garde-boue, du côté de Ty Ty. Il enleva son chapeau et s'éventa la figure.

— Alors, ça a marché? cria-t-il à Ty Ty. Vous avez de l'argent?

On pouvait l'entendre sur une distance de plusieurs *blocks*. Des gens qui se trouvaient au coin de la rue suivante s'arrêtèrent et se retournèrent pour voir ce qui se passait.

— Chut! Will, dit Griselda.

C'était elle qui était le plus près de lui et elle considérait comme de son devoir d'essayer de le faire tenir tranquille jusqu'à ce qu'ils fussent sortis de la ville.

— Tiens, tiens, bonjour la jolie fille! hurla Will. D'où viens-tu comme ça? J't'avais pas vue quand je suis arrivé.

Buck et Shaw, qui étaient tout près, se mirent à rire en entendant Will. Les autres souhaitaient de tout leur cœur que Will montât dans l'auto afin qu'ils pussent partir avant l'arrivée d'un agent.

— Sûr que je suis content d'être pas un homme qui aime boire, dit Ty Ty. Si je commençais, j'saurais jamais quand m'arrêter. J'irais jusqu'au bout, aussi vrai que c'est Dieu qui a fait les petites pommes vertes.

Buck et Shaw aidèrent Will à s'installer dans le fond de l'auto, bien qu'il protestât violemment, Rosamond releva les strapontins et céda sa place à Will, près de Ty Ty. Buck s'assit auprès d'elle, tandis que Shaw et Ty Ty maintenaient Will entre eux deux.

— Écoutez, mes amis, ça, c'est pas honnête, protesta Will en lançant des coups de pied dans les tibias de Ty Ty. C'est pas juste. Vous savez bien que j'aime pas quitter la ville tant qu'il y a quelque chose en train. Regardez. Tout le monde est encore dans les rues. Laissez-moi descendre.

Darling Jill s'éloigna du trottoir et prit la rue qui conduisait à la grand-route de Marion.

— Une minute, dit Will. Où allons-nous? J'veux rentrer chez moi ce soir. Tourne, ramène-moi dans la vallée.

— Nous rentrons, Will, dit Ty Ty. Renfonce-toi et tâche de te calmer un peu au grand air.

— Ce n'est pas vrai, dit-il, nous allons dans la direction de Marion. Il faut que je retourne dans la vallée ce soir. Faut que je veille à ce qu'on rétablisse le courant à l'usine.

— Il ne sait plus très bien ce qu'il dit, dit Ty Ty. Il a bu un peu trop de whisky.

— Il parle de rétablir le courant même quand il n'a pas bu, dit Rosamond. Il en parle même en dormant la nuit.

— Enfin, j'sais pas ce qu'il raconte. Ça n'a ni queue ni tête. Quel courant? Pourquoi donc qu'il veut le rétablir?

— Will dit qu'ils veulent s'emparer de l'usine et rétablir la force motrice pour l'exploiter eux-mêmes.

— Encore de ces folies comme en inventent ces ouvriers de filature, dit Ty Ty. Les fermiers, ça ne parle jamais comme ça. Les fermiers, en fin de compte, c'est des gens qui aiment la paix. Tous ces fous dans la vallée, n'm'ont point l'air d'avoir un grain de bon sens. Pas plus Will que les autres. Il ferait mieux de rester avec nous pour travailler un peu à la ferme et creuser quelques trous à ses moments perdus. Mon avis est qu'on devrait l'éloigner de Horse Creek Valley avant qu'on ne lui ait fait sauter la cervelle.

— Il ne voudrait point faire ça, dit Rosamond. Je connais Will. Il est tisserand jusqu'à la moelle des os. Y a personne pour aimer une filature comme lui. Il parle des métiers, des fois, comme il parlerait d'un bébé. Il se plairait pas dans une ferme.

Will s'était étendu sur la banquette, les pieds sur l'appui et la tête renversée sur le haut du dossier. Cependant, il ne fermait pas les yeux. Il avait l'air de suivre tout ce qui se disait.

Ils avaient laissé la ville loin derrière eux. Chaque fois qu'ils atteignaient la crête d'une dune, ils pouvaient se retourner et apercevoir la lueur jaune de la ville illuminée, derrière eux dans la plaine. Au-dessus, très haut, comme construite en plein ciel, la Colline, avec ses rues éclairées, apparaissait comme un château dans les nuages.

La grosse voiture à sept places filait dans la nuit. Et, tandis qu'elle perçait le mur de ténèbres en face d'elle, les deux longs rayons de ses phares ressemblaient aux antennes d'un insecte au vol rapide. Darling Jill avait fait ce trajet des centaines de fois et elle en connaissait tous les tournants. Les pneus échauffés chantaient sur l'asphalte lisse.

Les quinze milles qui les séparaient de Marion furent expédiés en vingt minutes. Juste avant d'arriver en ville, l'auto ralentit et quitta la route pavée pour s'engager sur le chemin de sable et d'argile qui conduisait à la ferme. La maison n'était qu'à un mille et demi et ils y arrivèrent en quelques minutes. Ty Ty se leva à contre-cœur. Il avait toujours aimé faire de l'auto, la nuit.

— Ah! mes amis, ç'a été mon jour de veine, dit-il en descendant et en s'étirant. Bon Dieu! je me sens tout gaillard.

Il traversa la cour, sentant, sous ses pieds, le contact familier et dur du sable blanc. C'était une sensation magnifique d'être de retour chez soi et de marcher dans sa cour. Il aimait aller à Marion et à Augusta rien que pour avoir le plaisir de rentrer chez lui, de fouler

175

la dureté du sable blanc et de regarder les gros tas de terre épars sur tout le domaine, comme des fourmilières gigantesques.

Will se mit sur son séant et regarda, d'un air ahuri, le profil sombre de la maison et de l'écurie. Il se frotta les yeux et regarda à nouveau, se penchant pour mieux voir.

— Qui est-ce qui m'a amené ici? demanda-t-il. Je voulais rentrer chez moi, ce soir.

— Ne t'inquiète pas, Will, dit Rosamond pour le calmer. Il était tard et Pa voulait rentrer se mettre au lit. Nous rentrerons demain d'une façon ou d'une autre. Si Darling Jill ne peut pas nous conduire, nous prendrons l'autobus.

Elle lui enlaça la taille et le mena vers la maison. Il la suivit, résigné.

— Je rétablirai le courant, dit-il.

— Mais oui, Will.

— Ça serait-il la dernière chose que je ferais, je rétablirai le courant.

— Mais oui, Will.

— On ne peut pas m'en empêcher. Je vais aller là-bas et je tournerai les commutateurs. Et, à la grâce de Dieu!

— Allons nous coucher, dit Rosamond tendrement. Quand nous serons au lit, je te frotterai la tête et je te chanterai quelque chose pour te faire dormir.

Ils gravirent les marches à tâtons, dans l'obscurité, et ils entrèrent dans la maison. Darling Jill et Griselda les suivirent et allumèrent les lampes.

— Je me demande ce que devient Dave, dit Ty Ty. Venez, les gars, nous allons aller jusqu'à l'écurie pour voir.

176

— J'suis fatigué, dit Shaw. J'veux aller me coucher.

— C'est l'affaire d'une minute, mon gars. Une petite minute.

Ils descendirent vers l'écurie en silence. Il n'y avait pas de lune, mais le ciel était clair et les étoiles brillaient. Les nuages menaçants avaient disparu, et il n'y avait guère de danger qu'il plût avant le jour. Ils franchirent la barrière de l'écurie et entrèrent du côté des stalles.

Pas un bruit, sauf un ronflement. Les mules elles-mêmes étaient silencieuses.

Ty Ty fit craquer une allumette et alluma la lanterne qui était suspendue en permanence près de la porte. Il la porta vers la stalle où Dave passait la nuit.

— Ça, par exemple, je veux bien être pendu..., s'écria Ty Ty d'un ton rauque et étouffé.

— Qu'est-ce qu'il y a? demanda Buck en s'approchant pour regarder à travers le râtelier.

— A-t-on jamais rien vu de pareil?

Shaw et Buck regardèrent Dave et Uncle Felix. Tous deux dormaient profondément. Le fusil d'Uncle Felix reposait, debout, dans un coin de la stalle, et lui-même, accoté inconfortablement contre le bat-flanc, la tête sur l'épaule, ronflait assez fort pour qu'on l'entendît à l'autre extrémité de l'écurie. Dave était couché sur le dos, la tête sur un tas de fourrage. Il avait l'air aussi paisible qu'un nouveau-né, pensa Ty Ty. Et il se détourna afin de ne pas déranger Dave.

— Faut pas les déranger, mes enfants, dit-il en reculant. Uncle Felix n'a pas pu s'empêcher de dormir. Il a l'air bien fatigué, assis comme ça, à ronfler comme une toupie. Et j'crois pas que Dave ait envie de se sauver. Sans ça, il y a beau temps qu'il l'aurait fait.

177

Ça lui fait plaisir de rester, à ce que je crois. Laissons-les. Il ne se sauvera pas avant le jour en tout cas.

Ils reprirent le chemin de la maison. Buck marchait à côté de son père.

— Votre Dave est après Darling Jill, Pa. Vous feriez bien ne pas le laisser faire. Au moment où on s'y attendra le moins, elle fichera le camp avec lui.

Ty Ty, tout en marchant, réfléchit un moment.

— Il l'a déjà eue une fois, dit-il. Ils sont allés là-bas, sous le chêne, l'autre nuit. C'est là où Will et moi, on les a trouvés. Mon avis, maintenant, c'est qu'il n'y a guère de danger qu'ils se sauvent. Un homme et une femme se sauvent quand ils ne peuvent pas faire chez eux ce qu'ils aimeraient pouvoir faire. Aussi, m'est avis qu'ils n'ont point de raison pour se sauver ensemble. Du reste, j'ai dans l'idée que Darling Jill n'en veut déjà plus. Elle a eu ce qu'elle voulait.

Buck fit quelques pas en avant. Il parla à son père par-dessus son épaule.

— Vous devriez surveiller sa conduite, Pa. Il lui arrivera un malheur si elle continue de ce train-là.

— Pas si elle tient compte du croissant de la lune, répliqua-t-il. Et m'est avis que Darling Jill sait prendre ses précautions. La plupart du temps, elle sait ce qu'elle fait. Des fois, elle est folle comme tout, et pour rien. Mais ça ne l'empêche pas de connaître l'endroit de l'envers.

Buck entra dans la maison sans autre commentaire. Shaw alla boire un peu d'eau sur la véranda, derrière la maison, avant de se mettre au lit. Ty Ty fut laissé seul dans le vestibule.

Les portes des chambres à coucher étaient ouvertes et chacun dans la maison s'apprêtait à se coucher.

Rosamond déshabillait Will. Elle lui enlevait son pantalon en tirant sur le pli du bas, tandis qu'affalé sur une chaise il était retombé endormi. Ty Ty resta debout à les regarder un moment.

— Rosamond, vois un peu si tu n'pourrais pas parler à Will et le décider à rester travailler à la ferme, dit-il en s'approchant de la porte. J'ai besoin de quelqu'un pour surveiller les récoltes. Tes frères et moi, nous n'avons pas le temps parce qu'il faut que nous creusions sans interruption, et ces deux nègres ont besoin qu'on les surveille. Ils préfèrent creuser leurs propres trous plutôt que de labourer les champs.

— J'pourrais point lui faire faire ça, dit-elle, en secouant la tête et regardant Will. Ça lui fendrait le cœur de quitter la vallée pour venir vivre ici. Il n'est pas fait pour les travaux des champs. Il a été élevé dans une ville de filatures et il y a grandi. Faut point penser à l'en faire partir maintenant.

Ty Ty s'éloigna désappointé. Il comprit que, pour l'instant, il était inutile d'essayer de discuter avec elle.

Il s'arrêta à la porte de la chambre de Buck et de Griselda et regarda. Eux aussi s'apprêtaient à se coucher. Buck, assis sur une chaise, retirait ses souliers, et Griselda, assise sur le tapis, enlevait ses bas.

Ils levèrent les yeux quand Ty Ty apparut sur la porte.

— Qu'est-ce que vous voulez, Pa? demanda Buck en colère.

— Mon garçon, dit-il, j'peux pas m'empêcher d'admirer Griselda. A-t-on jamais vu une petite fille plus jolie?

Buck fourra ses souliers et ses chaussettes sous le

lit et s'étendit. Il se coucha de côté, tournant le dos à Ty Ty, et se couvrit la tête avec le drap.

Griselda fit à Ty Ty un signe de tête désapprobateur.

— Allons, Pa, dit-elle en le regardant, je vous en prie, ne recommencez pas. Vous m'avez promis de ne plus jamais dire ça.

Ty Ty mit un pied dans la chambre et s'appuya au chambranle de la porte. Il la regarda enrouler et dérouler ses bas et les pendre au dossier de la chaise. Elle se leva rapidement et resta debout au pied du lit.

— Tu n'm'en voudrais pas pour une petite chose comme ça, dis, Griselda?

— Voyons, Pa, dit-elle.

Griselda attendait qu'il partît pour achever de se déshabiller et passer sa chemise de nuit. Ty Ty, un pied dans la chambre, attendait sur le pas de la porte et l'admirait. Elle finit par déboutonner sa robe sans cesser, pour ainsi dire, de le regarder. Quand elle eut achevé de la dégrafer, elle sortit ses bras des manches, tout en la maintenant contre elle. De l'autre main, elle passa sa chemise de nuit par-dessus sa tête. Adroitement, elle laissa tomber la robe jusqu'à terre, tandis qu'elle faisait glisser la chemise sur ses épaules et sur ses hanches. Mais, pendant une demi-seconde, Ty Ty écarquilla les yeux tout grands. Il avait vu l'intervalle de quelques pouces qui sépara le haut de la robe de la chemise au moment où chemise et robe glissaient. Il se frotta les yeux pour voir ce qui était arrivé.

— Sacré nom de nom! dit-il, en s'éloignant dans le corridor sombre, sacré nom de nom!

Griselda souffla la lampe et sauta dans le lit.

CHAPITRE XIV

Ty Ty eut l'impression que la journée ne se terminerait pas sans drame. Dès le matin, de bonne heure, lorsqu'ils avaient commencé à travailler dans le grand trou près de la maison, Buck avait proféré des menaces contre Will, et Will était resté assis, sombre et solitaire, sur la véranda, grommelant des injures à l'adresse de Buck. Tout le monde creusait y compris Black Sam et Uncle Felix. Tout le monde travaillait, sauf Will qui s'obstinait à refuser de descendre dans le trou pour enlever du sable et de l'argile sous le soleil brûlant.

Buck était de mauvaise humeur, et la chaleur croissante de midi, dans ce trou où il n'y avait pas un souffle d'air, n'en rendait sa colère que plus dangereuse. Toute la matinée, Ty Ty avait fait de son mieux pour garder Buck au fond du trou.

— J'le tuerai, l'enfant de putain, répéta Buck encore une fois.

— Will n'ennuiera plus Griselda, Buck, lui dit Ty Ty. Allons, creuse et n'y pense plus.

Buck ne se laissait pas impressionner par les promesses de Ty Ty, bien qu'elles lui rendissent un peu de calme pour un instant. Ty Ty sortit du trou pour prendre un peu le frais. Il émergea à la surface de la terre et chercha à voir où se trouvait Will afin de s'assurer qu'il n'ennuyait pas Griselda. Quand il l'aperçut, Will, assis paisiblement sur la véranda devant la maison, insultait Buck à mi-voix.

Au fond du trou, Dave travaillait avec les autres. Ty Ty avait fini par conclure que l'albinos lui rendrait plus de service s'il se mettait à creuser. Il avait déjà repéré l'emplacement du filon et Ty Ty trouvait que c'était une bonne idée de le faire aider à le mettre au jour. Le fusil avait été replacé à son clou, dans la salle à manger, et Dave n'était plus gardé. Pour la première fois depuis que Dave avait été ramené du marais, Uncle Felix avait chanté, ce matin-là. Le nègre était heureux d'être débarrassé de cette responsabilité et d'avoir la permission de creuser avec les autres.

Quand Ty Ty avait dit à Dave qu'il ne serait plus surveillé, le jeune homme avait eu l'air de craindre que Ty Ty ne lui dît de partir. Quand on lui dit de descendre dans le trou avec Buck et Shaw, il fut enchanté. Il avait espéré que Darling Jill viendrait lui parler, mais elle ne parut pas. Dave commençait à craindre qu'elle ne voulût plus rien avoir à faire avec lui. Si elle tenait un peu à lui, elle serait venue jusqu'au trou, pensait-il, au moins pour lui sourire.

— Par le plus-que-parfait des enfers, Will, dit Ty Ty en s'asseyant et s'éventant avec son chapeau de paille, qu'avez-vous donc à vous chamailler tout le temps, tous les deux? C'est pas des choses à faire en famille. Vous devriez avoir honte, Buck et toi.

— Écoutez, répondit-il rapidement. Vous n'avez qu'à lui dire de se taire, et vous ne m'entendrez plus piper. Si je lui dis des choses, c'est uniquement parce qu'il passe son temps à m'appeler gueule de bourre et à dire qu'il va me tuer. Dites-lui de se taire et vous n'aurez plus lieu de vous plaindre de ce que je dis.

Ty Ty, assis, réfléchit un moment. Le mystère de la vie humaine était moins obscur pour lui que pour la majorité des hommes, et il se demandait pourquoi tout le monde ne le voyait pas ainsi. Will Thompson était probablement un de ceux qui étaient le plus près de comprendre comme lui les secrets de l'esprit et du corps humains. Mais Will n'était pas un homme à raconter ce qu'il savait. Il vivait sa vie en gardant ses pensées pour soi, et, quand l'occasion se présentait d'agir, seules ses actions révélaient les secrets de sa connaissance. Ty Ty savait que les dissentiments entre Will et Buck venaient de Griselda, et Buck, sans doute, avait de bonnes raisons de se méfier des intentions de Will. Il n'y avait point de la faute de Griselda. Depuis qu'elle était entrée dans la famille, elle n'avait jamais fait d'avances à Will. Elle semblait toujours faire de son mieux pour éloigner Will et convaincre Buck qu'elle n'aimait que lui. Ty Ty savait qu'elle avait eu maintes occasions de tromper Buck si elle l'avait voulu. La vérité est qu'elle n'en avait pas envie. Mais elle ne pouvait pas empêcher les hommes de l'admirer, d'être attirés vers elle, d'essayer de l'enlever à son mari. Ty Ty se demandait si l'on y pouvait quelque chose.

— S'il y a une chose que j'ai essayé de faire toute ma vie, c'est de maintenir la paix dans la famille, dit-il à Will. M'est avis que je tomberais raide mort si je voyais jamais du sang répandu sur ma terre. Je ne pourrais jamais en oublier la vue. Je mourrais plutôt pour empêcher ça. Je n'pourrais pas supporter de voir du sang sur ma terre.

— Il n'y aura pas de sang versé si Buck ferme sa gueule et se mêle de ce qui le regarde. J'ai jamais essayé de le provoquer. C'est toujours lui qui commence, comme il a commencé ce matin. J'l'ai même pas approché d'assez près pour lui parler. C'est lui qui s'est amené avec un air mauvais et qui a commencé à m'appeler enfant de putain et gueule de bourre et autres choses du même genre. Moi, ça m'est égal. J'ai point l'intention de me battre avec votre fils pour des petites choses comme ça. Mais il continue, il insiste tout le temps, et c'est ça qui finira par faire du vilain. S'il disait ce qu'il a à dire, et puis que ça serait fini, moi, j'dirais rien. Mais il le répète toute la journée. Dites-lui de se taire si vous n'voulez pas voir de sang sur votre terre.

Ty Ty dressa l'oreille et écouta. Une automobile ralentissait avant de tourner dans l'allée. C'était Pluto Swint qui arrivait et qui stoppa à l'ombre d'un des chênes verts. Il descendit péniblement de sa voiture, en comprimant son gros ventre avec la paume de ses deux mains afin de pouvoir se glisser entre la portière et le volant.

— J'suis bien content de te voir, Pluto, dit Ty Ty. (Il resta à côté de Will, sur les marches, et attendit que Pluto s'approchât et s'assît.) Sûr que ça me fait plaisir de te voir, Pluto. T'arrives juste au moment où j'avais le plus envie de te voir. On dirait toujours que tu apportes le calme avec toi, partout où tu vas. Je peux rester ici maintenant, assis bien tranquille, et me réjouir de ce que rien de mal ne nous arrivera, ni à moi ni aux miens.

Pluto s'assit sur les marches, souffla, haletant, et essuya la sueur qui lui coulait sur la figure. Il regarda Will et lui fit un signe de tête. Will lui parla.

— Alors, t'as compté beaucoup de votes aujourd'hui? demanda Ty Ty.

— Pas encore, répondit Pluto, toujours soufflant et haletant. Je n'ai pas pu partir de bonne heure. J'n'ai pas été plus loin qu'ici.

— Il fait chaud, hein?

— Un four, dit Pluto. Positivement.

Will tira son canif et, détachant un copeau dans une des marches, il se mit à le tailler. Il pouvait entendre Buck parler de lui au fond du trou, près de la maison, mais peu lui importait ce qu'il disait.

— Rosamond et moi, faut que nous rentrions aujourd'hui.

Ty Ty lui lança un coup d'œil rapide. Il allait protester, mais, à la réflexion, il retint sa langue. Il voulait avoir Will près de lui pour l'aider à creuser, mais Will se refusait à creuser. Il ne servait donc à rien. Dans ces conditions, Ty Ty pensait qu'il valait mieux que Will et Rosamond retournent à Scottsville. Tant que Will serait ici, Buck continuerait à le menacer, et peut-être qu'à la longue Will ne serait plus si raisonnable. Le plus sûr et le plus sage, pensait Ty Ty, était de laisser Will et Rosamond rentrer chez eux.

— Évidemment, nous aurions pu vous ramener chez vous, hier soir, quand nous étions à Augusta, dit-il, mais d'abord, il était tard, et tout le monde voulait rentrer se coucher.

— Je demanderai à Darling Jill de nous conduire jusqu'à Marion, et là, nous prendrons l'autobus. Faut que je sois de retour avant la nuit.

Ty Ty se sentit soulagé à la pensée qu'après tout il ne se passerait peut-être rien entre Buck et Will.

S'ils partaient bientôt, Buck n'aurait pas l'occasion de provoquer Will.

— Je vais aller dire à Darling Jill de s'apprêter à vous conduire en ville, dit-il en se levant.

— Restez assis, lui dit Will, et attendons un peu. Rien ne presse. Il n'est guère qu'onze heures. Nous attendrons jusqu'après déjeuner.

Ty Ty se rassit, mal à l'aise. Ce qu'il pouvait souhaiter de plus heureux, c'était que Will et Buck ne se rencontrent pas d'ici là.

— Où en est la politique, Pluto? demanda-t-il dans l'espoir de se changer le cours des idées.

— Ça chauffe, dit Pluto. Les candidats ne se contentent plus de compter leurs votes une fois, ils les revisent pour voir s'ils n'en ont pas perdu au profit d'un autre. Ces galopades d'un bout à l'autre du comté m'ont mis sur le flanc. J'sais pas comment j'pourrai soutenir cette course pendant six semaines encore.

— Pluto, voyons, dit Ty Ty d'un air confiant, t'arriveras dans un fauteuil, tu le sais bien. Tous ceux à qui j'ai parlé depuis le Premier de l'an m'ont dit qu'ils voteraient pour toi.

— Entre dire qu'on votera pour moi et le faire, le moment venu, il y a autant de distance qu'entre le ciel et la terre. En politique, je m'fie à personne. J'en fais de la politique depuis l'âge de vingt-deux ans. J'sais ce que c'est.

Ty Ty observait le sable blanc et poli de la cour et ses yeux suivaient la ligne de petits cailloux ronds, sous l'auvent de la véranda, là où l'eau s'infiltrait dans le sol.

— Je pensais, Pluto, que t'aimerais peut-être circuler un peu, aujourd'hui.

186

— Pour aller où?

— Pour emmener Will et Rosamond à Horse Creek Valley, dans ton auto. Je sais que les petites seraient contentes comme tout d'aller là-bas et de revenir avec toi.

— Il faut que j'aille recenser mes électeurs sur la route, protesta Pluto. Positivement.

— Allons, allons, tu sais bien que tu serais enchanté de faire le trajet, aller et retour, avec de jolies filles comme ça dans ton auto. C'est pas en restant assis dans cette cour que tu recenseras tes électeurs.

— Faut que j'aille compter mes votes cet après-midi.

Ty Ty se leva et rentra dans la maison laissant Will et Pluto sur les marches. Will roula une cigarette et demanda du feu à Pluto. Le bruit des pics frappant l'argile dure au fond du cratère, derrière la maison, arrivait jusqu'à eux, rythmé par les chants de Uncle Felix. Pluto aurait bien voulu aller jusqu'au trou pour voir quelle en était la profondeur, mais il n'avait même pas assez de force pour se lever. Il restait là, assis, écoutant le bruit des pics et tâchant de déduire par le son la profondeur du trou. Réflexion faite, il se félicita de n'avoir pas contourné la maison pour aller regarder dans le trou. Du reste, la profondeur ne l'intéressait pas tant que ça. En plus, s'il y était allé, la vue de Buck et de Shaw, des deux nègres et de Dave suant dans l'atmosphère étouffée de ce trou lui aurait donné encore plus chaud.

Il leva les yeux pour regarder Darling Jill debout derrière lui. Elle était habillée fraîchement et elle balançait dans ses mains un chapeau à larges bords. Elle semblait prête à s'en aller quelque part sans le consulter. Will se poussa un peu et elle s'assit entre eux deux. Puis, elle glissa son bras sous celui de Pluto et posa sa joue sur son épaule.

— Pa dit que vous allez nous emmener, Griselda et moi, faire une promenade à Scottsville, dit-elle avec un sourire. Il vient juste de me le dire. Je n'en savais rien.

Will se mit à rire et se pencha pour voir la tête de Pluto.

— J'peux pas faire ça, protesta Pluto.

— Pluto, voyons, si vous m'aimiez rien qu'un petit peu, vous le feriez, bien sûr.

— Oh! pour ce qui est de t'aimer, ça je le fais.

— Alors! vous nous emmènerez aussi quand vous reconduirez Will et Rosamond chez eux.

— Faut que j'aille compter mes votes, dit-il.

Elle se haussa et l'embrassa sur la joue. Pluto s'illumina. Il se pencha pour qu'elle pût recommencer.

— Vous ne pouvez pas perdre votre temps à recenser vos électeurs aujourd'hui, Pluto.

— M'est avis que non, dit-il. Est-ce que tu ne pourrais pas le faire encore?

— Une fois avant de partir et une fois avant qu'on revienne, promit-elle.

— C'est sûrement pas comme ça que je serai élu, dit Pluto. Positivement.

— Vous aurez tout le temps à partir de demain, Pluto.

Elle lui permit de lui mettre la main sur le genou et le surveilla de près quand il releva la robe et glissa ses doigts sous la jarretière.

— Vous n'êtes qu'un grand gosse, Pluto. Vous avez toujours envie de ce que vous ne pouvez pas avoir.

— Si on se mariait, Darling Jill, qu'en dis-tu? demanda-t-il la face congestionnée.

— C'est pas encore temps.

— Pourquoi ça?

— Parce qu'il faudrait que j'en sois au moins au cinquième mois avant de faire ça.

— Alors, ça ne tardera pas, dit Will en clignant de l'œil vers Pluto.

Pluto mit du temps à comprendre ce que Darling Jill voulait dire. Il allait le lui demander quand il fut arrêté par les rires de Darling Jill et de Will.

— Ça ne tardera pas si ce gars des marais reste encore ici une semaine ou deux, dit Will.

— Dave? demanda Darling Jill en faisant une grimace. C'est rien du tout. J'voudrais point lui faire de mal au petit garçon blanc à papa.

Pluto eut un sourire heureux quand il l'entendit traiter l'albinos avec une indifférence aussi complète.

— Alors, si t'as l'intention de l'oublier, dit Will. Moi, est-ce que j'étais quelque chose ou non?

— Dame, à dire vrai, confessa-t-elle, tu m'as troublée.

— Le contraire m'étonnerait. Quand j'enfonce un clou dans une planche, il tient assez bien généralement.

— Qu'est-ce que toutes ces histoires ont à voir avec notre mariage? demanda Pluto.

— Oh! rien, dit-elle en faisant signe de l'œil à Will. Will comptait simplement les marguerites qu'il a cueillies.

— Enfin, moi j'suis prêt à me marier, dit Pluto.

— Moi, pas, dit-elle. Positivement.

Will se leva en riant au nez de Pluto et il entra dans

la maison pour se préparer à partir. Pluto mit son bras autour de la taille de Darling Jill et la serra contre lui. Il savait qu'il allait les conduire à Scottsville parce qu'il aurait fait tout ce que Darling Jill aurait demandé. Elle restait assise près de lui, soumise, tandis qu'il la serrait dans ses bras. Elle l'aimait bien, elle savait ça. Elle croyait même qu'elle l'aimait d'amour, en dépit de sa bedaine et de sa paresse. Le moment venu, elle l'épouserait. Elle avait déjà décidé cela. Mais elle ne savait pas encore quand le moment viendrait.

Assise ainsi tout près de lui, elle aurait voulu pouvoir lui dire qu'elle regrettait de l'avoir traité si méchamment parfois, de l'avoir traité de si vilains noms. Cependant, quand elle se tourna vers lui pour lui parler, elle s'intimida. Elle eut l'intuition que ce ne serait peut-être pas très sage de lui dire qu'elle regrettait de s'être donnée à Will, à Dave et à tant d'autres, alors qu'elle se refusait à lui. Elle décida alors de ne rien dire, car peu importait à Pluto qu'elle le lui dît ou non. Elle aimait trop Pluto pour lui faire de la peine inutilement.

— La semaine prochaine, peut-être, on pourrait se marier, Darling Jill.

— Je ne sais pas, Pluto. Je vous avertirai quand je serai prête.

— J'peux pas attendre plus longtemps, dit-il. Positivement.

— Mais si vous êtes sûr que vous m'épouserez, vous pouvez bien attendre encore un peu.

— J'n'y verrais peut-être pas d'inconvénient, dit-il, si c'était pas que j'ai toujours peur que quelqu'un vienne t'enlever un beau jour.

190

— Si je pars avec quelqu'un, Pluto, je reviendrai à temps pour vous épouser.

Pluto la serra dans ses deux bras, dans l'espoir qu'en la pressant ainsi l'impression de son corps lui resterait éternellement dans la mémoire. Elle finit par se dégager et elle se leva.

— Il est temps de partir, Pluto. Je vais chercher Will et Rosamond. Griselda doit être prête.

Pluto se dirigea vers l'ombre où stationnait son auto. Il tourna juste au moment où Buck se hissait hors du trou et apparaissait au coin de la maison. Griselda, au même instant, sortait en courant par la porte d'entrée.

— Où vas-tu? lui demanda Buck.

— Darling Jill et moi, nous allons à Scottsville avec Pluto, dit-elle en tremblant, nous ne serons pas longtemps.

— Je le tuerai, l'enfant de putain, dit-il en s'élançant sur les marches.

Buck était en colère et il avait chaud. Ses vêtements couverts d'argile et ses cheveux collés de sueur lui donnaient l'air d'un homme soudainement désespéré.

— Buck, je t'en prie, supplia-t-elle.

— Où est-il?

Elle essaya de lui parler, mais il refusa de l'écouter. Ty Ty sortit de la maison et saisit Buck par le bras.

— Je vous conseille de me laisser tranquille, dit-il à Ty Ty.

— Laisse donc les petites aller se promener, Buck. Y a pas de mal à ça.

— Je vous conseille de me lâcher tout de suite.

— Ne t'en fais donc pas, Buck, insista Ty Ty. Darling Jill et Rosamond seront dans l'auto, et Pluto aussi. Laisse donc ces pauvres petites aller se promener. Y a pas de mal à ça.

— Je le tuerai, l'enfant de putain, et tout de suite, dit Buck toujours aussi furieux. Il ne se laissait pas impressionner par l'assurance que son père lui donnait que Griselda ne courait aucun risque.

— Buck, supplia Griselda, je t'en prie, ne te fâche pas. Il n'y a pas de quoi faire tant de tapage.

Ty Ty lui fit redescendre les marches et essaya de lui parler dans la cour.

— Je vous conseille de me laisser tranquille, et tout de suite, répéta-t-il.

Ils se mirent à faire les cent pas dans la cour. Ty Ty le tenait par le bras. Au bout d'un instant, Buck se dégagea et retourna au cratère, près de la maison. Il n'était plus si furieux et il avait moins chaud, et il consentait à se remettre au travail et à laisser Griselda aller en auto à Scottsville. Il alla retrouver Shaw, Dave et les deux nègres sans ajouter un mot.

Quand elles furent bien certaines que Buck était retourné dans le trou avec l'intention d'y rester, Darling Jill et Rosamond cessèrent de retenir Will dans la maison et le laissèrent sortir et monter dans l'auto.

CHAPITRE XV

Deux heures plus tard, ils arrivaient à Scottsville, tout au bout de la vallée.

Will avait bondi de l'auto dès qu'elle fut arrêtée en face de chez lui et il avait descendu la rue en courant, leur criant par-dessus son épaule d'attendre son retour. Cela s'était passé au milieu de l'après-midi et, à six heures, il n'était pas encore rentré.

Pluto avait hâte de se retrouver en Georgie et Griselda était hors d'elle. Elle ne savait pas ce que Buck pourrait bien lui faire pour n'être pas rentrée immédiatement et elle frissonnait rien que d'y penser. Cependant, elle était contente de rester à Scottsville aussi longtemps que possible, car c'était la première fois qu'elle se trouvait à Horse Creek Valley, et la cité industrielle lui procurait une sensation de plaisir qu'elle n'avait encore jamais ressentie. Les rangées de maisons ouvrières, toutes pareilles en apparence, avaient, pour elle, une certaine individualité. Elle pouvait regarder à l'intérieur de la maison jaune, à côté, et entendre, pour ainsi dire, les paroles que les gens y disaient. Il n'en était pas ainsi à Marion. Les maisons, à Marion, étaient des édifices aux portes closes et aux fenêtres rébarbatives;

ici, à Scottsville, il y avait un murmure de masse humaine toujours prêt à éclater en un grand cri collectif.

Pluto et Darling Jill avaient fait de la glace en attendant le retour de Will. Quand la nuit fut venue, comme il n'était pas encore rentré, ils mangèrent la glace avec des biscuits en guise de dîner. Pluto était toujours nerveux. Il lui tardait de retourner en Georgie. Il se sentait mal à l'aise à Scottsville et il n'aimait pas l'idée qu'il lui faudrait probablement y rester tard, ce soir. Pour une raison inconnue, il se méfiait des centres de filature. Il croyait fermement qu'une fois la nuit tombée, les gens sortaient de leurs cachettes et venaient épier les étrangers, les voler et les battre sinon les assassiner.

— Je crois vraiment que Pluto a peur de sortir au noir, dit Darling Jill.

Pluto tremblait à cette idée et se cramponnait à sa chaise. Il avait peur, et si quelqu'un lui demandait d'aller au bout de la rue faire une course, il refuserait de quitter la maison. Chez lui, à Marion, il n'avait peur de rien. Les ténèbres de la nuit ne l'avaient jamais effrayé jusqu'alors. Mais ici, dans la vallée, il tremblait d'une peur intense. Il ne savait pas à quel moment quelqu'un allait pousser la porte et l'étendre raide mort.

— Will ne peut pas tarder beaucoup, dit Rosamond, il rentre toujours dîner.

— De toute façon, je voudrais que nous puissions partir, dit Griselda. Buck va être furieux.

— Vous mourez de peur tous les deux, dit Darling Jill en riant. Il n'y a pas de quoi avoir peur, ici, n'est-ce pas, Rosamond?

— Bien sûr que non, dit Rosamond en riant.

La douceur de la nuit d'été entrait dans la chambre par la fenêtre ouverte. La nuit était douce et chaude. Mais, outre l'air du soir, il y avait autre chose qui excitait Griselda. Elle pouvait entendre des sons, des murmures qui étaient tout nouveaux pour elle. Un rire de femme, le cri d'un enfant agité, le gargouillement léger d'une cascade, quelque part, en bas, tous ces bruits entraient dans la chambre. Elle trouvait, dans l'air, la sensation que des gens comme elle vivaient à l'entour, et elle n'avait jamais éprouvé cela. Ce sentiment nouveau, que tous ces gens, tous ces bruits étaient aussi réels qu'elle-même, lui faisait battre le cœur plus rapidement. Les bruits, à Augusta, n'étaient jamais ainsi. Dans la ville, c'étaient d'autres bruits, des bruits de gens d'une race différente. Ici, à Scottsville, les gens étaient aussi réels qu'elle l'était elle-même en ce moment.

C'est alors que Will entra. Elle en fut surprise, car il marchait sans bruit, comme un animal à pattes de velours. Dès qu'elle le vit, Griselda eut envie de courir à lui et de lui jeter les bras autour du cou. Il était une de ces personnes qu'elle avait senties dans la nuit.

Il s'arrêta sur le seuil et les regarda.

Le visage de Will avait une expression telle que Griselda dut réprimer un cri qui lui montait à la gorge. Elle n'avait jamais vu, sur le visage de personne, une expression semblable. Il y avait dans ses yeux une supplication douloureuse, un regard qu'elle avait vu à des animaux blessés. Et les lignes de son visage, la position de sa tête sur ses épaules, quelque chose de mal défini, faisaient peur à voir.

Il semblait vouloir dire quelque chose. Il semblait prêt à éclater sous la pression de mots qu'il ne pouvait libérer. Tout ce que Rosamond avait dit des cités ouvrières, là-bas, au fond de la vallée, était écrit sur son visage plus clairement que la parole n'aurait pu l'exprimer.

Will parlait à Rosamond. Ses lèvres remuaient, formaient des mots, bien avant qu'elle pût les entendre. On avait l'impression de regarder à travers des jumelles un homme parlant très loin, de voir remuer ses lèvres avant que le son ne parvînt aux oreilles. Elle le regarda avec des yeux fous.

— La réunion a eu lieu, dit-il à Rosamond. Mais ils n'ont pas voulu m'écouter, ni moi ni Harry. Ils ont voté pour l'arbitrage. Tu sais ce que cela signifie.

— Oui, dit Rosamond simplement.

Will se retourna et regarda Griselda et les autres.

— Alors, on va marcher et le faire quand même. On s'fout de leur sacré comité. Ils sont payés pour discuter avec nous. On s'en fout. Nous allons rétablir la force motrice.

— Oui, dit Rosamond.

— Du diable si je vais rester assis à attendre qu'ils nous affament avec leur dollar dix et le loyer qu'ils nous demandent pour nos maisons. Nous sommes assez nombreux pour aller là-bas rétablir le courant. Nous pouvons la faire marcher, leur sacrée usine. Nous pouvons la faire marcher mieux que personne. Nous allons y aller dans la matinée et rétablir le courant.

— Oui, Will, dit sa femme.

Une lampe s'alluma dans une des chambres de la maison voisine.

— Nous allons rétablir le courant et je suis assez

196

costaud pour le faire. Vous verrez. Je suis aussi fort
que le Dieu Tout-Puissant en ce moment. Vous entendrez raconter demain comment nous avons rétabli le
courant. Tout le monde en entendra parler.

Il s'assit en silence et enfouit sa tête dans ses
mains. Personne ne parlait. Si quelqu'un devait parler,
c'était bien lui.

Les ténèbres avaient tout envahi. Pendant un
instant, toute sa vie passée défila devant ses yeux. Il
pressa ses paupières sur le globe de ses yeux dans l'espoir d'oublier ce passé. Mais il ne pouvait oublier.
Il pouvait voir, vaguement d'abord, les filatures de la
vallée. Et, tandis qu'il regardait, tout devint lumineux
comme le jour. Il pouvait voir surgir, du fond de ses
souvenirs, les filles aux yeux fous, comme des volubilis, aux fenêtres des filatures. Elles étaient là qui le
regardaient, le corps ferme, les seins droits, depuis
des années et des années, du plus loin qu'il pouvait
se rappeler. Et, dans la rue, devant les filatures, il y
avait des hommes aux lèvres sanglantes, ses amis, ses
frères, qui crachaient leurs poumons dans la poussière jaune de la Caroline. D'un bout à l'autre de la
vallée, il pouvait les voir, les compter, les appeler par
leurs noms. Il les connaissait, il les avait toujours
connus. Les hommes restaient dans la rue à regarder
les usines habillées de lierre. Quelques-unes marchaient nuit et jour sous une lumière bleue, aveu-
glante. Il y en avait de fermées, d'interdites aux
gens qui mouraient de faim dans les maisons jaunes
de la compagnie. Puis, toute la vallée s'emplissait
de gens qui surgissaient brusquement. Là encore, on
les trouvait, les filles aux yeux de volubilis et aux
seins droits. Elles se hâtaient vers les usines habillées

de lierre. Et, dans la rue, jour et nuit, ses amis, ses frères, étaient là, qui regardaient, qui crachaient leurs poumons dans la poussière jaune, à leurs pieds. Quelqu'un se tournait pour lui parler et, de ses lèvres entrouvertes, du sang, au lieu de mots, coulait.

Will secoua la tête en se martelant les tempes de ses deux mains. Ensuite, il regarda tout autour de lui dans la chambre. Pluto, Darling Jill, Griselda et Rosamond le regardaient. Il s'essuya la bouche du revers de la main pour enlever le sang caillé et le sang frais qu'il croyait sentir sur ses lèvres.

— Je vous avais dit d'attendre que je revienne, n'est-ce pas? dit-il en regardant Griselda fixement.

— Oui, Will.

— Et vous êtes restée, Dieu merci.

Elle fit oui de la tête.

— Nous allons rétablir le courant au petit jour. C'est décidé. Nous allons le faire, quoi qu'il arrive.

Rosamond le regarda avec inquiétude. Elle crut un instant qu'il avait perdu l'esprit. Il y avait quelque chose dans sa façon de parler, quelque chose d'étrange dans sa voix. Jamais elle ne l'avait entendu parler comme ça.

— Tu n'es pas malade, Will? demanda-t-elle.

— Dieu, non, dit-il.

— Tâche de ne pas trop penser à l'usine, ce soir. Tu t'énerveras tellement que tu ne pourras pas dormir.

Des murmures passaient dans les rues ouvrières de la ville ouvrière, sortaient, rythmés, des fenêtres des maisons ouvrières. Quelque chose de vivant, quelque chose qui grouillait, se mouvait, parlait comme une personne réelle. Griselda sentit une douleur aiguë la pincer au cœur.

— Vous n'avez jamais travaillé dans une filature, n'est-ce pas, Pluto? demanda-t-il soudain en se tournant vers Pluto.

— Non, répondit-il faiblement. Faut que je rentre chez moi tout de suite.

— Alors, vous ne savez pas ce que c'est qu'une ville industrielle. Mais moi, je peux vous le dire. Avez-vous jamais tué un lapin et, après l'avoir ramassé, quand vous l'avez eu dans les mains, avez-vous jamais senti son cœur battre comme... comme... Bon Dieu! J'sais pas comme quoi! Avez-vous jamais senti ça?

Pluto se trémoussait sur sa chaise, mal à l'aise. Il se tourna pour regarder Griselda qui était assise près de lui et il vit qu'elle frissonnait tout entière.

— Je ne sais pas, dit Pluto.

— Bon Dieu! murmura Will d'une voix rauque. Tous le regardaient en tremblant. Ils avaient, en quelque sorte, senti exactement ce qu'il avait dans l'esprit quand il avait dit cela. Et cette révélation les effrayait.

De nouveau, un murmure traversa la maison ouvrière, flotta doucement parmi les files de maisons jaunes.

— Vous croyez que je suis saoul, hein? demanda-t-il.

Rosamond secoua la tête. Elle savait bien qu'il n'était pas ivre.

— Non, je ne suis pas saoul. Je n'ai jamais été moins saoul de ma vie. Vous croyez que je suis saoul parce que je cause comme ça. Mais j'suis pas saoul, aussi à sec qu'un morceau de bois.

Rosamond lui dit quelque chose, quelque chose de

tendre et de gentil, quelque chose de compatissant.

— Là-bas, en Georgie, parmi vos sacrés trous et vos tas de sable, vous vous figurez que je ne vaux guère mieux qu'un bout de bois mort planté en terre. C'est possible que je sois ça, là-bas. Mais ici, dans la vallée, je suis Will Thompson. Vous venez ici. Vous me voyez dans cette maison jaune, et vous pensez que je ne suis qu'un des meubles de la compagnie. Eh bien, c'est ce qui vous trompe. Je suis Will Thompson. Je suis aussi fort maintenant que le Dieu Tout-Puissant Lui-Même, et je peux vous prouver combien je suis fort. Attendez seulement jusqu'à demain matin. Descendez la rue jusqu'à l'usine. Je m'en irai tout droit à la porte et je la mettrai en pièces tout comme si c'était un store de fenêtre. Vous verrez combien je suis fort. Et vous retournerez peut-être à Marion, à vos sacrés nom de Dieu de trous, avec une opinion quelque peu différente.

— Tu ferais mieux d'aller te coucher, Will, et de dormir. Il faudra que tu te lèves de bonne heure, demain matin.

— Dormir! Du diable si j'ai envie de dormir. Je ne veux pas dormir maintenant, ni de toute la nuit. Je serai aussi éveillé quand le soleil se lèvera que je le suis à présent.

Pluto aurait bien voulu se lever et partir, mais il avait peur d'ouvrir la bouche tant que Will parlait. Il ne savait que faire. Il regarda Griselda et Darling Jill, mais ni l'une ni l'autre ne semblaient disposées à partir.

Griselda, assise devant Will, le regardait comme s'il était une idole précieuse gratifiée soudain du don de la vie. Elle sentait comme un désir de se jeter à terre devant lui, de lui enlacer les genoux de ses deux bras, et de lui demander de bien vouloir daigner lui poser la main sur la tête.

Il la regardait quand elle trouva enfin le courage de lever les yeux vers lui. Il la regardait comme s'il la voyait pour la première fois.

— Lève-toi, Griselda, dit-il calmement.

Elle se leva immédiatement, empressée à lui obéir. Elle attendit, prête à faire tout ce qu'il lui demanderait.

— Je t'ai attendue longtemps, Griselda et maintenant l'heure est venue.

Rosamond ne tenta ni de parler ni de se lever. Elle resta tranquillement assise sur sa chaise, les mains sur les genoux, attendant ce qu'il allait dire.

— Ty Ty avait raison, dit Will.

Tout le monde se demanda ce que Will voulait dire. Ty Ty avait dit bien des choses, tant de choses, qu'il leur était bien impossible de deviner ce que Will avait dans l'esprit.

Mais Griselda savait. Elle savait exactement les mots qu'il avait employés et auxquels Will faisait maintenant allusion.

— Avant d'aller plus loin, Will, dit Darling Jill, tu ferais bien de ne pas oublier Buck. Tu sais ce qu'il a dit.

— Il a dit qu'il me tuerait, pas vrai? Eh bien pourquoi ne vient-il pas le faire? Il en avait l'occasion ce matin. J'étais là-bas au milieu de ces sacrés nom de Dieu de trous. Pourquoi ne l'a-t-il pas fait, à ce moment-là?

— Il peut encore le faire. Il aura tout le temps.

— Je n'ai pas peur de lui. Si seulement il s'approche

de moi, j'lui arracherai la tête et je la jetterai dans un de ces sacrés nom de Dieu de trous, et lui dans un autre.

— Will, dit Rosamond, je t'en prie, fais attention. Une fois que Buck a décidé de faire quelque chose ce n'est pas facile de l'en empêcher. Si tu mets les mains sur Griselda et si Buck l'apprend, il te tuera, aussi sûr que nous vivons en ce monde.

Les craintes que la conduite de Buck leur inspirait ne l'intéressaient pas du tout.

Griselda était debout devant lui. Elle avait les yeux fermés. Ses lèvres étaient entrouvertes, et sa respiration oppressée. Quand il lui dirait de s'asseoir elle s'assoirait. Jusque-là, elle resterait debout jusqu'à la fin de ses jours.

— Ty Ty avait raison, dit Will en la regardant. Il savait bien ce qu'il disait. Il m'a parlé de toi bien des fois, mais je n'ai pas été assez dégourdi pour te prendre alors. Mais maintenant, je vais le faire. Rien au monde ne pourrait m'en empêcher. Je vais le faire, Griselda. Je suis aussi fort que le Dieu Tout-Puissant Lui-Même, et je vais le faire.

Darling Jill et Pluto s'agitaient sur leurs chaises, mal à l'aise, mais Rosamond restait assise tranquillement, les mains croisées sur les genoux.

— Je vais te regarder comme Dieu entend qu'on te regarde. Dans une minute, je vais mettre en lambeaux ce que tu as sur toi. Je vais déchirer tes vêtements en petits morceaux, si petits que jamais plus tu ne pourras les coudre ensemble. Je les déchirerai jusqu'au dernier bout de fil. Je suis tisserand. J'ai tissé des étoffes toute ma vie. J'ai tissé tous les genres d'étoffes que Dieu a pu créer. Maintenant, je vais

202

déchirer tout cela en morceaux si petits que personne ne pourra savoir ce que c'était. Quand j'aurai fini, ça ne sera plus que de la charpie. En bas, là, à l'usine, j'ai tissé du guingan et de la toile de chemise, de la toile pour culottes et de la toile pour draps de lit. De la toile de toute espèce. Ici, dans cette maison jaune de la compagnie, je vais déchirer tout cela sur toi. Demain, nous recommencerons à filer et à tisser, mais ce soir, je vais déchirer tout ce que tu as sur toi, jusqu'à ce qu'il n'en reste plus que de la bourre comme celle qui vole des machines.

Il se dirigea vers elle. Sur le dos de ses mains et sur ses bras, les veines gonflées palpitaient, semblaient prêtes à éclater. Il se rapprocha, s'approcha à la distance d'un bras pour pouvoir la regarder.

Griselda recula pour se mettre hors d'atteinte. Elle n'avait pas peur de Will parce qu'elle savait qu'il ne lui ferait pas de mal. Mais elle se mit hors de sa portée, parce qu'elle avait peur du regard dans ses yeux. Les yeux de Will n'étaient pas cruels, ils n'étaient pas meurtriers — pour rien au monde il ne lui aurait fait de mal — ils étaient trop tendres pour ça, maintenant. Et ces yeux s'approchaient maintenant, s'approchaient plus près, encore plus près.

Will saisit le col de la robe, une main de chaque côté, et écarta vivement les bras. Le fin voile imprimé se défit sous sa main comme une vapeur. Il l'avait arraché, et il le déchirait comme un fou, avec ses mains, rapidement, sauvagement, minutieusement. Elle l'observait avec un intérêt palpitant, suivait la courbe de ses doigts voltigeants et le mouvement de ses bras. Morceau par morceau, il déchirait tout comme un fou, et il jetait les fragments tout autour de lui, dans la chambre, tout en se penchant sur l'étoffe. Elle l'observait, passive, quand il lança le dernier morceau de la robe et fendit sa combinaison blanche, comme il eût fait d'un sac en papier. Il allait de plus en plus vite. Il arrachait, fendait, secouait, jetait les morceaux d'étoffe tout autour de lui, soufflant le fin duvet qui lui collait à la face. La dernière pièce de lingerie était en soie. Il tira dessus sauvagement, plus sauvagement qu'au début. Quand il eut fini, elle était là devant lui, attendant, tremblante, exactement comme il avait dit qu'elle serait. Il avait la figure et la poitrine baignées de sueur. Il respirait avec difficulté. Il avait travaillé comme il ne l'avait encore jamais fait, et les lambeaux gisaient à ses pieds, les couvrant.

— Maintenant, hurla-t-il. Maintenant! Maintenant, sacré nom de Dieu! Je t'avais dit de te tenir là, comme Dieu désirait qu'on te vît. Ty Ty avait raison. Il a dit que tu étais la plus belle femme que Dieu ait jamais faite, n'est-ce pas? Et il a dit que tu étais si jolie, si bougrement jolie, qu'en te voyant comme tu es maintenant, un homme ne penserait plus qu'à se jeter à quatre pattes et à lécher quelque chose. C'est pas vrai? Oui, nom de Dieu, il a dit ça! Et après tout ce temps-là, je t'ai enfin, moi aussi. Et je m'en vais faire ce que j'ai toujours eu envie de faire depuis le premier jour que je t'ai vue. Tu sais ce que c'est, n'est-ce pas, Griselda? Tu sais ce que je veux. Et tu vas me le donner. Mais, je ne suis pas comme le reste des hommes. Je suis aussi fort que le Dieu Tout-Puissant Lui-Même. Et je vais te lécher, Griselda. Ty Ty savait bien ce qu'il disait. Il disait que c'est ça qu'un homme voudrait te faire. Il est plus intelligent que nous tous, tant que nous sommes, quand bien même il creuse des trous, comme un pauvre bougre de couillon.

Il s'arrêta pour reprendre haleine et se dirigea vers elle. Griselda recula jusqu'à la porte. Elle n'essayait plus de lui échapper, mais elle devait s'éloigner jusqu'au moment où il la saisirait et l'entraînerait vers une autre partie de la maison. Il se précipita, les mains en avant.

CHAPITRE XVI

Longtemps après qu'ils eurent disparu, Darling Jill continuait à se tordre les doigts en proie à une excitation sauvage. Elle avait peur de regarder sa sœur, à l'autre bout de la chambre. Les battements de son cœur, dans sa poitrine, l'effrayaient, et elle étouffait presque, tant elle se sentait nerveuse. Elle ne s'était encore jamais sentie si excitée.

Mais, quand elle ne regardait pas sa sœur, elle avait peur d'être seule. Elle se tourna résolument et regarda Rosamond, et elle fut surprise de voir le calme qu'elle semblait posséder. Elle se balançait un peu sur sa chaise, croisant et décroisant les mains, sans hâte. Il y avait, sur le visage de Rosamond, une expression de béatitude admirable à regarder.

A côté d'elle, Pluto était affolé. Il n'avait pas ressenti les mêmes impressions que Darling Jill. Elle savait bien que les hommes ne pouvaient pas les ressentir. Pluto était médusé par la conduite de Will et de Griselda, mais il n'était pas troublé. Tandis que Will était là devant eux, déchirant en lambeaux les vêtements de Griselda, Darling Jill avait senti le désir de toute leur vie traverser la chambre. Rosamond également. Mais Pluto, étant homme, ne comprendrait jamais ce qu'elles deux avaient ressenti. Même Will, qui avait provoqué cet émoi, n'avait agi que poussé par son désir de Griselda.

Par les portes ouvertes, ils pouvaient voir le papillotement incessant du réverbère qui, à travers les feuilles des arbres, tombait sur le lit et sur le plancher de la chambre. Là-bas, dans cette chambre, Will et Griselda étaient ensemble. Ils ne se cachaient pas, car les portes étaient ouvertes. Ils n'avaient rien de secret, car leurs voix arrivaient, fortes et distinctes.

— J'vais ramasser un peu toute cette charpie, dit Rosamond calmement. (Elle se mit à genoux et commença à glaner les petits morceaux de coton sur le plancher. Elle en fit soigneusement un tas auprès d'elle.) Je n'ai pas besoin que tu m'aides.

Darling Jill la regarda ramasser lentement et avec soin les fils et les morceaux d'étoffe. Elle se penchait, la face sombre, et ramassait brin à brin les vêtements déchirés de Griselda. Quand elle eut fini, elle alla dans la cuisine et en rapporta une grande poche en papier. Elle y mit la robe en voile déchirée et les débris de lingerie.

Darling Jill avait l'impression que Will et Griselda étaient dans la chambre, à l'autre bout du corridor, depuis des heures. Ils ne parlaient plus, et elle commençait à se demander s'ils s'étaient endormis. Puis, elle se rappela que Will avait dit qu'il ne dormirait pas cette nuit, et elle savait qu'il était éveillé, même si Griselda ne l'était pas. Elle attendit que Rosamond revînt de la cuisine.

Rosamond revint et s'assit en face d'elle.

— Buck va tuer Will quand il saura ça, dit Darling Jill.

— Oui, répliqua Rosamond. Je sais.

— Ce n'est certainement pas moi qui le lui dirai, mais il finira bien par l'apprendre. Il le sentira peut-être. Mais il apprendra sûrement ce qui s'est passé.

— Oui, dit Rosamond.

— Il est peut-être en route pour venir ici. Il s'attendait à ce que Griselda revînt tout de suite.

— Je ne crois pas qu'il vienne cette nuit. Mais il pourrait bien venir demain.

— Will ferait bien de s'en aller quelque part, afin que Buck ne puisse pas le trouver.

— Non. Will ne s'en ira nulle part. Il restera ici. Nous ne pourrions jamais le faire partir.

— Mais Buck le tuera, Rosamond. S'il reste ici et si Buck apprend ce qui s'est passé, il le tuera aussi sûr que ce monde existe. J'en suis certaine.

— Oui, dit Rosamond. Je sais.

Rosamond alla voir l'heure à la cuisine. Il était entre trois et quatre heures du matin. Elle revint s'asseoir, croisant et décroisant les mains, sans hâte.

— Est-ce que nous n'allons pas bientôt rentrer? demanda Pluto.

— Non, dit Darling Jill. Taisez-vous.

— Mais il faut que je...

— Non, il ne faut pas. Taisez-vous.

Will apparut sans bruit à la porte. Il était pieds nus. Il ne portait qu'une paire de pantalons kaki, et il avait l'air d'un tisserand prêt à travailler, le dos nu, le visage reposé par un bon somme.

Il s'assit dans la chambre avec eux, la tête dans ses deux mains. Il ressemblait à quelqu'un qui veut protéger sa tête contre les poings d'un ennemi.

Darling Jill se sentit de nouveau en proie à une

excitation terrible. Jamais plus elle ne pourrait regarder Will sans ressentir cette sensation. Le souvenir de Will en face de Griselda, déchirant ses vêtements comme un fou, les mots de Ty Ty qu'il répétait, la façon dont il s'empara de Griselda, les muscles gonflés, tout cela s'était imprimé dans sa chair comme au fer rouge. Elle résista tant qu'elle put, puis elle courut se jeter à ses pieds. Elle lui entoura les genoux et le couvrit de baisers. Will lui posa la main sur la tête et lui caressa les cheveux.

Elle se dégagea d'une secousse, se releva sur les genoux et, fourrant son corps entre les jambes de Will, elle lui enlaça la taille de ses bras. Elle pressait sa tête contre lui et elle l'étreignait des bras et des épaules. Elle ne s'apaisa que lorsqu'elle eut trouvé ses mains. Alors elle resta tranquille, serrée contre lui. Un à un, elle lui embrassa les doigts, les poussant entre ses lèvres, les faisant pénétrer dans sa bouche. Mais, elle n'était pas encore satisfaite.

Il continuait à lui caresser les cheveux, lentement, lourdement. Il avait la tête renversée en arrière, et, de son autre bras, il se couvrait la figure et le front.

— Quelle heure est-il? demanda-t-il au bout d'un instant.

Rosamond se leva et retourna dans la cuisine pour regarder la pendule.

— Il est quatre heures vingt, Will, dit-elle.

Il se couvrit de nouveau la figure, afin de se préserver de la lumière. Ses idées étaient si claires qu'il pouvait les suivre à travers le conduit infini de son cerveau. Chaque pensée atteignait des profondeurs insondables, mais revenait toujours, après tout un voyage, tournoyer dans son cerveau. Chaque pensée tournait, tournait dans sa tête, coulait doucement de cellule en cellule, et il fermait les yeux et il savait à chaque instant le point exact de son cerveau où il n'aurait qu'à mettre le doigt pour la trouver.

D'un bout à l'autre de la vallée son esprit courait, mordait voracement aux portes des maisons jaunes et aux fenêtres des usines habillées de lierre. A Langley, à Clearwater, à Warrenville, à Bath, à Graniteville, il s'arrêta un moment pour regarder les gens qui entraient dans les filatures, les blanchisseries, les fabriques de draps.

Il revint dans la chambre, dans la maison jaune de la compagnie, à Scottsville, et il écouta le ronronnement matinal des camions, des remorques, et le bruit des autos, des autobus qui filaient sur la route Augusta-Aiken, sur le grand ruban de bitume, d'un bout à l'autre de la vallée. Au lever du soleil, il pourrait voir les régiments interminables de filles aux yeux fous et aux seins droits, il pourrait voir les filles aux corps fermes, semblables à des volubilis aux fenêtres des usines habillées de lierre. Mais, dans les rues, dans les ombres matinales du soleil, il verrait les rangées sans fin d'hommes aux lèvres sanglantes, ses amis, ses frères, debout, les yeux sur les usines, crachant leurs poumons dans la poussière jaune de la Caroline.

Au lever du soleil, dans la fraîcheur blanche et noire du matin, Griselda apparut sur la porte. Elle n'avait pas dormi. Elle était restée étendue sur le lit, dans l'autre chambre, prolongeant, sans oser à peine respirer, la nuit qui, inévitablement, se muait en jour. Il faisait clair maintenant, et la lueur rouge du soleil qui se levait au-dessus des maisons l'enveloppait d'une lumière chaude où son visage rougissait sans cesse tandis qu'elle se tenait debout sur le seuil.

Rosamond se leva.

— Je vais préparer le déjeuner, Will, dit-elle.

Elles sortirent toutes les trois et commencèrent par aller dans une autre chambre pour vêtir Griselda.

Will les entendit ensuite dans la cuisine, près de la table, près du fourneau. D'abord, ce fut l'odeur de grain moulu, de farine de gruau qui bout; puis l'odeur de viande qui frit, l'éveil de la faim, et, pour finir, l'odeur du café, le commencement d'une nouvelle journée.

Par la fenêtre, il pouvait voir, dans la cuisine de la maison jaune d'à côté, quelqu'un qui allumait un fourneau. Bientôt, les volutes de fumée bleue d'un feu de bois apparurent au haut de la cheminée. Les gens se levaient de bonne heure aujourd'hui. Pour la première fois depuis dix-huit mois, l'usine allait marcher. En bas, à l'usine, sur le bord de la rivière endiguée, fraîche et large, ils allaient rétablir le courant. Les machines allaient tourner, et les hommes reprendraient leur place, au travail, nus jusqu'à la ceinture.

Impatient, il se rendit à la cuisine. Il avait envie de se remplir l'estomac d'aliments chauds, puis de courir dans la rue en appelant ses amis dans les maisons jaunes de la compagnie, de chaque côté de la rue. Ils viendraient sur la porte en lui criant des choses. Dans le trajet jusqu'à l'usine, le groupe des hommes grossirait, s'amasserait devant l'usine, chassant les moutons qui avaient tant engraissé depuis dix-huit mois pendant que les hommes, les femmes et les enfants voyaient leurs yeux s'enfoncer au régime du gruau et du café. On arracherait la clôture en fil de fer barbelé. Les poteaux en fer et les assises de ciment seraient soulevés, et la première barre retomberait.

— Assieds-toi, Will, dit Rosamond.

Il s'assit à table, et les regarda lui préparer son couvert, hâtivement, aisément, affectueusement. Darling Jill apporta une assiette, une tasse et une soucoupe. Griselda apporta un couteau, une cuillère et une fourchette. Rosamond lui emplit un verre d'eau. Elles couraient à la cuisine, s'effaçaient d'un bond pour ne pas se gêner mutuellement, elles allaient et venaient dans la pièce exiguë, hâtivement, aisément, affectueusement.

— Il est six heures, dit Rosamond.

Il se détourna et regarda le cadran de la pendule sur l'étagère au-dessus de la table. Ils allaient rétablir le courant, ce matin. Ils allaient aller là-bas et le rétablir et si la compagnie essayait de le couper, eh bien..., eh bien, une fois rétabli, Harry, il y restera, nom de Dieu.

— Voilà le sucre, dit Griselda.

Elle en versa deux cuillerées dans la tasse à café. Elle savait. Ce n'est pas la première femme venue qui saurait combien de sucre il désirait dans son café. Elle avait la plus belle paire de nichons qu'un homme puisse voir et, une fois qu'on les avait vus, on ne pensait qu'à tomber à quatre pattes et à lécher quelque chose. Ty Ty a plus de bon sens que nous tous réunis, quand bien même il passe son temps à creuser des sacrés nom de Dieu de trous pour chercher ce qu'il ne trouvera jamais.

— Je vais apporter une assiette pour le jambon, dit Darling Jill.

Rosamond se tenait debout, derrière sa chaise, et le

212

regardait couper la viande et porter à sa bouche de gros morceaux affamés. C'était le jambon de trente livres que Ty Ty leur avait donné.

— A quelle heure rentreras-tu déjeuner? demanda-t-elle.

— Midi et demi.

Déjà, des hommes dévalaient vers l'usine aux murs habillés de lierre, sur le bord de la large rivière. Des hommes qui ne s'étaient pas couchés de la nuit, qui étaient restés assis aux fenêtres à regarder les étoiles, partaient sitôt leur déjeuner fini, et descendaient la rue, en pantalon kaki, se dirigeant vers l'usine. Ils ne regardaient pas où ils posaient les pieds. En bas, dans l'usine aux murs habillés de lierre, les fenêtres reflétaient le soleil levant, le projetaient sur les maisons jaunes de la compagnie et dans les yeux des hommes qui descendaient la rue. Nous allons là-bas rétablir le courant, et si la compagnie essaie de le couper, eh bien... eh bien, une fois rétabli, Harry, il y restera, nom de Dieu!

— Will, est-ce que tu pourrais nous faire embaucher à l'usine, Buck, Shaw et moi? lui demanda Darling Jill.

Il secoua la tête.

— Non, dit-il.

— Je voudrais tant, Will, comme ça nous pourrions venir habiter ici.

— C'est pas un endroit pour toi, ici, pas plus que pour les autres.

— Mais, toi et Rosamond, vous y vivez bien.

— Ce n'est pas la même chose. Vous, vous devez rester en Georgie.

Il secoua la tête à plusieurs reprises.

213

— J'voudrais bien pouvoir venir ici, dit Griselda.

— Non, dit-il.

Rosamond lui apporta ses souliers et ses chaussettes. Elle s'agenouilla par terre, à ses pieds, et les lui enfila. Il mit ses souliers et elle les lui laça. Ensuite elle se releva et resta debout derrière sa chaise.

— Il est bientôt sept heures, dit-elle.

Il leva les yeux vers la pendule. L'aiguille des minutes était entre dix et onze.

Les gens passaient plus vite maintenant, devant la maison jaune. Tous se hâtaient dans la même direction. Il y avait parmi eux des femmes et des enfants. Les membres du comité local sont payés pour rester sur l'estrade, assis sur leur derrière, à branler la tête quand quelqu'un parle de rétablir le courant. Les enfants de putain! Le syndicat envoie des fonds pour payer ces enfants de putain qui forment le comité local, et nous autres, nous maigrissons au régime du gruau et du café. Les gens marchaient plus vite, les yeux au niveau des fenêtres éblouies de soleil. Personne ne regardait le sol. Tous les yeux étaient levés vers les fenêtres éblouies de soleil de l'usine aux murs habillés de lierre. Les enfants couraient en tête, les yeux levés vers les fenêtres.

Un homme traversa la maison et entra dans la cuisine. Il trouva et, d'une secousse, s'empara d'une chaise. Il s'assit près de Will, la tête un peu penchée, l'autre main sur le dossier de la chaise de Will. Il regarda Will Thompson manger son gruau et son jambon. Où as-tu trouvé ce jambon, Will? Il a l'air bon, nom de Dieu!

— Ils ont fait venir des agents en civil du Piémont, Will.

— Quand as-tu appris ça, Mac?

Il avalait son jambon sans le mâcher.

— Je les ai vus arriver. Je venais juste de me lever et je regardais par la fenêtre et j'ai vu trois voitures qui les amenaient par-derrière l'usine. On peut les reconnaître à un mille de distance, ces salauds du Piémont.

Will se leva et se rendit sur le devant de la maison. Mac le suivit et jeta en passant un coup d'œil sur les femmes. On pouvait les entendre parler dans la pièce de devant où Pluto dormait dans un fauteuil.

Griselda se mit à laver la vaisselle. Elles n'avaient point mangé. Mais, tout en lavant la vaisselle, elles burent du café et se hâtèrent le plus possible. Il n'y avait pas de temps à perdre. Il fallait se presser.

— Nous devrions nous mettre en route pour retourner à la ferme, dit Griselda, mais j'aimerais autant rester.

— Nous allons rester, dit Darling Jill.

— Buck va peut-être s'amener.

— Il viendra sûrement, dit Rosamond. Nous ne pouvons pas l'en empêcher.

— Je regrette, dit Griselda.

Elles comprirent, sans lui en demander davantage, ce qu'elle voulait dire.

— Je préférerais que tu ne regrettes pas. J'aimerais mieux que tu ne dises pas ça. J'aimerais que tu ne regrettes pas.

— Ne t'en fais pas, Griselda, dit Darling Jill. Je connais Rosamond mieux que toi. Ne t'en fais pas.

— Si jamais Buck apprend ce qui s'est passé, il tuera Will, dit Rosamond. C'est rien que pour ça que je regrette. Je ne sais pas ce que je ferais sans

Will. Mais je sais que Buck le tuera. J'en suis sûre. Rien ne pourra l'en empêcher dès qu'il saura.

— Mais est-ce qu'il n'y a rien à faire, voyons? dit Griselda. Je ne peux pas laisser une chose comme ça arriver. Ce serait horrible.

— Je ne vois pas ce que nous pourrions faire. J'ai peur aussi que Pluto ne dise quelque chose quand il rentrera.

— Je me chargerai de lui, promit Darling Jill.

— On ne sait jamais ce qui peut arriver. Si Buck l'interroge, il pourra lire sur sa figure. Pluto ne peut rien cacher.

— Je parlerai à Pluto avant que nous ne soyons de retour. Il fera attention après que je lui aurai parlé.

Elles passèrent dans la pièce de devant. Pluto dormait toujours, et Will et Mac étaient partis. Elles s'apprêtèrent rapidement.

— Oh! laissons Pluto dormir, dit Darling Jill.

Griselda mit une robe qui appartenait à Rosamond. Elle avait ses propres souliers. La robe de Rosamond lui allait très bien. Elles lui en firent compliment.

— Où est-ce que Will est allé? demanda Darling Jill.

— A l'usine.

— Il faut nous presser. Ils vont rétablir le courant.

— Il est près de huit heures. Ils n'attendront peut-être pas plus longtemps. Nous ne pouvons pas attendre davantage.

Elles sortirent de la maison en courant, l'une derrière l'autre. Elles coururent vers l'usine aux murs habillés de lierre, s'efforçant de ne pas se perdre dans la foule. Tout le monde levait les yeux vers les fenêtres où le soleil jetait une lueur si rouge.

— Buck le tuera, dit Griselda, hors d'haleine.

216

— Je sais, dit Rosamond. Nous ne pourrons pas l'en empêcher.

— Il faudra qu'il me tue d'abord, cria Darling Jill. Quand il visera Will, c'est moi qui serai tuée la première. J'aimerais mieux mourir avec Will que vivre après que Buck l'aura tué. Il faudra que Buck me tue d'abord.

— Regardez, dit Rosamond en montrant du doigt.

Elles s'arrêtèrent, regardant par-dessus la foule. Des hommes se groupaient autour de la clôture. On chassait les trois moutons, qui, pendant dix-huit mois, s'étaient engraissés à brouter l'herbe devant l'usine. La clôture fut arrachée, soulevée en l'air : les piliers de fer, les assises de ciment, les fils de fer barbelés, le réseau d'acier.

— Où est Will? cria Griselda. Montrez-moi Will!

CHAPITRE XVII

— Les voilà qui partent, cria Rosamond en se cramponnant aux bras de sa sœur et de Griselda. Will est devant la porte!

Tout autour d'elles, des femmes pleuraient nerveusement. Après dix-huit mois d'attente, il semblait bien maintenant que le travail allait reprendre à l'usine. Les femmes et les enfants se poussaient, plus forts que le courant endigué de Horse Creek. Ils se poussaient derrière les hommes à la porte de l'usine. Quelques enfants, parmi les plus grands, étaient grimpés dans les arbres et dominaient la foule. Ils se suspendaient aux branches et apostrophaient leurs pères et leurs frères.

— J'peux pas croire que ce soit vrai, dit une femme près d'elles. Elle s'était arrêtée de pleurer juste assez longtemps pour parler. Tout alentour, des femmes et des jeunes filles pleuraient de joie. Au début, quand les hommes avaient dit qu'ils allaient s'emparer de l'usine et rétablir le courant, les femmes avaient eu peur. Mais maintenant, maintenant qu'elles se trouvaient pressées contre le mur de l'usine, il semblait que la chose allait se réaliser. Elles étaient là maintenant, dans la cour de l'usine, les filles aux yeux fous et aux seins dressés. Derrière les fenêtres de l'usine elles allaient ressembler à des volubilis.

— La porte est ouverte, hurla quelqu'un.

Il y eut une poussée soudaine de corps entassés, et Rosamond, Darling Jill et Griselda furent portées en avant par la foule.

— Nous allons enfin avoir autre chose à manger que du lard et de la farine de la Croix-Rouge, dit, à voix basse, une petite femme qui serrait les poings à côté d'elles. Nous avons assez crevé de faim. Mais maintenant, c'est fini. Nos hommes vont recommencer à travailler.

Déjà la foule des hommes se précipitait par les portes ouvertes. Ils se frayaient un chemin en silence, frappaient du poing les portes étroites, les poussaient de leurs muscles, furieux de ce que les portes ne fussent pas assez larges pour les laisser entrer plus vite. Des fenêtres s'ouvraient au premier. La foule des femmes et des enfants pouvait suivre la progression des hommes en regardant les fenêtres s'ouvrir les unes après les autres. Toutes les fenêtres du premier n'étaient pas encore ouvertes que plusieurs, au second étage, s'ouvraient toutes grandes.

— Les voilà, là-haut, dit Rosamond, je me demande où est Will.

Quelqu'un dit que la compagnie avait fait venir dix gardes de renfort et les avait répartis dans l'usine. Les nouveaux gardes étaient arrivés ce matin du Piémont.

L'usine entière était occupée. On ouvrait les fenêtres du quatrième et du cinquième étage. Déjà, à tous les étages, des hommes couraient aux fenêtres et, se débarrassant de leurs chemises, les jetaient à terre.

Dans la vallée, quand les hommes se remettaient à travailler après un long chômage, ils enlevaient leurs chemises et les jetaient par les fenêtres. En bas, dans l'herbe qui avait tant engraissé les trois moutons de la compagnie, le sol était couvert de chemises. Aux deux étages supérieurs, les hommes jetaient leurs chemises et, en bas, sur le sol, les chemises empilées montaient dans l'herbe à hauteur des genoux.

— Chut!

Le murmure parcourut la foule des femmes, des jeunes filles et des enfants qui hurlaient dans les arbres.

C'était le moment où le courant allait être rétabli. Tout le monde souhaitait entendre le premier ronflement des machines, derrière les murs habillés de lierre.

— Je me demande où est Will, dit Rosamond.

— Je ne l'ai pas encore vu à la fenêtre, dit Griselda. Je l'ai cherché.

Darling Jill se dressait sur la pointe des pieds, s'efforçait de voir par-dessus les têtes. Elle agrippa Rosamond en montrant une fenêtre au-dessus d'elle.

— Regarde! Voilà Will! Tu le vois, là, à la fenêtre?

— Qu'est-ce qu'il fait?

— Il met sa chemise en pièces, cria Rosamond.

Sur la pointe des pieds, elles faisaient leur possible pour voir Will avant qu'il disparût de la fenêtre.

— C'est Will, dit Griselda.

— Will! cria Darling Jill, concentrant toute sa force dans ses poumons afin qu'il pût l'entendre au milieu du vacarme. Will! Will!

Elles crurent un moment qu'il les avait entendues. Il s'arrêta et se pencha par la fenêtre dans l'espoir de les voir au milieu de la foule compacte. Puis, roulant dans sa main la chemise qu'il achevait de déchirer, il la lança dans la foule. Les femmes qui se trouvaient le plus près de l'usine se battirent à qui attraperait les lambeaux déchirés. Celles qui purent s'emparer de quelques morceaux se hâtèrent de les soustraire à celles qui désiraient en avoir.

Rosamond, Darling Jill et Griselda ne purent s'approcher assez pour prendre part à la lutte. Elles durent rester où elles étaient et regarder les autres femmes, les jeunes filles, se disputer jusqu'à ce qu'il ne restât plus rien.

— Will Thompson, fais-nous entendre les machines, cria une femme très surexcitée.

— Rétablis le courant, Will Thompson, lui cria une autre jeune fille.

Il se retourna et disparut. En bas, la foule était aussi tranquille que la cour vide elle-même avant qu'elle y fût arrivée. On attendait le premier bourdonnement des machines.

Rosamond sentait son cœur battre follement. C'était à Will que la foule demandait de rétablir le courant. C'était lui que, par ses clameurs, la foule reconnaissait comme son chef. Elle aurait voulu s'élever au-dessus de la foule des femmes en larmes et crier que Will Thompson était son mari. Elle aurait voulu que tout le monde sût que Will Thompson était son Will.

Par les fenêtres ouvertes, elles pouvaient voir les hommes à leur place, attendant que les roues se missent à tourner. Leurs voix éclataient en hurlements qui pénétraient par les fenêtres, et leurs dos nus brillaient au soleil levant comme les rangées sans fin des maisons de la compagnie, au petit jour.

— Ça y est! cria quelqu'un. Le courant est rétabli!

— Will a rétabli le courant, cria Griselda en dansant de joie. (Elle était sur le point d'éclater à nouveau en sanglots.) Will l'a fait! C'est Will! C'est Will qui l'a rétabli.

Tout le monde était trop excité pour parler avec cohérence. On sautait sur la pointe des pieds. On tâchait de voir par-dessus la tête du voisin. Des hommes accouraient aux fenêtres, les poings brandis en l'air. Il y en avait qui riaient, d'autres qui juraient, d'autres qui restaient immobiles, comme médusés. Quand les machines se mirent à tourner, ils coururent se mettre dans leurs positions habituelles, près des métiers.

Dans la partie est de l'usine on entendit un bruit soudain de petites explosions. On aurait dit des éclatements de petits pétards. Le ronflement des machines avait presque étouffé ce bruit qui, cependant, était assez fort pour être entendu.

Tout le monde tourna la tête pour regarder vers la partie est de l'usine. C'est là que se trouvaient les dynamos.

— Qu'est-ce que c'est que ça? demanda Griselda en se cramponnant à Rosamond.

Rosamond était pâle comme une morte. Elle avait le visage tiré et blafard, et ses lèvres blanches étaient comme du coton sec.

Les autres femmes se mirent à parler entre elles avec animation. Elles chuchotaient en demi-tons étouffés qui ne faisaient aucun bruit.

— Rosamond, qu'est-ce qui a fait ça? cria Griselda affolée. Rosamond, réponds-moi!

Darling Jill tremblait près de sa sœur. Elle pouvait

222

sentir un sanglot convulsif lui monter du cœur à la gorge. Elle s'appuya lourdement sur sa sœur pour éviter de tomber.

A une des fenêtres d'un des étages intermédiaires, un homme apparut, brandissant le poing, jurant et hurlant. On pouvait voir le sang chaud qui lui coulait du coin des lèvres et s'égouttait sur sa poitrine nue. Il leva les poings et hurla vers le ciel.

Bientôt, d'autres coururent affolés vers les fenêtres. Ils regardaient en bas la foule des femmes et des sœurs, jurant, criant, levant les poings.

— Qu'est-ce qu'il y a? cria une femme dans la foule. Qu'est-ce qu'il y a? Grand Dieu, ayez pitié de nous!

Les fenêtres s'emplissaient de blasphèmes, d'hommes aux poitrines nues qui regardaient d'en haut les femmes et les filles.

Soudain, le bruit cessa dans l'usine. Les machines tournèrent moins vite, s'éteignirent. Le silence fut complet, même dans la foule. Les femmes se tournèrent les unes vers les autres, déconcertées.

Un homme, la poitrine nue luisante au soleil, apparut d'abord à la grande porte à deux battants. Il sortit lentement, ses mains soutenant des poings qui étaient trop faibles pour rester fermés plus longtemps. Un autre homme le suivit, puis deux, puis beaucoup d'autres. La porte était pleine d'hommes qui marchaient lentement, tournaient sur les marches jusqu'à ce que la lueur du soleil couvrît leurs dos pâles d'une légère teinte de sang.

— Qu'est-ce qui s'est passé? cria une femme. Dites-nous ce qui s'est passé. Qu'est-ce qu'il y a?

Rosamond, Darling Jill et Griselda n'étaient pas

assez près pour entendre ce que les hommes répondaient d'une voix faible. Elles se haussaient sur la pointe des pieds, cramponnées l'une à l'autre, guettant Will, l'attendant pour savoir ce qui s'était passé.

Tout près, une femme poussa un hurlement qui fit frissonner Griselda. La douleur de la femme la fit pleurer.

Elles poussèrent et se frayèrent un chemin jusqu'aux hommes qui sortaient de l'usine. Griselda se cramponnait à Rosamond. Darling Jill se cramponnait à Griselda. Elles avancèrent lentement, jouant des coudes frénétiquement au milieu des hommes qui sortaient si lentement de l'usine.

— Où est Will? cria Griselda.

Un homme se retourna et les regarda. Il s'approcha pour leur parler à toutes les trois.

— Vous êtes la femme à Will Thompson, pas vrai?

— Où est Will? cria Rosamond, en se jetant sur la poitrine nue de l'homme.

— Ils ont tiré dessus.

— Qui a tiré dessus?

— Will! Will! Will!

— Ces gardes piémontais ont tiré dessus.

— Mon Dieu!

— Est-il grièvement blessé?

— Il est mort.

Ce fut tout. Il n'y avait plus rien à ajouter.

Derrière, les femmes et les filles restaient silencieuses comme des personnes endormies. Elles se pressèrent en avant, pour soutenir la veuve de Will Thompson et ses belles-sœurs.

Des hommes sortaient toujours, remontaient lentement vers les longues rangées de maisons jaunes, et les muscles, sur leurs dos nus, pendaient comme des tendons coupés sous la peau. Un homme avait du sang aux lèvres. Il cracha dans la poussière jaune à ses pieds. Un autre toussa, et le sang suinta par les coins de sa bouche fortement serrée. Il cracha dans la poussière jaune de la Caroline.

Les femmes commencèrent à partir. Elles couraient à côté des hommes, marchaient près d'eux, remontant vers les longues rangées de maisons jaunes. Il y avait des larmes dans les yeux des filles si belles qui rentraient chez elles avec leurs amants. C'étaient les filles de la vallée dont les seins se dressaient, dont les visages ressemblaient à des volubilis quand elles se montraient aux fenêtres de l'usine aux murs habillés de lierre.

Rosamond n'était pas aux côtés de Griselda et de Darling Jill quand elles se retournèrent pour l'enlacer de leurs bras. Elle s'était précipitée vers la porte de l'usine. Elle s'affala contre le bâtiment, s'agrippa au lierre qui poussait si magnifiquement.

Elles coururent vers elle.

— Will! criait Rosamond éperdue. Will! Will!

Elles la prirent dans leurs bras et la soutinrent.

Plusieurs hommes sortirent et attendirent. Puis, plusieurs sortirent à leur tour, lentement, portant le corps de Will Thompson. Ils s'efforcèrent de retenir la femme et les deux belles-sœurs, mais elles se précipitèrent afin de pouvoir le regarder.

— Oh! il est mort, dit Rosamond.

Ce ne fut qu'en voyant son corps flasque qu'elle se rendit compte que Will était mort. Elle ne pouvait pas encore croire qu'il ne reviendrait pas à la vie. Elle ne pouvait pas croire qu'il ne vivrait plus jamais.

Les hommes qui se trouvaient devant conduisirent

Rosamond, Darling Jill et Griselda vers les longues rangées de maisons jaunes. Ils les maintenaient, les soutenaient. Les dos nus des hommes étaient forts, ainsi que les bras qui soutenaient la femme de Will Thompson et ses belles-sœurs.

Quand ils arrivèrent devant la maison, le corps fut laissé dans la rue jusqu'à ce qu'on eût préparé une place pour le recevoir. Les trois femmes furent amenées dans la maison. Des femmes, du haut en bas de la rue, sortirent des maisons jaunes pour venir les aider.

— Je ne sais pas ce que nous allons faire maintenant, dit un homme. Will Thompson n'est plus là.

Un autre abaissa les yeux vers l'usine aux murs habillés de lierre.

— Ils avaient peur de Will, dit-il. Ils savaient qu'il aurait assez de culot pour leur résister. J'crois pas que ce soit la peine d'essayer de lutter contre eux sans Will. Ils vont tâcher d'exploiter l'usine maintenant et de nous faire accepter un dollar dix. Si Will Thompson était ici, nous ne le ferions pas. Will Thompson lutterait.

Le cadavre fut apporté sous la véranda et placé à l'ombre du toit. Il avait le dos nu, mais on ne pouvait pas voir les trois trous où séchait le sang caillé.

— Tournons-le sens dessus dessous, dit quelqu'un. Il faut que tout le monde voie que ces enfants de putain lui ont tiré dans le dos.

— Nous l'enterrons demain. Et, m'est avis que tout le monde, à Scottsville, sera à l'enterrement. Tout le monde, sauf ces enfants de putain, là-bas.

— Qu'est-ce que va faire sa femme? Elle n'a plus personne.

— Nous nous occuperons d'elle, si elle nous le permet. C'est la veuve de Will Thompson.

Une ambulance arriva, et les hommes robustes aux dos nus soulevèrent le cadavre et le portèrent dans la rue. Les trois femmes, dans la maison, sortirent sur le pas de la porte et restèrent serrées l'une contre l'autre tandis que les hommes aux dos nus enlevaient Will de la véranda et le portaient dans l'ambulance. Il était Will Thompson maintenant. Il appartenait à ces hommes aux dos nus et aux lèvres sanglantes. Il appartenait à Horse Creek Valley, maintenant. Il n'était plus à elles. Il était Will Thompson.

Sur le pas de la porte, les trois femmes regardaient l'arrière de l'ambulance qui descendait lentement la rue, vers l'entreprise des pompes funèbres. Il fallait préparer le corps pour les funérailles et, le lendemain, il y aurait une cérémonie au cimetière, sur la colline qui dominait Horse Creek Valley. Les hommes aux lèvres sanglantes qui le mettraient au tombeau retourneraient un jour à l'usine pour carder et filer, pour tisser et teindre. Will Thompson n'aspire plus de bourre dans ses poumons.

Dans la maison, un homme s'efforçait d'expliquer à Pluto comment Will avait été tué. Pluto avait plus peur que jamais. Jusqu'alors, il n'avait eu peur que de l'obscurité, à Scottsville, mais maintenant, il avait peur de la lumière du jour, également. On tuait des hommes en plein jour dans la vallée. Il souhaitait pouvoir décider Darling Jill et Griselda à rentrer le plus tôt possible. S'il lui fallait passer une autre nuit dans la maison jaune, il savait que probablement il ne pourrait pas dormir. L'homme à la poitrine et au dos nus était assis dans la chambre et causait avec

Pluto. Il lui parlait de l'usine, mais Pluto n'écoutait plus. Il avait peur de l'homme près de lui. Il avait peur que l'homme ne se retournât soudain, un couteau à la main, pour lui trancher la gorge d'une oreille à l'autre. Il savait qu'il n'était pas à sa place dans une ville de filatures. La campagne, là-bas, à Marion, voilà où il lui fallait retourner le plus tôt possible. Il se promit de ne plus jamais en partir s'il pouvait, cette fois, y rentrer sain et sauf.

Tard, ce soir-là, quelques-unes des femmes des maisons jaunes de la rue vinrent préparer le repas. C'était le premier qu'on mangeait ce jour-là. Will avait déjeuné de bonne heure, le matin, mais les autres ne l'avaient point fait. Pluto avait grand-faim après avoir manqué deux repas. Il n'avait jamais eu si faim. Chez lui, à Marion, il n'avait jamais été obligé de jeûner faute de vivres. Par les portes ouvertes, il pouvait sentir des odeurs de cuisine et de café bouillant, et il ne tenait plus en place. Il se leva, et il se dirigeait vers la porte juste au moment où une des femmes vint lui dire d'aller à la cuisine. Dans le vestibule il eut de nouveau très peur et il aurait rebroussé chemin si la femme ne l'avait pris par le bras pour l'amener dans la cuisine.

Tandis qu'il était là, Darling Jill arriva et vint s'asseoir près de lui. Il se sentit alors plus en sûreté. Il lui semblait qu'elle était une sorte de protection dans un pays étranger. Elle mangea et, quand elle eut fini, elle resta assise près de lui.

Plus tard, Pluto se risqua à demander à Darling Jill quand ils pourraient retourner en Georgie.

— Demain, dès que l'enterrement sera terminé, dit-elle.

— Nous ne pourrions pas partir maintenant?

— Bien sûr que non.

— Ils pourront bien enterrer Will sans nous, suggéra-t-il. Ils feront ça très bien. Je voudrais rentrer tout de suite, Darling Jill. Je ne me sens pas en sûreté, à Scottsville.

— Chut! Pluto. Ne faites donc pas l'enfant.

Il ne dit plus rien après cela. Darling Jill le prit par la main et le conduisit dans une des chambres obscures à l'autre bout du vestibule. Il avait la même impression qu'autrefois, un jour que, tout petit, il tenait la main de sa mère, par une nuit très noire.

Derrière les fenêtres, il y avait la rumeur de la ville, avec ses bruits étranges, ses voix inaccoutumées. Il était heureux que le réverbère brillât à travers les feuilles de l'arbre et éclairât partiellement la chambre. Un peu de lumière rendait l'endroit plus sûr, et il n'avait pas si peur que quelques heures auparavant. Si quelqu'un s'approchait de la fenêtre et se faufilait pour lui trancher la gorge d'une oreille à l'autre, il pourrait le voir avant de sentir la lame sous son menton.

Darling Jill l'avait amené jusqu'au lit et l'y avait fait coucher. Il hésitait à lui lâcher la main et, quand il vit qu'elle se disposait à se coucher près de lui, il n'eut plus peur du tout. La vallée était tranquille maintenant, de même que l'étrange cité ouvrière, mais Darling Jill était couchée près de lui, et elle lui tenait la main, et il pouvait fermer les yeux sans peur.

Juste au moment où tous deux allaient s'endormir, il sentit qu'elle lui passait les bras autour du cou. Il se tourna vers elle et la tint bien serrée. Il n'avait désormais plus rien à craindre.

CHAPITRE XVIII

Quand ils arrivèrent, à la fin de l'après-midi, ils trouvèrent Ty Ty qui les attendait sous la véranda. Il se leva quand il reconnut l'auto de Pluto et, traversant la cour, il alla à leur rencontre avant que la voiture se fût arrêtée.

— Par le plus-que-parfait des enfers, demanda-t-il sévèrement, où diable avez-vous passé ces deux jours? Les garçons et moi sommes presque morts de faim, sans cuisine de femmes. Nous avons mangé, bien sûr, mais un homme ne peut pas se nourrir convenablement rien qu'en mangeant. C'est de la cuisine de femmes qu'il nous faut pour nous satisfaire. Sûr que vous m'avez causé bien du déplaisir.

Pluto s'apprêtait à lui expliquer la raison de leur retard, mais Darling Jill lui fit signe de rester tranquille.

— Où est Will Thompson? demanda Ty Ty. L'avezvous ramené, ce propre à rien? J'le vois point dans l'auto cependant.

— Chut! Pa, dit Griselda en se mettant à pleurer.

— J'ai connu des femmes bien sottes, mais pas à ce point-là. Alors, j'peux même pas parler de Will? Je n'ai posé qu'une question et vous voilà toutes à pleurer. J'veux bien être pendu si j'ai jamais rien vu de pareil.

— Will n'est plus avec nous, dit Griselda.

— Par le plus-que-parfait des enfers, pour qui me prends-tu, des fois? Tu te figures que je ne le vois pas qu'il n'est pas avec vous?

— Will est tombé hier matin.

— Tombé? Comment ça? Trop de whisky?

— Tué à coups de revolver, Pa, dit Darling Jill. Nous avons enterré Will cet après-midi, dans la vallée. Il est mort maintenant, mort et enterré.

Ty Ty resta un moment sans parler. Il s'appuyait contre l'auto et scrutait les visages devant lui. Quand il vit la figure de Rosamond, il comprit que c'était vrai.

— Voyons, tu ne veux pas dire Will Thompson? dit Ty Ty. Pas notre Will? Dis que ce n'est pas vrai.

— C'est vrai, Pa. Will est mort, mort et enterré, là-bas dans Horse Creek Valley.

— Des histoires d'usine, je parierais bien. Ou bien de jupons.

Rosamond descendit de l'auto et s'enfuit dans la maison. Les autres descendirent lentement et regardèrent d'un air étrange les bâtiments dans le crépuscule. Pluto ne savait pas s'il devait rester où il était ou rentrer chez lui immédiatement.

Ty Ty envoya Darling Jill dans la maison pour préparer le dîner au plus vite.

— Toi, reste ici et dis-moi ce qui est arrivé à Will Thompson, dit-il à Griselda. J'peux pas laisser notre Will partir comme ça sans savoir ce qui s'est passé. Will était de la famille.

Ils laissèrent Pluto assis sur le marchepied de sa voiture et se dirigèrent, à travers la cour, jusqu'aux marches de la véranda. Ty Ty s'assit et attendit ce que Griselda allait lui dire au sujet de Will. Elle pleurait encore un peu.

— L'ont-ils tué pour avoir pénétré sur la propriété de la compagnie, Griselda?

— Oui, Pa. Tous les hommes de Scottsville sont entrés dans l'usine pour la mettre en marche. C'est Will qui a rétabli le courant.

— Oh! c'est donc ça qu'il avait dans l'idée quand il répétait qu'il allait rétablir le courant. Je n'avais jamais très bien compris ce qu'il voulait dire. Alors, comme ça, c'est notre Will qui a rétabli le courant?

— Des agents de la compagnie, des agents du Piémont l'ont tué pendant qu'il le faisait.

Ty Ty resta quelques minutes sans parler. Il regardait fixement dans la grisaille du crépuscule où il apercevait, dans le lointain, la limite de ses terres. Il pouvait voir chaque monticule de terre qu'ils avaient élevé, chaque grand trou rond qu'ils avaient creusé. Et, bien loin, tout au fond, au-delà des bois, il pouvait apercevoir le champ défriché où se trouvait le petit arpent du Bon Dieu. Sans savoir pourquoi, il sentit le désir de l'avoir plus près de la maison, là où il pourrait l'avoir tout le temps à proximité. Il avait un sentiment de culpabilité — sacrilège peut-être ou profanation — peu importe, il sentait qu'il n'avait pas été bien honnête envers Dieu. Il désirait maintenant ramener le petit arpent du Bon Dieu à la place qui lui revenait, près de la maison, là où il pourrait le voir tout le temps. Du reste, il n'avait plus grand intérêt dans la vie et, quand quelqu'un mourait, c'est seulement dans

232

son amour de Dieu qu'il pouvait trouver quelque consolation. Il ramena donc le petit arpent du Bon Dieu derrière la ferme et le plaça sous sa protection. Il jura de le laisser là jusqu'à sa mort.

Ty Ty ne fit point le panégyrique de Will Thompson. Will ne voulait jamais l'aider à chercher de l'or. Quand Ty Ty lui demandait de l'aider, il lui riait au nez. Il disait que c'était idiot de s'acharner à chercher de l'or là où il n'y en avait pas. Mais Ty Ty savait qu'il y avait de l'or dans sa terre, et il en avait toujours voulu un peu à Will de rire de ses efforts pour le trouver. Will avait toujours semblé plus pressé de retourner à Horse Creek Valley que de rester à la ferme à aider Ty Ty.

— Des fois, je souhaitais que Will reste ici à nous aider, et des fois, j'étais content qu'il ne le fasse pas. Il était fou de ses usines, m'est avis, et il n'aurait jamais pu faire un fermier. Après tout, Dieu a peut-être bien fait deux espèces d'hommes. Bien que j'aie longtemps cru le contraire, il me semble maintenant que Dieu a fait des hommes pour travailler la terre et d'autres pour faire marcher des machines. M'est avis que j'avais bien tort d'essayer d'intéresser Will Thompson à la terre. Il ne parlait que de filer et de tisser. Il répétait toujours combien les filles étaient jolies et combien les hommes avaient faim dans la vallée. Je ne comprenais pas toujours ce qu'il disait, mais, des fois, je sentais quelque chose comme ça, en dedans de moi, qui me disait qu'il avait raison. Il s'asseyait ici, souvent, pour me dire que les hommes de la vallée étaient forts quand ils étaient jeunes, et que, plus tard, ils s'affaiblissaient en aspirant dans leurs poumons la bourre de coton qui les faisait mourir avec du sang sur les lèvres. Et Will me disait combien les femmes étaient jolies quand elles étaient jeunes et combien elles devenaient laides quand elles étaient vieilles et malades de la pellagre. Mais, quand même, il n'aimait pas la terre. Il appartenait à Horse Creek Valley.

Griselda glissa sa main dans celle de Ty Ty. Il la serra gauchement, ne comprenant pas pourquoi elle désirait le toucher.

— Vous et Will n'étiez pas différents en tout, dit-elle doucement.

— Comment cela? Il me semble que je viens justement de t'expliquer combien nous étions différents. Will était un homme d'usine, et moi, je suis un homme de la terre.

— Vous et Will étiez les deux seuls hommes qui me traitiez comme j'aime à être traitée.

— Allons, allons, Griselda. Tu es toute troublée pour avoir vu Will tué là-bas, dans la vallée. Ne prends pas la chose si à cœur. Tout le monde meurt dans ce bas monde, tôt ou tard. Will est mort tôt. C'est la seule différence.

— Vous et Will, vous étiez de vrais hommes, Pa.

— Par le plus-que-parfait des enfers, qu'est-ce que tu veux dire? Ça me paraît n'avoir ni queue ni tête.

Griselda arrêta ses larmes pour pouvoir expliquer à Ty Ty. Elle enfonça sa main plus profondément dans la sienne et posa sa tête sur son épaule.

— Vous vous rappelez ce que vous disiez de moi quelquefois... vous disiez ça, et j'essayais de vous faire taire... et vous ne vouliez jamais vous taire... c'est ça que je veux dire.

— Voyons, je ne vois pas. Pourtant, si, peut-être.

— Mais, bien sûr, vous comprenez... ces choses qu'un homme a envie de faire en me voyant.

— M'est avis que je comprends maintenant. Peut-être bien que je sais ce que tu veux dire.

— Vous et Will êtes les deux seuls hommes qui m'ayez jamais dit ça, Pa. Tous les autres hommes que j'ai connus étaient trop... j'sais pas comment dire... ils n'avaient pas l'air d'être assez hommes pour éprouver ce désir-là... Ils étaient comme tous les autres. Mais, vous et Will, vous étiez différents.

— M'est avis que j'comprends ce que tu veux dire.

— Une femme ne peut jamais aimer vraiment un homme à moins qu'il ne soit comme ça. Ça fait tout paraître si différent... ce n'est pas seulement aimer à être embrassée ou des choses comme ça... la plupart des hommes ont l'air de croire qu'il n'y a que ça. Et Will... Will a dit qu'il voulait faire ça... exactement ce que vous disiez. Et il n'avait pas peur non plus. Les autres hommes ont l'air d'avoir peur de dire des choses comme ça quand par hasard ils sont assez hommes pour désirer les faire. Will... Will m'a arraché mes vêtements. Il les a mis en pièces, et il a dit qu'il voulait me faire ça. Et il l'a fait, Pa. Je ne savais pas, alors, que j'avais bien envie qu'il me le fasse, mais après, j'en ai été bien sûre. Quand on a fait ça une fois à une femme, Pa, elle n'est plus jamais la même. Ça la révèle, j'sais pas, moi, j'peux pas l'expliquer. Je ne pourrais jamais aimer un autre homme à moins qu'il ne me fasse ça. Je suppose que si Will n'avait pas été tué, je serais restée là-bas. J'aurais été comme un chien qui vous aime et qui vous suit partout, sans s'inquiéter qu'on soit méchant pour lui. Je serais restée avec Will pour le restant de mes jours. Parce que, quand un homme fait ça à une femme, Pa, ça rend l'amour si fort que rien au monde ne peut l'arrêter. Ça doit tenir à ce que Dieu est en vous après ça. C'est quelque chose en tout cas. Et je l'ai, maintenant.

Ty Ty lui tapota la main. Il ne trouvait rien à dire, parce que, là, près de lui, se trouvait une femme qui savait comme lui un des secrets de la vie. Au bout d'un instant, il respira profondément et souleva la tête de Griselda de dessus son épaule.

— Tâche quand même de t'accommoder de Buck, Griselda. Buck aimera peut-être ça quand il vieillira. Il est plus jeune que Will et il n'a pas encore eu le temps d'apprendre tout ce qu'il devrait savoir. Aide-le dans la mesure du possible. C'est mon gars, et je veux qu'il te garde. Sur dix mille femmes on n'en trouverait pas une autre comme toi. Si tu le laissais, il ne retrouverait jamais ta pareille.

— Il n'apprendra jamais, Pa. Buck n'est pas comme vous et Will. Un homme doit être né comme ça, dès le début.

Ty Ty se leva. — C'est dommage que les gens n'aient point le bon sens que les chiens possèdent en naissant.

Griselda posa sa main sur le bras de Ty Ty et se releva. Elle resta près de lui, vacillante, un moment, s'efforçant de reprendre son équilibre.

— Le défaut des gens, c'est qu'ils cherchent toujours à se tromper eux-mêmes, à se figurer qu'ils sont différents de ce que Dieu les a faits. Vous allez à l'église et le prêtre vous dit des choses que, dans le tréfonds de votre cœur, vous savez n'être pas vraies. Mais, la plupart des gens sont si morts en dedans d'eux-mêmes qu'ils le croient et qu'ils s'efforcent de faire vivre tout le monde comme ça. Les gens devraient vivre comme

Dieu nous a faits pour vivre. Réfléchir en soi-même, sentir ce qu'on a en soi, c'est ça la vraie façon de vivre. La vie, c'est ce qu'on sent. Y a des gens qui vous disent que c'est votre tête qu'il faut écouter, mais ça n'est pas vrai. Votre tête vous donne la raison nécessaire pour traiter avec des gens quand il s'agit de faire un marché ou quelque chose comme ça, mais c'est pas avec la tête qu'on sent. Les gens doivent sentir par eux-mêmes, d'après la nature que Dieu leur a donnée. C'est les gens qui obéissent à leur tête qui brouillent tout dans la vie. Votre tête ne vous fera pas aimer un homme si vous ne vous sentez pas portée à l'aimer. Il faut que ce soit un sentiment profond en dedans de vous-même, comme c'est le cas pour toi et Will.

Il s'approcha du bord de la véranda et regarda les étoiles. Elle attendit, près de lui, qu'il soit prêt à partir.

— Si on rentrait voir où en est le souper, dit-il.

Ils suivirent le corridor étroit qui sentait le café fraîchement moulu. Plus près de la cuisine, ils pouvaient sentir le jambon en train de frire sur le fourneau.

Buck, de sa chaise, derrière la porte entrouverte, leva les yeux vers Griselda quand elle entra avec Ty Ty dans la cuisine où se trouvaient les autres. Elle dut, pour le voir, tourner la tête et les épaules en une demi-volte-face. Il la dévisagea d'un air hargneux.

— Il est probable que s'il n'avait pas été tué, tu serais encore là-bas, hein?

Elle avait les mots tout prêts sur le bout de la langue pour lui crier que oui, mais elle se mordit les lèvres et s'efforça de ne rien dire pour le moment.

— Ça marchait bien, hein, entre vous deux?

— Je t'en prie, Buck, supplia-t-elle.

— Je t'en prie quoi? Tu ne veux pas que j'en parle, hein?

— Il n'y a rien dont tu puisses parler. En outre, tu pourrais avoir un peu plus de considération pour Rosamond.

Il regarda Rosamond. Elle lui tournait le dos, occupée à retourner le jambon sur le gril.

— Qu'est-ce que t'as à me reprocher? Pourquoi c'est-il que tu t'es mise à courir après? J'suis pas assez bon pour toi, peut-être?

— Buck, je t'en prie, pas maintenant.

— Si t'avais envie de vadrouiller, les cuisses ouvertes, t'aurais pas pu mieux choisir? Ce salaud-là n'était qu'une gueule de bourre, après tout. Une gueule de bourre de Horse Creek Valley.

— Les vrais hommes n'habitent pas dans un endroit plutôt que dans un autre, dit Darling Jill. Tu peux en trouver tout autant à Horse Creek Valley que sur la Colline, à Augusta, ou dans les fermes autour de Marion.

Buck se retourna et la toisa.

— A t'entendre, on dirait que tu t'es fait enfiler, toi aussi. Qu'est-ce qu'il s'est donc passé là-bas, nom de Dieu?

Ty Ty pensa qu'il était temps d'intervenir avant que les choses n'allassent trop loin. Il posa la main sur l'épaule de Buck et essaya de le calmer. Buck repoussa la main de son père et transporta sa chaise dans un autre coin de la cuisine.

— Voyons, mon enfant, dit-il, ne t'échauffe pas ainsi pour rien.

— Allez vous faire foutre avec vos histoires, hurla-t-il. Ne vous mêlez pas de cette affaire et cessez de prendre son parti.

Les femmes commencèrent à porter les plats dans la chambre voisine et à les placer sur la grande table. Tous passèrent dans la salle à manger et s'assirent. Buck n'avait pas dit tout ce qu'il avait à dire, loin de là. Il ne fit que transporter la scène d'une pièce dans l'autre.

— Va chercher Pluto, Darling Jill, dit Ty Ty. Si on ne s'occupe pas de lui, il restera toute la nuit là-bas, assis dans la cour sans manger un morceau.

Griselda, assise, baissait la tête et détournait les yeux. Elle souhaitait que Buck n'ajoutât plus rien tant que Rosamond serait dans la pièce. Elle souffrait d'entendre Buck parler de Will en présence de Rosamond et, de plus, si tôt après les funérailles.

Pluto revint avec Darling Jill et s'assit à table à sa place habituelle. Il sentait la tension qui régnait dans la salle à manger et il décida de n'ouvrir la bouche que si on lui parlait. Il avait peur que Buck ne lui demandât ce qui s'était passé à Scottsville.

Après quelques minutes de silence, Ty Ty tâcha d'en profiter pour changer de sujet.

— Hier, un homme qui nous regardait creuser a essayé de m'expliquer que nous ne désignions pas le filon par le bon mot. Il m'a dit qu'il avait lui-même cherché de l'or dans la Georgie du Nord et que, là-bas, un filon, c'était une veine d'or dans le roc. Il m'a dit que ce que nous cherchions, c'était un placer. Je lui ai répondu que, pourvu que nous trouvions de l'or, je me foutais pas mal du nom.

— Il avait raison, dit Shaw. A l'école, les professeurs nous disaient que les placers, c'étaient des gisements d'or dans de la terre ou du gravier. Pour les filons, il faut faire sauter le rocher, l'écraser et le faire chauffer à la chaleur.

— Eh bien, il a peut-être raison et toi aussi, mon gars, mais un filon d'or, c'est ça que je veux trouver. C'est le bateau que j'attends et je me fous du nom que vous lui donnerez. Appelez-le filon ou placer, à votre goût, mais quand j'en aurai un chargement, je saurai foutre bien que mon bateau est arrivé.

— L'homme a dit que des pépites n'auraient pu parvenir dans cette région que par une inondation, il y a très longtemps, et qu'après, la vase les aurait recouvertes.

— L'homme dont tu parles n'en sait pas plus que ces mules, là-bas, sur la façon de trouver de l'or dans mes terres. Voilà bientôt quinze ans que je suis après et m'est avis que, s'il y a quelqu'un qui sait ce qu'il fait, c'est bien moi. Laisse-le parler cet homme, mais ne fais point de cas de ce qu'il dit. Si t'écoutes trop de gens, t'y perdras ton latin et tu ne pourras plus reconnaître l'envers de l'endroit.

Buck se pencha sur la table.

— M'est avis que, si je posais ma main sur toi, tu dirais : « Aïe! ne fais pas ça, tu me fais mal. » (Il regarda Griselda fixement :) Tu ne pourrais pas parler? Qu'est-ce que t'as donc?

— Mais si, je peux parler, Buck, dit-elle humblement. Ne dis donc pas des choses pareilles en ce moment.

Pluto, mal à l'aise, regarda Darling Jill. Il redoutait le moment où Buck lui demanderait ce qui s'était passé à Scottsville.

— Enfin, il est mort, dit Buck, et j'y peux rien. Mais

s'il n'était pas mort, je ferais sûrement quelque chose que tu n'oublierais pas de si tôt. Je prendrais ce fusil qui est pendu là-bas, et j'perdrais point mon temps. C'est bougrement dommage qu'on ne puisse tuer un homme qu'une fois. J'aimerais pouvoir le tuer aussi longtemps que je pourrais acheter des cartouches pour tirer dessus.

Rosamond, en larmes, posa son couteau et sa fourchette et s'enfuit de la pièce.

— Là. Tu vois ce que tu as fait, dit Darling Jill. Tu devrais avoir honte de faire des choses comme ça.

— Pas plus toi qu'elle, dit-il en pointant sa fourchette vers Griselda, n'avez l'air d'avoir honte de grand-chose. Si j'étais ton mari, je te secouerais les puces. T'as pas plus de tenue qu'une sous-ventrière cassée sous le ventre d'une mule grise.

— Mon enfant, voyons, dit Ty Ty. C'est ta sœur.

— Et après? Sœur ou pas sœur, c'est une dévergondée, pas vrai? J'lui secouerais les puces, moi, si elle était ma femme.

— Quand on n'est pas assez homme pour retenir sa femme, on devrait avoir honte de parler, dit Darling Jill. A ta place, j'irais me cacher quelque part.

— Voilà à quoi nous passons notre temps, dit Ty Ty d'une voix excédée, et nous nous éloignons chaque jour un peu plus du bonheur. Nous devrions tous nous mettre à réfléchir à ce que c'est que vivre et comment le faire. Dieu ne nous a pas mis ici pour nous chamailler et nous battre tout le temps. S'il n'y a pas un peu plus d'amour entre nous, un de ces jours il y aura un grand chagrin dans mon cœur. Je me suis efforcé toute ma vie de maintenir ma famille en paix sous mon toit. J'ai mis dans ma tête d'avoir ça toute ma vie, et ce n'est pas maintenant que je vais y renoncer. Arrangez-vous pour cesser ces disputes et pour rire un peu, ça me sera un grand réconfort. Y a pas de meilleur moyen au monde pour mettre fin aux disputes et aux batailles.

— Vous parlez comme un idiot, dit Buck d'un air dégoûté.

— C'est peut-être ton avis, Buck. Mais, quand on a Dieu dans son cœur, on se rend compte que la vie, ça vaut bien qu'on lutte pour elle, nuit et jour. J'parle pas du Dieu dont on vous parle dans les églises, je parle du Dieu qu'on a dans le corps. J'ai la plus grande considération pour Lui parce qu'Il m'aide à vivre. C'est pour ça que j'ai placé le petit arpent du Bon Dieu, ici, sur ma terre, dès que j'y suis arrivé, tout jeune homme. J'aime avoir quelque chose près de moi, quelque chose où je peux aller, où je peux rester, où je peux sentir Dieu.

— Il n'en a pas encore tiré un penny, dit Shaw avec un petit rire.

— Vous n'avez pas l'air de comprendre, mes gars. L'important, c'est pas que je tire de l'argent du petit arpent du Bon Dieu pour le donner à l'église et au pasteur, c'est le fait que j'ai établi ça en Son nom. Vous, mes enfants, vous n'avez l'air de penser qu'aux choses que vous pouvez voir et toucher. C'est pas vivre, ça. Vivre, c'est les choses que vous sentez en dedans de vous-mêmes. C'est vrai, comme vous le dites, Dieu n'a pas retiré un penny de ce lopin de terre, mais c'est le fait que j'ai mis de côté le petit arpent du Bon Dieu qui compte. C'est la preuve que Dieu est dans mon cœur. Il sait que je ne fais point fortune ici-bas, mais les sommes que gagne un homme, ça lui est bien égal. Ce qui lui fait plaisir, c'est le fait que j'ai mis de côté pour lui une partie de mes terres, juste pour Lui montrer que j'ai un peu de Lui en moi-même.

— Pourquoi n'allez-vous pas plus souvent à l'église? demanda Shaw. Si vous croyez si bien en Dieu, pourquoi n'y allez-vous pas plus souvent?

— Cette question n'est pas loyale, mon garçon. Tu sais très bien combien je suis fatigué quand arrive le dimanche, après avoir creusé toute la semaine dans ces trous. Du reste, Dieu ne souffre pas de mon absence. Il sait pourquoi je ne peux pas venir. Je Lui ai parlé de tout ça, toute ma vie, et Il est bien au courant.

— Qu'est-ce que tout ça a à voir avec elle? demanda Buck en pointant sa fourchette vers Griselda. C'est d'elle que je parlais quand vous m'avez interrompu pour parler d'autre chose.

— Rien, mon gars. Ça n'a rien à voir avec elle. Elle sait très bien à quoi s'en tenir sur ce sujet. Ce que j'en disais, c'était dans ton propre intérêt afin que tu tâches d'apprendre un peu plus ce que c'est que vivre. Si j'étais toi, mon gars, avant de me coucher, ce soir, je me mettrais à genoux dans le noir et j'en parlerais à Dieu. Il peut te dire des choses qu'aucun autre ne pourrait te dire et, des fois, il se pourrait bien qu'Il te dise comment te comporter envers Griselda. Il te le dira si tu veux bien te donner la peine de L'écouter, parce que, s'il y a une chose qu'Il adore en ce monde, c'est voir un homme et une femme fous d'amour l'un pour l'autre. Car Il sait alors que son monde marche comme il faut, comme une machine bien huilée.

CHAPITRE XIX

Ty Ty veilla tard cette nuit-là et tâcha de faire entendre raison à Buck. Il savait que c'était son devoir envers ses enfants de les convaincre que vivre était quelque chose de plus profond que ce qu'ils voyaient à la surface. Les femmes semblaient s'en rendre compte, mais pas les garçons. Ty Ty savait qu'il aurait tout le temps, plus tard, de parler à Shaw et il concentra tous ses efforts sur Buck pour le bonheur de Griselda. Buck était irrité par les choses que son père essayait de lui expliquer, et il avait l'air de se refuser à comprendre.

— Vous n'avez pas l'air de comprendre, mes gars, dit Ty Ty en laissant retomber ses mains. Vous avez l'air de croire que, pourvu que vous ayez un peu d'argent à dépenser, un imperméable neuf ou quelque babiole de ce genre, et le ventre plein de boustifaille, vous n'avez plus à vous préoccuper de rien. Je voudrais pouvoir vous expliquer. Mais c'est délicat à exprimer, parce que l'emploi des mots, c'est pas mon fort; si c'était pas ça, ça faciliterait bien les choses, parce que c'est quelque chose qu'il faut sentir. Comme disait le type : « C'est là ou c'est pas là. Y a que ces deux hypothèses. » Dans votre cas, mes garçons, il me semble bien que ça n'est pas là. Allez vous promener

244

tout seul un jour, et pensez-y un peu, peut-être bien qu'alors ça vous viendra. J'vois point d'autre conseil à vous donner.

— J'sais foutre pas où vous voulez en venir, interrompit Buck. Mais si c'est ce que Griselda a, j'en veux bien sûr point. Elle est allée là-bas, à Horse Creek Valley et elle s'y est fait emplir. Et si vous voulez que je vous dise de quoi, j'vous dirai que c'est de Will Thompson. Cette gueule de bourre!

— Will Thompson était un homme pour de vrai, dit Darling Jill.

— Un homme pour de vrai, hein? Et tu te l'es appuyé toi aussi, hein? Y a pas de meilleure preuve que de te voir revenir décidée brusquement à épouser Pluto Swint. Tu serais dans un beau pétrin s'il refusait de le faire.

— En tout cas, Will était un homme pour de vrai.

— Eh nom de Dieu! qu'est-ce que c'est donc qu'un homme pour de vrai? Will Thompson n'était pas plus grand que moi. Il n'était pas plus costaud non plus. J'aurais pu lui foutre une raclée n'importe quel matin, avant le premier déjeuner.

— C'est pas son extérieur qui le rendait différent. C'était sa façon d'être à l'intérieur. Y avait des choses qu'il pouvait sentir et pas toi.

Buck se leva et les regarda un moment devant la porte.

— Des fois, c'est-y que vous me prendriez pour une poire? Est-ce que vous vous figurez que je ne vois pas que Griselda et toi inventez ça comme une excuse? J'suis pas bête à ce point. C'est pas avec des boniments pareils que vous me ferez marcher.

Il quitta la maison, et personne ne sut où il alla. Ty Ty attendit quelque temps, pensant que Buck reviendrait peut-être dans quelques minutes prêt à entendre raison, après s'être calmé un peu dans la fraîcheur de la nuit. Mais, à minuit, il n'était pas encore rentré. Ty Ty se leva alors pour aller se coucher.

— Buck y viendra certainement quand il sera un peu plus vieux, Griselda. Tâche de patienter jusqu'à ce qu'il connaisse un peu mieux la vie. Y a des gens qui ont besoin de presque toute leur vie pour apprendre certaines choses.

— J'ai peur qu'il n'apprenne jamais, dit-elle. Du moins, pas avant qu'il ne soit trop tard.

Ty Ty lui tapota l'épaule.

— Mes petites filles, vous êtes tout agitées par la mort de Will. Allez vous coucher et dormez bien. Demain matin, vous verrez les choses sous un jour différent.

— Mais il est mort, dit Darling Jill. Je ne peux pas oublier qu'il est mort.

— Ça vaut peut-être mieux pour lui, maintenant. Vous n'auriez pas pu rester toutes les trois à Scotts-ville. Rosamond était mariée avec lui, et Griselda et toi, vous auriez fait des embrouillaminis que la loi ne permet pas.

La maison dormait depuis longtemps, mais Ty Ty, dans son lit, était éveillé. Buck n'était pas revenu, et Griselda pleurait, seule dans sa chambre de l'autre côté du couloir. Il y avait bien une heure que, couché sur le côté, il l'écoutait se tourner et se retourner dans son lit, en proie à l'insomnie. Mais elle finit par rester tranquille et il comprit qu'elle s'était enfin endormie. Ty Ty se demandait où Buck était allé. Il ne voyait pas l'utilité de se lever et d'aller le chercher dans la nuit, il fit donc son possible pour n'y plus penser.

Plus tard, dans la nuit, il entendit Darling Jill se lever et se rendre derrière la maison pour boire un peu d'eau sous la véranda. Il put l'entendre longer le corridor et passer devant sa porte dans ses pantoufles à semelle feutrée. Elle ne resta qu'une minute sous la véranda et rentra dans la maison. Ty Ty se retourna et regarda par la porte dans le corridor sombre quand elle rentra. Il put distinguer vaguement la blancheur mouvante de sa chemise de nuit, et il aurait pu étendre la main et la toucher du bout des doigts quand elle passa. Il allait lui demander si elle se sentait indisposée, mais il se retint à temps. Il savait qu'elle n'était pas malade, du reste. Elle n'avait pas autre chose que ce qui rendait Rosamond et Griselda également nerveuses. Il la laissa regagner son lit sans lui parler. Toutes les trois se sentiraient mieux après quelques heures de sommeii. Après le premier déjeuner, il tâcherait de leur parler.

Au point du jour, Buck n'était pas encore rentré. Ty Ty observa, pendant quelques minutes, la lueur naissante sur le plafond, puis, se retournant, il regarda l'aube grise se changer en plein jour. Quand il entendit Black Sam et Uncle Felix parler à mi-voix dans la cour, il sauta du lit et s'habilla promptement. Il regarda par la fenêtre et vit les deux nègres assis sur le bord du cratère, les pieds ballant d'un côté, attendant qu'il vînt leur dire de travailler.

Il sortit de la chambre et s'avança dans la cour.

— As-tu vu Buck, par là? demanda-t-il à Uncle Felix.

Uncle Felix secoua la tête.

— M'sieu Buck n'est point déjà levé, pas vrai? demanda Black Sam.

— Il n'est pas rentré de la nuit. M'est avis qu'il ne va pas tarder à apparaître.

— Ça ne va pas chez vous, patron? demanda prudemment Uncle Felix.

— Ça ne va pas? répéta Ty Ty. Qui a dit que ça n'allait pas chez moi?

— Quand les hommes blancs ne restent pas à do'mi' chez eux, c'est presque toujou' signe que ça ne va pas.

Ty Ty s'assit à quelques pas de là et regarda dans le grand trou, à sa droite. Il savait qu'il était inutile d'essayer de mentir à des nègres. Ils savaient toujours tout.

— Ça n'allait peut-être pas très bien, en effet, dit-il. Mais c'est pour ainsi dire fini maintenant. Y en a un qui a été tué et, quand aujourd'hui sera passé, j'crois qu'il n'arrivera plus grand-chose. J'espère que c'est terminé maintenant.

— Qui est-ce qui a été tué? demanda Black Sam. J'ai point entendu dire que pe'sonne ait été tué, M'sieu Ty Ty. C'est la première nouvelle.

— C'est Will Thompson, là-bas, à Horse Creek Valley. Il a été tué avant-hier. Les femmes en ont été toutes retournées et ça n'a pas été facile de les calmer.

— Sûr que ça n'a pas dû être facile, patron. C'est point facile de calmer les femmes après que le mâle est parti.

Ty Ty se retourna brusquement, et regarda Black Sam.

— Par le plus-que-parfait des enfers, qu'est-ce que tu me chantes là?

— Rien, M'sieu Ty Ty. Rien du tout.

— Allez travailler, dit-il d'un ton bref. Il y a plus d'une demi-heure que le soleil est levé. Nous n'arri-

verons à rien si nous attendons que le soleil soit levé
pour nous mettre à creuser. Le seul moyen de trouver
ce filon, à mon avis, c'est de creuser, creuser, creuser.

Les deux nègres descendirent dans le trou. Black
Sam chantait à mi-voix, Uncle Felix attendait que
Ty Ty fût parti pour parler avec Black Sam de ce qui
se passait dans la maison. Il regarda en l'air, là où
Ty Ty se tenait quelques minutes auparavant, mais
Ty Ty avait disparu.

— Buck n'aurait point tardé à le tuer lui-même, dit
Uncle Felix. Y a longtemps qu'il l'aurait fait s'il n'avait
pas été si long à comprendre. J'ai vu cette expression
dans les yeux de sa femme, il y a bien, bien longtemps,
dès le premier jour où Will Thompson est venu ici, en
Georgie. Elle lui préparait le chemin déjà. A ce qu'il
me semble, elle n'en savait rien elle-même, mais moi,
j'pouvais voi' ça à plus d'un mille de distance. L'autre
fille était prête à la même chose aussi. Elles s'préparaient pour Mr. Will. Rien n'aurait pu les arrêter.

— Qui veux-tu dire?

— L'aut', que je veux dire, c'est Darling Jill.

— Hé! Hé! vieux nègre, c'était point du nouveau pour
elle. Cette fille blanche a toujou' été comme ça. J'ai
renoncé à faire attention à elle. Mais, m'est avis qu'elle
se préparait pour lui plus tôt qu'elle ne le fait d'habitude, parce que Mr. Will, tout naturellement, les rend
toutes comme ça. Mais la Griselda, c'est celle-là qu'il
faut surveiller. Elle vous donne des démangeaisons par
tout le corps, qu'on ne sait plus de quel côté se gratter.

— Seigneur! Seigneur!

— J'n'ai eu que du malheur. J'voudrais être blanc
moi-même. Sûr qu'elle a bien ce que je veux dire.

— Seigneur! Seigneur!

— Un jour, j'passais devant sa fenêtre, là-bas, et j'ai vu.

— T'as vu quoi, vieux nègre? La lune qui se lève?

— Ce que j'ai vu m'a donné envie de tomber à quatre pattes et de lécher quelque chose.

— Seigneur! Seigneur!

— J'n'ai eu que du malheur!

— Sûr que t'as raison.

— Et ça n'va plus dans la maison.

— Seigneur! Seigneur!

— Y a un homme de mort!

— Et ça n'va plus dans la maison!

— Le mâle, il est mort.

— Il ne les piquera plus.

— Seigneur! Seigneur!

— Et ça n'va plus dans la maison.

— Mon vieux papa était un nègre...

— Ma vieille maman l'était aussi...

— La fille blanche est émoustillée...

— Seigneur! que va-t-il arriver...

— Seigneur! Seigneur!

— Le temps est bref.

— Et l'homme, le mâle a été tué.

— Il ne pourra plus les piquer.

— Et ça n'va plus dans la maison.

— Seigneur! Seigneur!

La voix de Ty Ty retentit au sommet du trou. Ils se mirent à piocher l'argile sans lever les yeux. Ty Ty se laissa glisser le long du cratère en entraînant un mètre de sable et d'argile avec lui.

— Buck est revenu et je ne veux pas que vous lui parliez de son absence, cette nuit. J'ai déjà assez d'embêtements comme ça, Uncle Felix. Inutile de m'en donner davantage. Laissez-le tranquille et ne lui demandez pas où il a été. J'suis à la limite de ce que je peux supporter.

Ils opinèrent de la tête tandis qu'il les regardait.

— Et l'homme, le mâle, a été tué, dit Black Sam à haute voix.

Ty Ty se retourna d'un bond.

— Oui, m'sieu. Oui, patron. Nous ne lui dirons rien.

Il se mit en devoir de gravir la pente du trou.

— Il ne pourra plus les piquer.

Ty Ty s'arrêta. Il s'écarta soudain du bord du cratère et décrivit une volte-face dans l'air.

— Par le plus-que-parfait des enfers, qu'est-ce que vous racontez là, sales nègres?

— Oui, m'sieu. Oui, patron. On n'dira rien à Mr. Buck. On n'dira rien du tout.

De nouveau, il commença à grimper vers le sommet.

— Et ça n'va plus dans la maison, dit Black Sam à haute voix.

Ty Ty s'arrêta pour la troisième fois, mais il ne se retourna pas. Il attendit, l'oreille aux aguets.

— Oui, m'sieu. Oui, patron. On n'dira rien à Mr. Buck. On n'dira rien du tout.

— Il sera ici dans un instant et j'entends qu'on le laisse tranquille. Si je vous entends lui parler de son absence, cette nuit, j'descendrai avec un gourdin et j'vous ferai voler la tête de dessus les épaules.

— Oui, m'sieu, dit Black Sam. Oui, not'maître blanc. On n'dira rien à Mr. Buck.

Ty Ty grimpa le long du cratère et laissa les deux nègres silencieux. Il ne doutait pas qu'ils ne lui obéissent. C'étaient des nègres intelligents.

Parvenu à la surface, Ty Ty aperçut Buck qui venait

travailler. Quand ils furent près l'un de l'autre, il passa son bras sur l'épaule de son fils. Ils ne se dirent pas un mot et, au bout d'un instant, Buck s'éloigna de Ty Ty et se laissa glisser dans le trou avec les deux nègres. Ty Ty, du haut du trou, les regarda travailler l'argile pendant quelques instants. Puis il partit et se rendit dans la cour devant la maison.

Dans un nuage de poussière, une grosse automobile arrivait sur la route de Marion à Augusta. Tout d'abord, Ty Ty pensa que ce devait être Pluto, mais jamais Pluto n'aurait osé rouler si vite. De plus, c'était une grosse voiture d'un noir resplendissant, avec des garnitures de nickel qui brillaient au soleil comme des demi-dollars neufs.

— Qui ça peut-il bien être? se demanda Ty Ty, en s'arrêtant sous le chêne pour surveiller l'approche de la voiture.

L'automobile était devant la cour sans qu'il eût eu le temps de s'en apercevoir. Le chauffeur ralentit, vite enveloppé dans un nuage de poussière jaune, et s'arrêta si brusquement que la poussière fila devant lui.

Ty Ty s'élança vers la grande automobile noire. Elle entrait dans la cour aux ronflements de son gros moteur et en se balançant sur ses ressorts.

Bouche bée, Ty Ty vit Jim Leslie descendre et s'avancer vers lui. Il ne pouvait croire que c'était Jim Leslie. Il y avait bientôt quinze ans qu'il ne mettait plus les pieds à la ferme.

— Ça, par exemple! dit Ty Ty, en accourant pour serrer la main de son fils.

— J'suis content de vous voir, Pa, dit Jim Leslie. Où est Griselda?

— Qui?

252

— Griselda.

— Dis donc, mon gars, c'est pas pour me demander ça que t'es venu?

— Où est-elle?

— Tu n'y es plus, Jim Leslie. T'es donc pas venu pour voir toute la famille?

Jim Leslie se dirigea vers la maison. Ty Ty courut et le rattrapa, le tira par le bras et l'arrêta brusquement.

— Une minute, j'te prie, mon garçon. Mets les freins. Pourquoi c'est-il que tu veux voir la femme à Buck?

— J'ai point le temps de vous parler. J'suis très pressé. Lâchez-moi.

— Écoute un peu, mon garçon, supplia Ty Ty. On est déjà en deuil dans cette maison.

— Comment ça? Qu'est-ce qui s'est passé?

— Will Thompson a été tué, l'autre jour, à Scottsville. Les femmes sont tout énervées et tristes. J'veux point que tu viennes compliquer les choses. Viens là-bas, t'asseoir près du trou. On causera avec tes frères. Quand t'en auras assez, t'auras qu'à faire demi-tour et t'en retourner à Augusta. Nous irons tous là-bas, la semaine prochaine, te faire une petite visite quand les femmes seront calmées.

— Griselda n'a rien à voir à tout ça. Qu'est-ce que ça peut lui faire que Will Thompson ait été tué? Il ne lui était rien. Elle ne devrait pas se mêler des affaires d'une sale gueule de bourre de Horse Creek Valley.

— Écoute, mon garçon. J'en sais plus long que toi là-dessus, et j'te demande de ne pas entrer. Les femmes sont des êtres bizarres, et les hommes ne les comprennent pas toujours. J'peux rien te dire maintenant, mais je te demande de ne pas entrer dans cette maison. Retourne dans ton auto et repars pour Augusta d'où tu viens. Allons, va, mon gars, avant que ça s'gâte.

— Ça ne me regarde pas tout ça, dit Jim Leslie furieux. Il ne s'agit pas de Will Thompson. Griselda n'avait rien à voir avec cette gueule de bourre, je suppose.

— Will Thompson, étant une gueule de bourre comme tu dis, n'a rien à voir à ça non plus.

— Alors, lâchez-moi. Je suis pressé. J'ai autre chose à faire qu'à discuter avec vous. Je sais ce que je veux et je suis venu la chercher.

Ty Ty comprit qu'il ne pourrait jamais empêcher Jim Leslie d'entrer dans la maison, mais il était bien résolu à empêcher tout scandale. Il décida que la meilleure chose à faire était d'appeler Buck et Shaw. A eux trois, ils pourraient ramener Jim Leslie de force à son auto.

Il appela Buck tout en tenant Jim Leslie par le bras. Jim Leslie regarda autour de lui. Il s'attendait à voir Buck apparaître d'un instant à l'autre.

— Ça ne servira à rien de l'appeler, parce qu'il ne me fait pas peur. Où est-il, au fait?

— Il est au fond du trou, en train de creuser.

Ty Ty appela de nouveau et tendit l'oreille pour entendre la réponse de Buck.

— Toujours à chercher de l'or, hein? ricana Jim Leslie. Et même Buck et Shaw. On penserait pourtant que ça aurait dû vous servir de leçon, tous autant que vous êtes. Vous feriez mieux de vous mettre à faire pousser quelque chose sur cette terre. Jusqu'à présent, vous n'avez guère fait pousser que des tas de sable.

— J'vais pas tarder à trouver le filon.

— Vous disiez déjà ça il y a quatorze ou quinze ans. L'âge ne vous a point donné de cervelle.

— J'ai plus de cervelle que tu ne crois, mon garçon.

Buck déboucha au coin de la maison. Il fut surpris de voir Jim Leslie, mais il s'avança pour savoir pourquoi on l'avait appelé. Il s'arrêta à quelques pas et regarda son frère d'un œil soupçonneux.

— Qu'est-ce que tu veux? demanda-t-il.

— C'est pas moi qui t'ai appelé, dit Jim Leslie. Demande-lui. C'est lui qui t'a appelé.

Ty Ty se retourna vers Jim Leslie.

— Écoute, mon garçon, je te demande encore une fois de retourner dans ta voiture et de repartir pour Augusta avant que les choses ne se gâtent. Tu sais que je ne peux pas arrêter Buck une fois qu'il est lancé, et je ne veux pas de drame chez moi.

Ty Ty attendit un moment dans l'espoir que Jim Leslie ferait ce qu'il lui demandait. Mais Jim ne répondit pas à son père. Même l'arrivée de Buck ne lui avait pas fait modifier ses intentions.

— Écoute, mon garçon, dit Ty Ty. Jim Leslie est ici. Nous ne voulons pas avoir d'ennuis. Y a pas de doute qu'il est le bienvenu. Mais s'il entreprend d'aller dans la maison, alors..., mais il n'ira pas, voilà tout.

Jim Leslie leur tourna le dos et commença à monter les marches de la véranda. Il était à mi-chemin quand il sentit qu'on lui désarticulait le bras.

— Pas de ça, dit Buck, en le lâchant. Tu resteras dans la cour ou bien tu t'en iras.

Ty Ty hurla à Shaw d'accourir.

CHAPITRE XX

— Écoute, mon garçon, dit Ty Ty à Buck. Jim Leslie est venu nous voir et je veux qu'il puisse s'en aller en paix. J'n'ai jamais eu qu'un but dans ma vie, maintenir la paix dans ma famille, et je ne peux pas rester ainsi à vous regarder vous chamailler. Dis tout simplement à Jim Leslie que je ne veux pas avoir d'histoires ici. S'il veut bien remonter dans son auto, faire demi-tour et s'en retourner à Augusta, tout sera pour le mieux et comme c'était avant qu'il arrive. Je ne saurais que penser de moi si mes enfants se mettaient à se chamailler d'un bout à l'autre de ma ferme.

Ty Ty vit les deux nègres qui, au coin de la maison, regardaient la scène dans la cour. On ne voyait que leurs têtes, et leurs yeux avaient la teinte de l'eau de chaux au soleil. En entendant Ty Ty appeler Buck, ils comprirent que quelque chose allait se passer à la surface de la terre, et ils étaient grimpés pour voir ce dont il s'agissait. Quand ils entendirent Ty Ty ordonner à Jim Leslie de regagner sa voiture, ils firent demi-tour et allèrent doucement se dissimuler de l'autre côté de la maison. Après avoir passé derrière la maison, ils se dirigèrent vers l'écurie sur la pointe des pieds. Ils tenaient leurs chapeaux à la main et faisaient de leur mieux pour ne pas regarder par-dessus leurs épaules.

— Que veux-tu aller faire là-bas? demanda Buck à son frère en lui barrant le chemin sous la véranda.

— J'suis pas venu ici pour te parler, dit Jim Leslie sèchement.

— Si tu ne veux pas parler, fous-moi le camp de là, et plus vite que ça.

— Mon enfant, voyons, dit Ty Ty.

De nouveau, Jim Leslie leur tourna le dos et continua à monter vers la véranda. Buck lui barrait toujours la route, mais, d'une bourrade, Jim Leslie l'écarta.

— Attends un peu, enfant de putain.

— Cessez de vous disputer n'est-ce pas, cria Ty Ty. Je ne veux pas de ça chez moi.

— Attendre? et pourquoi ça? dit Jim Leslie à son frère. J'suis pressé. J'ai pas le temps d'attendre.

D'un coup de poing dans la mâchoire, Buck envoya Jim Leslie frapper le mur de la maison. Jim Leslie se ramassa et bondit sur Buck.

Voyant cela, Ty Ty courut se mettre entre eux et s'efforça de les séparer. Il lui fallait baisser la tête à chaque instant pour éviter un des quatre poings qui voltigeaient autour de lui. Il parvint à repousser Jim Leslie contre le mur, puis il essaya de maîtriser Buck.

— Voyons mes enfants, en voilà assez, dit-il. Vous êtes frères tous les trois. Vous savez pourtant bien que vous n'avez pas envie de vous battre ensemble. Chacun de vous désire la paix et j'entends que ça reste ainsi. Allons-nous-en tout tranquillement à l'écurie. On causera tranquillement, ça vaudra mieux

que de se battre comme une bande de chats sauvages.
Y a bien des choses que je pourrai vous expliquer,
si vous voulez seulement vous taire et me laisser parler.
C'est un péché et une honte de vous battre comme
ça. Allons, descendons tous à l'écurie.

— C'est maintenant que je veux le tuer, l'enfant de putain, dit Buck énervé des longs discours
de son père.

— Faut pas s'insulter comme ça, supplia Ty Ty. Je
n'ai jamais approuvé les insultes entre frères. C'est
parfait à certains moments et en certains endroits,
mais pas entre frères.

Ty Ty eut l'impression qu'en cet instant Buck
consentirait à l'écouter si Jim Leslie le faisait aussi.

— J'veux pas qu'il entre dans cette maison... Je le
tuerai. Je sais ce qu'il a dans l'idée. J'suis pas un
idiot.

Shaw n'avait rien dit, mais il se tenait aux côtés
de Buck, prêt à lui porter secours en cas de besoin.
On le trouverait toujours du côté de Buck. Ty Ty,
du reste, savait qu'il ne s'était jamais très bien
entendu avec Jim Leslie.

— J'veux pas de toutes ces histoires de femmes chez
moi, dit Ty Ty d'un ton soudain très décidé. (Il avait
fini par se rendre compte que ses efforts pour rétablir
la paix resteraient vains.) J'ai fait de mon mieux
pour arranger l'affaire paisiblement, mais je ne supporterai pas plus longtemps de vous voir vous chamailler ainsi pour des histoires de femmes. Il faut
que ça cesse. Et tout de suite. Toi, mon gars, Jim
Leslie, remonte dans ton auto et retourne à Augusta.
Toi, Buck, et Shaw, retournez creuser dans le trou.
Je ne supporterai pas que les choses aillent plus loin.

Allez, filez tous les trois. J'en ai assez de ces histoires de femmes chez moi.

— Je l'tuerai, l'enfant de putain, et tout de suite, dit Buck. Je le tuerai s'il entre dans cette maison. Il ne peut pas s'amener ici pour enlever Griselda.

— Mes enfants, j'en ai assez de ces histoires de femmes chez moi. Allez, et faites ce que je vous ai dit de faire.

Jim Leslie vit que l'occasion lui était offerte. Il bondit vers la porte et il disparut dans la maison avant qu'on eût pu l'arrêter. Pourtant, Buck n'était qu'à trois pas derrière lui, et Ty Ty et Shaw les suivirent en courant. Jim Leslie franchit la première porte qu'il trouva devant lui, puis il continua dans une autre chambre. Il ne savait pas où se trouvait Griselda et il parcourait la maison dans l'espoir de la trouver.

— Arrête-le, Buck, cria Shaw. Fais-le revenir par le couloir. Ne le laisse pas s'échapper par la porte de derrière.

Un instant après, quand Ty Ty pénétra dans la salle à manger, il y trouva Jim Leslie au beau milieu, séparé de Buck par la table. Ils se lançaient des injures. Au fond, les trois femmes s'étaient blotties dans un coin, derrière un fauteuil qu'elles avaient tiré devant elles. Griselda pleurait ainsi que Rosamond. Darling Jill avait l'air de ne pas savoir si elle devait rire ou pleurer. Ty Ty ne pouvait perdre plus de temps à les regarder et il n'avait pas à les protéger tant qu'elles ne couraient pas de danger immédiat. Mais il se remit à apostropher ses fils. Il ne tarda pas à voir que c'était inutile. Ils n'entendaient pas un mot de ce qu'il disait. Ils ne semblaient même pas s'apercevoir de sa présence dans la pièce.

— Sors de ce coin, Griselda, lui dit Jim Leslie. Tu vas venir avec moi. Sors de ce coin et va t'asseoir dans mon auto avant que je t'y fasse aller moi-même.

— Reste où tu es et ne bouge pas, dit Buck à sa femme, du coin des lèvres, les yeux toujours rivés sur son frère.

Ty Ty en désespoir de cause se tourna vers Shaw.

— Va dire à Black Sam et à Uncle Felix de venir nous aider. A nous deux, nous ne pourrons pas nous en tirer.

— Shaw, reste ici, dit Buck. Je n'ai pas besoin qu'on m'aide. J'saurai bien m'en tirer tout seul.

— Sors de ton coin, avant que j'aille t'en tirer, Griselda, répéta Jim Leslie.

— T'es venu la chercher, hein? Pourquoi que tu m'as pas dit ça, dans la cour? J'savais bougrement bien ce que tu voulais, mais je voulais attendre de te l'entendre dire. T'es venu la chercher, hein?

— J'en ai assez de ces histoires de femmes chez moi, dit Ty Ty énergiquement. Je ne supporterai pas cela plus longtemps.

— Sors de ton coin, Griselda, dit Jim Leslie pour la troisième fois.

— Je vais le tuer, l'enfant de putain, et tout de suite, dit Buck.

Il recula, assouplissant ses muscles.

— J'en ai assez de ces histoires de femmes chez moi, dit Ty Ty en frappant du poing sur la table, entre ses deux fils.

Buck recula jusqu'au mur derrière lui, et saisit le fusil à son clou. Il le déculassa et vérifia si les deux coups étaient chargés.

Quand Jim Leslie vit que Buck s'était emparé du fusil, il s'élança dans le corridor, traversa la maison et sauta dans la cour. Buck le poursuivait, tenant le fusil devant lui comme un serpent sur un bâton.

Une fois dans la cour, Ty Ty se rendit compte qu'il était inutile d'essayer d'arrêter Buck. Il ne pouvait pas lui arracher le fusil. Buck était trop fort. Il le jetterait de côté sans le moindre effort. Aussi, au lieu de se précipiter dans la cour, Ty Ty s'écroula à genoux sous la véranda et se mit à prier.

Griselda, Rosamond et Darling Jill se tenaient derrière lui, dans le corridor. Elles avaient peur d'aller plus loin, mais elles ne voulaient pas non plus rester seules dans la maison. Blotties derrière la porte, elles regardaient par les fentes pour voir ce qui allait se passer dans la cour.

Quand il entendit Buck hurler à Jim Leslie de s'arrêter, Ty Ty, interrompant sa prière, leva les yeux, un œil ouvert de terreur, l'autre fermé de supplication. Jim Leslie était devant son automobile et il aurait pu facilement sauter derrière pour s'abriter, mais, au contraire, il s'arrêta net et regarda Buck en brandissant le poing.

— M'est avis que tu la laisseras tranquille, maintenant, dit Buck.

Déjà, le fusil se relevait vers Jim Leslie. De l'endroit où il se trouvait, sous la véranda, Ty Ty pouvait presque voir à travers la hausse, et il était certain qu'il pouvait sentir le doigt de Buck sur la gâchette. Dans un élan de prière, il ferma les yeux une seconde avant l'explosion. Il les rouvrit pour voir Jim Leslie étendre le bras pour chercher un appui. Presque aussitôt, il entendit l'explosion de la seconde cartouche. Pendant quelques secondes encore, Jim Leslie resta debout, puis son corps se tordit d'un côté et il s'affaissa lourdement sous le chêne, dans la blancheur du sable dur.

Au même moment, Griselda, Rosamond et Darling Jill hurlèrent derrière la porte. De nouveau, Ty Ty ferma les yeux dans l'espoir d'effacer de son esprit les détails de l'horrible scène. Il espérait qu'en les rouvrant il s'apercevrait que tout avait disparu. Pourtant, rien n'avait changé sauf que Buck se tenait maintenant auprès de Jim Leslie et poussait de nouvelles cartouches dans le fusil. Jim Leslie se tordit et se recroquevilla en boule.

Ty Ty se leva et courut dans la cour. Il écarta Buck et se pencha sur Jim Leslie, s'efforçant de lui parler. A lui seul, il souleva son fils dans ses bras et le porta sous la véranda. Shaw s'approcha et regarda son frère. Sur le pas de la porte, les femmes, debout, enfouissaient leurs visages dans leurs mains. De temps à autre, l'une d'elles hurlait. Buck s'assit sur les marches et laissa tomber le fusil à ses pieds.

— Tu ne vas pas mourir, dis, mon fils? suppliait Ty Ty, à genoux par terre près du corps.

Jim Leslie leva les yeux vers lui et ferma les paupières pour se garantir du soleil. Ses lèvres remuèrent un peu, mais Ty Ty ne put rien entendre.

— Pa, est-ce qu'on ne peut rien lui faire? demanda Rosamond. (Elle avait été la première à s'avancer.) Qu'est-ce qu'on pourrait bien lui faire, Pa?

Elle s'agenouilla elle aussi, les mains crispées à la gorge. Griselda et Darling Jill s'approchèrent un peu, les yeux fixés sur Jim Leslie.

Ty Ty fit un signe de tête à Rosamond.

— Tiens-lui la main, Rosamond, dit-il. C'est ce que sa mère ferait si elle était ici.

Jim Leslie ouvrit les yeux et la regarda quand il sentit qu'elle lui prenait la main.

— Tu ne peux rien nous dire, mon fils? demanda Ty Ty. Quelques mots seulement.

— Je n'ai rien à dire, répondit-il faiblement en refermant les yeux.

Dans la main de Ty Ty, le mouchoir glissa et tomba à terre, découvrant la blessure dans la poitrine de Jim Leslie. Les yeux de Jim Leslie s'étaient ouverts pour la dernière fois, et ils brillaient au soleil, vitreux et immobiles.

Ty Ty se releva péniblement et descendit dans la cour. Il fit les cent pas devant les marches en essayant de se parler à soi-même. Il marchait lentement, d'un coin de la maison à l'autre, sans regarder plus haut que le sable blanc qu'il foulait. Griselda et Darling Jill étaient tombées à genoux auprès de Rosamond, et toutes les trois restèrent ainsi, la respiration coupée jusqu'au moment où les sanglots leur montèrent à la gorge. Ty Ty ne les regarda pas. Il n'avait pas besoin de regarder pour savoir qu'elles étaient là.

— Du sang sur ma terre, dit-il, du sang sur ma terre!

Le bruit de Rosamond qui, suivie de Griselda et de Darling Jill, rentrait en courant dans la maison, le fit revenir à la réalité. Il leva les yeux et vit Black Sam et Uncle Felix qui détalaient à travers champs et se dirigeaient vers les bois, de l'autre côté de la ferme. La vue des deux nègres qui couraient lui fit se demander pour la première fois de la journée où se trouvait Dave. Il se rappela alors qu'il n'avait pas vu Dave depuis la pointe du jour. Il ne savait pas où Dave était allé et il ne s'en inquiétait pas. Il pourrait très bien s'en passer.

Sur la première marche de la véranda, Buck était assis, la tête penchée sur la poitrine. Le fusil était toujours par terre, là où il l'avait laissé tomber. Ty Ty fit un tour complet pour éviter de le voir.

— Du sang sur ma terre! murmurait-il.

Devant lui, la ferme s'étendait, désolée. Les tas de sable jaune et d'argile rouge, séparés par les grands cratères rouges, le sol rouge, inculte — la terre semblait désolée. Ty Ty, à l'ombre du chêne, se sentait complètement exténué. Il n'avait plus de force dans les muscles quand il pensait à l'or enfoui dans la terre, sous sa ferme. Il ne savait pas où se trouvait l'or et il ne savait pas comment il le pourrait extraire, maintenant que ses forces l'avaient abandonné. Pourtant, il y en avait de l'or, car on avait trouvé des pépites dans cette ferme. Il savait qu'il y avait de l'or, mais il ne savait pas s'il serait capable de continuer à le chercher. Pour le moment, il lui semblait que tout était inutile. Toute sa vie, il s'était efforcé de maintenir la paix au sein de sa famille. Maintenant, plus rien n'importait. Plus rien n'importait maintenant. Plus rien n'importait maintenant que le sang avait coulé sur sa terre — le sang d'un de ses enfants.

Il se rappela sa conversation avec Buck, la veille au soir, dans la salle à manger.

— Tout ça vient, mes enfants, du fait que vous n'avez pas l'air de comprendre.

La lumière du soleil dans ses yeux lui rappela autre chose.

— Du sang sur ma terre, répéta-t-il, du sang sur ma terre!

Dans la maison, les trois femmes priaient par les

portes et les fenêtres ouvertes. Tandis qu'il faisait les cent pas, elles ressortirent sous la véranda et restèrent là, à regarder.

— Va chercher un employé des pompes funèbres, ou un docteur, ou quelqu'un, mon enfant, dit-il à Shaw, en branlant la tête avec effort.

Shaw monta dans l'auto de Ty Ty et prit la route de Marion. De la véranda, ils regardèrent le nuage de poussière jaune qu'il avait soulevé retomber sur la route.

Ty Ty s'efforçait de regarder par terre afin de ne pas voir sa ferme désolée en levant les yeux. Il savait que, s'il la revoyait, il éprouverait dans son corps une impression d'écroulement. Il y avait maintenant, là-bas, quelque chose qui lui répugnait. Les choses n'étaient plus pareilles. Les gros tas de sable lui avaient toujours provoqué des élans d'enthousiasme; maintenant, ils lui donnaient envie de détourner la tête et de ne plus jamais les regarder. Les monticules avaient même une couleur différente maintenant, et le terrain de sa ferme ne ressemblait plus au sol qu'il avait coutume de voir. Il n'y avait jamais eu de végétation sur ses terres, mais il n'en avait jamais senti l'absence. De l'autre côté de la ferme, là où se trouvaient les terres neuves, il y avait de la végétation parce que la surface n'en avait pas été couverte, d'un côté, des tas de sable et d'argile, de l'autre, de grands trous béants. Il aurait voulu pouvoir, en ce moment, étendre les bras et aplanir la terre aussi loin que sa vue pouvait atteindre, niveler le sol en remplissant les trous avec les tas de sable. Il mesura toute son impuissance quand il se rendit compte qu'il ne pourrait jamais faire ça. Il se sentait le cœur très gros.

— Mon enfant, dit-il à Buck en regardant au loin, mon enfant, le shérif...

Pour la première fois, Buck leva la tête et regarda dans la lumière. Il avait entendu son père parler, et il savait ce qu'il avait dit.

— Oh! Pa, hurla Rosamond, debout sur le pas de la porte.

Ty Ty attendit pour voir si elle allait ajouter autre chose. Il savait qu'il n'y avait rien d'autre à dire. Il n'avait pas besoin d'en entendre plus.

Il se leva et marcha d'un coin de la maison à l'autre. Les lèvres serrées tragiquement, les yeux vagues, il passait devant Buck.

— Mon enfant, dit-il en s'arrêtant devant les marches, mon enfant, le shérif apprendra l'affaire quand Shaw arrivera en ville.

Les femmes descendirent les marches en courant et vinrent se placer à ses côtés. Rosamond jeta ses bras autour de Buck et le serra contre elle de toutes ses forces. Près de lui, Griselda pleurait.

— Le Bon Dieu m'a béni en me donnant les trois plus jolies filles qu'un homme puisse jamais avoir dans sa maison. Il m'a montré ainsi toute Sa bonté car je sais que je ne mérite pas tant que cela.

Darling Jill s'était mise à pleurer à grand bruit. Serrées contre Ty Ty, elles étreignaient Buck dans leurs bras.

— Ainsi le Bon Dieu m'a béni, mais, d'un autre côté, Il me l'a fait payer en me mettant le chagrin dans le cœur. Il me semble que le bon et le mauvais doivent toujours aller ensemble. L'un ne vient point sans l'autre.

Griselda serrait la tête de Buck contre son sein.

266

Elle lui caressait les cheveux et lui embrassait le visage. Elle essayait de le faire parler, mais Buck fermait les yeux et ne disait rien.

— On nous a joué comme qui dirait un sale tour. Dieu nous a mis dans le corps d'animaux et il prétend que nous agissions comme des hommes. C'est pour cela que ça ne va pas. S'Il nous avait faits comme nous sommes, et ne nous avait pas appelés des hommes, le plus bête d'entre nous saurait comment vivre. Un homme ne peut pas vivre quand il sent ce qu'il est et qu'il écoute ce que les curés lui racontent. Il ne peut pas faire les deux, mais il peut faire l'un ou l'autre. Il peut vivre comme nous sommes faits pour vivre, et sentir ce qu'il est au fond de lui-même, ou bien il peut vivre comme les curés le disent et être mort au fond de lui-même. Un homme a Dieu en lui dès sa naissance, et quand il est fait pour vivre comme le disent les curés, c'est sûr que ça ne va plus. Si mes garçons avaient fait ce que j'essayais de leur expliquer, tout ça ne serait pas arrivé. Les femmes comprennent, elles, et elles sont toutes prêtes à vivre la vie pour laquelle Dieu les a formées. Mais les garçons vont écouter des racontars d'idiots et ils reviennent ici avec l'idée de faire aller les choses à l'encontre du Bon Dieu. Dieu a fait les jolies filles et Il a fait les hommes. Il n'en fallait pas plus. Quand on se met à prendre une femme ou un homme pour soi tout seul, on est sûr de n'avoir plus que des ennuis jusqu'à la fin de ses jours.

Buck se leva et redressa les épaules. Il avait passé un bras autour de la taille de Griselda, et il la tenait, cramponnée à lui, tandis qu'elle l'embrassait.

— J'ai l'impression que la fin du monde est arrivée,

dit Ty Ty. J'ai l'impression que le sol manque sous mes pieds, que j'enfonce sans pouvoir me retenir à rien.

— Ne parlez pas comme ça, Pa, dit Darling Jill en le serrant dans ses bras. Ça me chavire toute quand vous parlez comme ça.

Buck se détacha de l'étreinte de Griselda et lui repoussa les mains. Elle s'élança et se jeta sur lui comme une folle. Elle le tenait si fortement qu'il ne pouvait remuer.

— Mon enfant, dit Ty Ty, les yeux perdus sur la campagne boursouflée de tas de sable, mon enfant, le shérif...

Buck se pencha et embrassa Griselda sur les lèvres, en la pressant longuement sur sa poitrine. Puis il la repoussa.

— Buck, où vas-tu? cria-t-elle.

— Faire un tour, dit-il.

Elle se laissa retomber sur les marches et s'enfouit la tête dans les mains. Darling Jill s'assit près d'elle, lui prit la tête et la posa sur ses genoux.

Buck tourna le coin de la maison et disparut, et Ty Ty, un moment après, le suivit à pas lents. Buck escalada la barrière de l'autre côté du puits et se dirigea en ligne droite, à travers champs, vers les terres vierges, à l'autre bout de la ferme. Ty Ty s'arrêta à la barrière et n'alla pas plus loin. Il s'y appuya et resta là, tandis que Buck, lentement, traversait le champ.

Il s'aperçut alors que le petit arpent du Bon Dieu avait été ramené près de la maison et il n'en comprit que mieux que Jim Leslie y avait été tué. Mais, c'est à Buck qu'il pensait maintenant, et il souhaita que le petit arpent du Bon Dieu suivît Buck et s'arrêtât en même temps que lui, afin qu'il pût toujours s'y trouver. Il regarda Buck s'approcher des terres vierges et il se réjouit d'avoir pensé à temps au petit arpent du Bon Dieu. Ainsi, il suivrait Buck, s'arrêterait quand Buck s'arrêterait et, quoi qu'il arrivât, son fils se trouverait toujours sur lui.

— Du sang sur ma terre, dit-il tout haut, du sang sur ma terre!

Au bout d'un moment, il perdit Buck de vue et il revint vers la maison et longea le bord du grand trou. Dès qu'il regarda dans le cratère, il sentit un désir ardent de descendre tout au fond et de se mettre à creuser. Il descendit lentement dans le trou. Il avait les reins un peu raides et ses genoux tremblaient. Il se faisait vieux, à creuser comme ça dans ces trous. Bientôt, il serait trop vieux pour pouvoir creuser.

Il empoigna la pelle de Shaw et se mit à rejeter de la terre friable par-dessus son épaule. Il en retombait des parcelles, mais il en restait aussi en haut. Quand la première plate-forme serait remplie, il lui faudrait y grimper et rejeter la terre sur la plate-forme supérieure. Le trou était si profond maintenant que la terre devait être rejetée trois ou quatre fois avant d'arriver au sommet. Le trou s'élargissait aussi. La maison ne tarderait pas à être minée si on ne coupait pas d'autres arbres dans les bois pour étayer. Les mules les amèneraient. Demain matin, il enverrait Black Sam et Uncle Felix avec les mules pour chercher six ou sept gros troncs.

Ty Ty ne savait pas depuis combien de temps il creusait quand il entendit Griselda qui l'appelait sur le bord du trou.

— Qu'est-ce qu'il y a, Griselda? demanda-t-il en s'appuyant d'un air las sur sa pelle.

— Où est le fusil, Pa? demanda-t-elle? L'avez-vous vu?

Il attendit un peu avant de lui répondre. Il était trop fatigué pour pouvoir parler sans s'être reposé un moment.

— Non, Griselda, finit-il par dire. Je ne l'ai pas vu. Je n'ai pas le temps de t'aider à le chercher maintenant.

— Où peut-il bien être, Pa? Il était par terre, dans la cour, et il n'y est plus.

— Griselda, dit-il en baissant la tête afin de n'avoir pas à la regarder, Griselda, quand Buck est parti pour faire sa promenade, il l'a emporté avec lui.

Aucun bruit ne se fit entendre, au-dessus de lui, sur le bord du cratère et, bientôt, il leva les yeux pour voir si Griselda le regardait toujours. Elle avait disparu, mais il entendit distinctement les voix de Darling Jill et de Rosamond, très animées, quelque part, là-haut à la surface de la terre. Il se pencha sur sa bêche. Du pied, il en enfonçait le fer dans l'argile, et il se demandait dans combien de temps Shaw allait revenir pour l'aider à creuser.

DU MÊME AUTEUR

COLLECTION FOLIO

Cet ouvrage a été composé
et achevé d'imprimer par l'Imprimerie Floch
à Mayenne le 11 octobre 1991.
Dépôt légal : octobre 1991.
1er dépôt légal dans la même collection : septembre 1973.
Numéro d'imprimeur : 31270.

ISBN 2-07-036419-4 / Imprimé en France.